Cadeau d'amour

Marie Force

GANSETT ISLAND - 1

Cadeau d'amour

Traduit de l'anglais (États-Unis)
par Véronique Fourneaux

J'AI LU

Titre original
MAID FOR LOVE
The McCarthys of Gansett Island : Book 1

Published by Marie Force

Note de l'auteur

Il est un endroit que je préfère à tout autre au monde. Située à une vingtaine de kilomètres des côtes méridionales de Rhode Island, Block Island est une petite bande de terre dotée d'un grand lac salé en son centre, que le temps a oubliée. On n'y trouve pas plus de feux de signalisation que d'hôpital, des connexions Internet capricieuses et il est impossible, en été, de dénicher une chambre d'hôtel ou même une place pour sa voiture sur le ferry, sans avoir réservé des mois à l'avance. En revanche, elle vous offrira calme et paix, ses plages et ses falaises, des boutiques pittoresques et une ambiance sereine propre à apaiser l'âme.

Cette île a joué un grand rôle dans mon existence dès mon arrivée, petite fille, sur le bateau de mes parents, puis au cours d'une amourette adolescente, et elle est à présent mon lieu de vacances estivales de prédilection. Aucun autre endroit ne m'a jamais plus inspirée. Block Island apparaît souvent dans mes livres et ce n'était qu'une question de temps, je suppose, avant que j'en invente ma version personnelle et en fasse le cadre d'une série. D'où la naissance de Gansett Island et de la famille McCarthy, Gansett étant un coup de chapeau à la Narragansett Bay de Rhode Island, où j'adore aller passer une journée en été.

Cadeau d'amour est le premier volume de la série *Gansett Island*, suivi de *Fantaisie d'amour* et de *Fièvre d'amour*.

Bienvenue à Gansett Island !

Marie

Au regretté Bob Broz,
le « Big Mac » de mon enfance.

1

Madeline Chester sortit de son petit lit à barreaux Thomas, son fils de neuf mois, et consulta sa montre. D'ici un quart d'heure, elle allait devoir prendre son service à l'hôtel. Elle changea le bébé et lui donna son biberon, qu'il savait tenir seul à présent.

— Ça te plaît, hein, mon trésor ? dit-elle en souriant quand il gazouilla de plaisir.

Elle l'arrima sur sa hanche, s'efforça de discipliner les doux cheveux blonds du bébé de sa main libre, puis attrapa le sac de couches, son sac à main, sortit son déjeuner du réfrigérateur et s'en fut vers la porte. Elle traversa la cour et pénétra chez sa sœur par la porte-moustiquaire de la terrasse, à l'arrière de la maison.

— Bonjour ! cria-t-elle en entrant.

— Ici, lui répondit Tiffany depuis le living-room, où elle était déjà installée au milieu de trois bébés et d'une multitude de jouets.

Un des bébés était sa fille, Ashley, née juste un mois avant Thomas, et les deux autres étaient confiés aux soins de Tiffany, nourrice à domicile.

— Je suis en retard, comme d'hab', maugréa Madeline en embrassant Thomas et en le posant sur le matelas avec les autres.

— File. Je prends le relais.

— Je serai là vers quinze heures.
— À tout à l'heure.

Tiffany gardait bénévolement Thomas. En échange, Madeline s'occupait des enfants entre quinze et dix-huit heures pendant que sa sœur enseignait la danse dans le studio installé sous l'appartement que Madeline leur louait, à elle et son mari Jim. Autant dire que la jeune femme avait des journées aussi longues qu'épuisantes.

Elle sauta sur sa vieille bicyclette et prit la direction de la McCarthy's Gansett Inn, à l'autre bout de l'île. Un coup d'œil à sa montre lui arracha un grognement. Elle allait encore arriver en retard.

Dans la cabine de pilotage du ferry, l'étau se resserra autour de la poitrine de Mac McCarthy alors qu'il voyait se dessiner les falaises de la côte septentrionale de l'île. Un seul regard à l'île dans laquelle il avait grandi lui suffisait pour se sentir captif.

— On ne s'en lasse jamais, pas vrai ?

Le capitaine Joe Cantrell, ami d'enfance de Mac, était à présent propriétaire de la compagnie de ferrys.

— On ne se lasse pas de quoi ? s'enquit Mac.

— Du premier aperçu de l'île, tiens. Chaque fois qu'elle émerge du brouillard, ça me fait quelque chose.

— Même après tant d'années ?

— Oh, oui. Ça m'emballe toujours autant.

Mac dévisagea son vieil ami. Le temps avait dessiné des pattes-d'oie aux coins de ses yeux noisette, et il découvrit dans sa chevelure couleur de sable des mèches grises qu'il n'y avait encore jamais vues.

— Tu n'as jamais rêvé de faire autre chose ? D'aller voir un peu ailleurs dans le monde ? lui demanda-t-il.

— Aller où ? Pour faire quoi ? rétorqua Joe après avoir tiré une grande bouffée d'une de ses éternelles cigarettes au clou de girofle et balancé d'une pichenette la cendre par la porte ouverte.

— Ces machins vont finir par avoir ta peau, fit remarquer Mac en désignant sa cigarette d'un geste de menton.

— Parce que tu crois que tes vingt heures de travail quotidien ne vont pas avoir la tienne ?

— Touché, reconnut Mac en riant.

— Comptes-tu parler de ta nuit d'hospitalisation à maman ours ?

— Tu rigoles ? Elle en ferait une jaunisse. Pas besoin de ça en ce moment.

— Tu paies combien pour mon silence ? s'enquit Joe en rigolant.

— Tu n'oserais pas ! fit Mac en dardant sur son ami un regard qu'il voulait menaçant.

— Bon, mais qu'est-ce qui s'est passé ?

— Une méga crise d'angoisse, d'après les médecins. Trop peu de sommeil, trop de travail, trop de stress. Ils m'ont ordonné de prendre au minimum un mois de repos.

— Et comment tes associés ont-ils pris la nouvelle ?

— Pas terrible. On croule sous le travail, mais ils vont assurer jusqu'à mon retour.

L'entreprise que lui et ses associés possédaient à Miami était spécialisée en réaménagement de bureaux.

— Et ta nana ? Roseanne, c'est bien ça ?

— Mon ex. On a décidé de faire une pause. Et puis j'ai reçu le mail de maman me disant que papa voulait vendre McCarthy's... Alors je lui ai répondu que j'allais l'aider à remettre les lieux en état.

— Je n'arrive toujours pas à y croire.

— Que veux-tu ? Il ne va pas travailler jusqu'à mille ans et aucun de nous ne veut reprendre la suite.

— Comment va ta sœur ? Un petit moment que je ne l'ai pas vue.

Si la question était nonchalante, Mac savait que les sentiments de Joe pour Janey n'avaient rien d'indifférent.

— Tu en pinces toujours pour elle ?

— Bah, il faudrait encore que je rencontre quelqu'un de mieux qu'elle.

— David et elle sont fiancés, mec. Il serait peut-être temps d'aller voir ailleurs, non ?

Joe lui adressa le sourire qui l'avait rendu si populaire auprès des filles au lycée, ce qu'il n'avait jamais remarqué, tant il était raide dingue amoureux de Janey McCarthy.

— Peut-être, répondit-il. Mais elle ne l'est pas encore, mariée.

— Joe...

— Je ne vais pas me pointer au mariage en costume de gorille pour l'enlever au pied de l'autel !

— Oh, oh, tout ça me semble un peu trop bien planifié, rétorqua Mac en étudiant l'expression de son ami, un mélange d'indifférence de façade et de mélancolie.

— Pas de panique, je n'ai pas de costume de gorille. En revanche, je songe à adopter un chien.

Ce qui fit rire Mac. Janey travaillait pour le vétérinaire de l'île.

Joe manœuvra le lourd ferry pour lui faire contourner la digue abritant South Harbor, le port de Gansett Island.

Mac retourna son attention sur la ville de Gansett : le port animé, le bâtiment historique du Beachcomber Hôtel avec ses murs blancs, sa tour de l'horloge et ses tourelles, le Victorian Portside Inn, l'alignement de boutiques, le South Harbor Diner, Mario's Pizzeria, et enfin le Ice Cream Parlor, où il avait volé son premier baiser à Nicki Peterson, en quatrième.

De son enfance sur l'île, les souvenirs qui primaient étaient ceux où il échafaudait des plans pour s'en échapper. Une fois parti, Gansett Island ne l'avait plus revu que lors de visites occasionnelles à ses parents, visites pendant lesquelles il comptait pratiquement les minutes le séparant de son départ pour le continent. Cette fois-ci, ce serait son plus long séjour depuis qu'à dix-huit ans il était parti pour l'université. Combien de temps avant qu'il ne recommence à ronger son frein ? Il ne put que se le demander.

L'air marin, l'odeur du diesel et des algues pourrissantes lui retournèrent l'estomac. Ce qu'il pouvait détester l'odeur des algues pourrissantes !

— Viens avec moi, lui dit Joe.

À la poupe, Mac regarda Joe jouer habilement du moteur et des propulseurs d'étrave pour retourner le ferry dans un espace ridiculement exigu et le faire accoster à son mouillage.

— À te voir, on finirait par croire que c'est du gâteau.

— Mais c'est du gâteau, surtout quand on l'a fait un ou deux milliers de fois.

Une fois à quai, ils regardèrent le flot de camions, de voitures et de touristes débarquer de la première navette de la journée pour Gansett.

— En été, je passe toujours les nuits de vendredi et samedi sur l'île. Viens au Beachcomber si tu as envie qu'on se boive une bière, proposa Joe à Mac alors que celui-ci rassemblait ses affaires.

— Promis, répondit-il en serrant la main de son ami. Ça m'a fait plaisir de te revoir, mec.

— Ça faisait bien trop longtemps.

— Tu l'as dit.

Mais alors que Mac jetait un long regard à la ville, il se dit que ça ne faisait, en fait, pas assez longtemps.

Chargé de son imposant sac à dos, Mac se fraya un chemin parmi la foule et se dirigea vers Main Street. Il s'arrêta le temps de laisser le passage à une famille de cyclistes et entreprit de monter la colline, fasciné par son activité incessante.

À sa gauche, une file de voitures et de camions attendait d'embarquer sur le ferry de neuf heures et de faire la traversée de cinquante minutes pour Rhode Island. Le personnel de Joe, efficace et bien rodé, déchargeait le navire avant de le recharger dans la foulée. Le ferry était essentiel à l'île, qui dépendait de lui pour tout, depuis la nourriture jusqu'à l'essence en passant par le lait et les livraisons diverses. L'été, quand les trente restaurants et bars tournaient à plein régime, chaque ferry transportait des cargaisons de bière, de vins, d'alcools, de fruits de mer, de légumes et de linge.

Un chariot élévateur chargé d'une palette de sodas faillit le percuter.

— Oh, désolé, mon vieux, s'exclama son chauffeur avec un sourire.

Mac dégagea le passage en le saluant de la main et porta le regard sur le Beachcomber, ce bâtiment mythique autour duquel s'était bâtie la ville. La vue d'une Range-Rover peinte en jaune et décorée comme un arbre de Noël le fit rire alors qu'il descendait du trottoir sur Main Street.

Une douleur fulgurante à la jambe gauche le projeta à plat ventre sur l'asphalte.

Un instant sonné, il s'efforça de reprendre ses esprits. Une jeune femme avait atterri par terre près de lui ; un pick-up arrivant à vive allure allait rouler sur sa bicyclette, et ensuite sur elle. Ignorant la douleur dans son mollet, Mac bondit sur ses pieds et réussit à arrêter la camionnette à quelques centimètres de la femme. Le vélo n'eut pas cette chance et termina son existence sous les roues du pick-up.

Mac s'accroupit aussitôt près de la jeune femme, dont le T-shirt était remonté dans sa culbute. Il ne put que remarquer ses courbes extravagantes avant de se gendarmer : elle était blessée. La chute brutale avait dû lui couper le souffle car elle respirait avec difficulté. Il rajusta vivement son T-shirt afin de couvrir ses seins.

— Tout doux, dit-il tout bas. Ne vous débattez pas, ça ne ferait qu'empirer les choses.

Pour toute réponse, des yeux caramel affolés cherchèrent les siens.

Et il eut comme le sentiment de recevoir un uppercut bien placé. *Mais qu'est-ce que c'était que ça ?* La femme avait des cheveux longs de la même teinte que ses yeux. Du sang jaillissait de vilaines coupures sur son genou, son coude et sa main. Cette vision le fit grimacer et battre sa coulpe. Il aurait pu être vigilant avant de traverser !

Des larmes fusèrent des yeux caramel.

Mac tendit la main pour les essuyer et ressentit un étrange picotement dans les doigts quand ils effleurèrent la peau douce de la joue de la jeune femme.

Elle écarquilla les yeux et parut cesser brutalement de respirer.

— Respirez, murmura-t-il.

Soudain pressé de l'éloigner des regards curieux de la foule des badauds amassée sur le trottoir, Mac glissa les bras sous elle et la souleva.

Elle laissa échapper un petit cri de surprise, immédiatement suivi d'un gémissement quand sa jambe blessée se replia.

— Que faites-vous ?

— Une de mes amies, Libby, dirige le Beachcomber. Elle est secouriste volontaire pour les pompiers de Gansett. Nous allons lui demander de nettoyer vos plaies. Vous êtes-vous cogné la tête ?

— Non, juste mon bras et ma jambe, répondit-elle avant de retourner sa main sanguinolente et d'ajouter : Et ma main.

La vue de la chair à vif arracha un autre tressaillement à Mac.

— Oh, Seigneur ! Je suis vraiment désolé, je ne faisais pas attention où je mettais les pieds, s'écria-t-il en traversant la rue vers l'hôtel.

— Il faut que j'aille travailler, donc, si vous pouviez me remettre sur mes pieds... dit-elle en tentant de se dégager.

— Vous ne pouvez pas aller travailler dans cet état ! Vous saignez de partout.

— Il faut que j'y aille, sinon ils vont me virer.

Elle s'agitait tellement que son derrière ferme finit pressé contre le ventre de Mac et fit naître en lui des pensées tout à fait inconvenantes dans ce contexte.

— Vous pourriez vous tenir tranquille une seconde ? bougonna-t-il.

— Eh, oh, ce n'est pas moi qui vous ai demandé de me porter ! riposta-t-elle en interprétant apparemment mal sa réaction.

— Parce que vous imaginez que je pourrais vous remettre debout et vous envoyer travailler alors que vous saignez comme ça ? On va d'abord vous faire rafistoler un peu, et ensuite on verra.

— Ils vont me flanquer dehors, gémit-elle tout bas, les yeux de nouveau pleins de larmes.

— Où travaillez-vous ? Je vais téléphoner pour avertir que vous avez eu un accident.

— Ces ordures ne vous croiront jamais.

— Je puis être très convaincant, répondit-il en grimpant deux par deux les marches menant au Beachcomber, en dépit de sa propre blessure à la jambe.

Sur la terrasse de l'hôtel, les clients prenaient leur petit déjeuner, et sa passagère tourna le visage contre son torse. Le maître d'hôtel indiqua à Mac le bureau de Libby et il pénétra dans le vestibule.

— Mac ! s'exclama joyeusement Libby en bondissant de son siège. Personne ne m'avait prévenue que tu revenais ! poursuivit-elle avant de remarquer la femme qu'il avait dans les bras et dont les cheveux dissimulaient le visage. Et tu m'amènes une amie, en plus. Ne me dis pas que tu t'es marié après t'être sauvé d'ici.

— Pas exactement. Nous venons d'avoir un petit accident devant chez toi.

Libby porta aussitôt les yeux sur la jambe sanguinolente de la femme et passa en mode secouriste :

— Allonge-la ici, commanda-t-elle en lui désignant le canapé de son bureau.

— Mais je vais mettre du sang partout, protesta la femme.

Libby attrapa plusieurs serviettes de toilette et les déploya sur les coussins.

Quand Mac la déposa, ses seins rebondirent contre son bras, faisant naître un autre accès de désir en lui. Sa silhouette de rêve lui rappela le vieux calendrier de pin-up que son père avait accroché dans le garage quand il était enfant. Betty Boop était moins attrayante que cette femme.

De sa main valide, ladite femme repoussa les cheveux de son joli visage.

— Maddie ! s'écria Libby. Qu'est-il arrivé ?

— Il est arrivé quelqu'un qui ne regardait pas où il mettait les pieds et qui m'a fait tomber de vélo, répondit-elle en désignant Mac de la main. Mon biclou n'a pas survécu.

Libby rassembla ses cheveux en queue-de-cheval et sortit une trousse de première urgence de sous son bureau.

— Voulez-vous que j'appelle votre travail pour leur dire que vous ne viendrez pas aujourd'hui ? s'enquit Mac.

— Dites-leur juste que je serai en retard. Je ne peux pas me permettre de manquer une journée complète.

Il était hors de question qu'elle aille travailler aujourd'hui, mais Mac préféra ne pas argumenter, pas encore.

— Qui dois-je appeler ?

— La gouvernante du McCarthy's Gansett Inn.

Secrètement amusé, il sortit son portable et composa le numéro de mémoire. Sous le regard médusé de Maddie.

Sans la lâcher des yeux, il demanda la gouvernante.

— Ethel ? Salut, Mac McCarthy à l'appareil.

Maddie émit un petit cri, à la fois à l'audition de son nom et aussi parce que Libby venait d'appliquer de l'antiseptique sur sa plaie.

— Comment vous appelez-vous ? lui murmura-t-il.

— Chester, grommela-t-elle entre ses dents.

— Ce petit diable de Mac McCarthy ! s'exclama Ethel. Comment vas-tu ?

— Très bien, et toi ?

— Je ne peux pas me plaindre.

— Je n'avais pas mis les pieds sur l'île depuis cinq minutes que je faisais déjà tomber une de tes employées de son vélo.

— Toujours un trublion, à ce que je constate, répondit Ethel avec son gros rire habituel. Laquelle ?

— Maddie Chester. Je suis avec elle au Beachcomber, et elle est salement amochée. Libby est en train de la rafistoler, mais je ne pense pas qu'elle puisse venir travailler aujourd'hui.

Maddie lui fit les gros yeux.

— Très bien, dit Ethel après avoir poussé un gros soupir. Si tu me dis qu'elle ne peut pas travailler, je vais la faire remplacer.

— Merci, Ethel. Je vais passer dire bonjour, mais ne dis surtout pas à maman que je suis là. Elle ne sait pas que j'arrive.

— Elle va grimper aux rideaux, mon chou. Je suis contente que tu sois revenu.

— Merci.

— Ce n'est pas ce que je vous ai demandé de dire, le rabroua Maddie dès qu'il eut raccroché.

— Ah, parce que vous croyez que vous pourrez faire le ménage aujourd'hui, avec une main déchiquetée ? Et je ne parle même pas de votre coude ni de votre jambe.

— Il a raison, Maddie, intervint Libby en appliquant une grande compresse de gaze sur la vilaine blessure à la jambe de la jeune femme. Ça va te faire un mal de chien d'ici une heure.

— Ça me fait déjà mal, répondit Maddie dans une grimace.

Livide, elle avait la bouche tordue de douleur, et Mac s'en voulut à mort d'être responsable de sa souffrance.

En dépit de sa silhouette à tomber, cette femme dégageait une aura de fragilité seulement démentie par ses mains, visiblement accoutumées aux gros travaux.

— Tu vas devoir faire extrêmement attention avec cette main pendant une à deux semaines. Il ne faudrait pas grand-chose pour que ces coupures s'infectent, poursuivit Libby.

— Oh, mon Dieu ! Que vais-je faire ? murmura Maddie en fermant les yeux et en laissant aller sa tête en arrière sur le canapé.

Oh, mon Dieu, oh, mon Dieu, oh, mon Dieu... Cette litanie se répéta en boucle dans la tête de Maddie alors qu'elle mesurait l'étendue des dégâts, ou plutôt l'étendue du pétrin dans lequel l'avait fourrée Mac McCarthy. Dès l'instant où elle avait levé les yeux et l'avait vu penché sur elle au milieu de la rue, sa tête lui avait dit quelque chose. Mais, principalement accaparée par la douleur des blessures qu'elle venait de subir, elle avait été incapable d'associer un nom à ce visage. Les vingt années écoulées depuis l'époque où il avait emmené l'équipe de baseball du lycée de Gansett jusqu'à la finale nationale avaient transformé le joli garçon en homme beau à se damner.

Des cheveux d'un noir de jais mi-longs, des yeux d'un bleu vif, une carrure imposante, des pectoraux bien définis... après toutes les heures passées à le reluquer, adolescente, c'était étonnant qu'elle ne l'ait pas instantanément reconnu. Mais, non, elle avait juste eu le temps de lui dire que ses parents étaient des ordures avant d'additionner deux et deux et de comprendre qui il était.

Si on exceptait les cernes bruns sous ses yeux et son teint de peau grisâtre, cet homme était une perfection. Elle tenait de Mme McCarthy, occupée la plupart du temps à encenser ses cinq enfants chéris, qu'il vivait en Floride. À le voir, on ne l'aurait jamais cru.

À l'époque où il avait cinq classes d'avance sur elle à l'école, il n'avait jamais ne fût-ce que remarqué sa présence. Maintenant qu'il la voyait pour la première fois, qu'il la *voyait* vraiment, il avait tout d'abord joui d'un point de vue imprenable sur le fléau de son existence, ses seins surdimensionnés. Le seul fait d'y penser lui donna envie de mourir. Elle rêva un instant de pouvoir disparaître, ou de trouver le moyen de faire disparaître Mac McCarthy et sa présence imposante.

Elle rouvrit les yeux. Raté. Il était toujours là. Toujours aussi beau.

— Inutile de rester, lui dit-elle. À partir de maintenant, je vais me débrouiller.

— Je vous ramène chez vous.

— Ce n'est pas nécessaire.

— Ce qui vous est arrivé est de ma faute...

— *Je* vous ai renversé.

— Parce que je suis descendu du trottoir sous vos roues.

— Tu as été percuté par la bicyclette, Mac ? Fais-moi voir ça, intervint Libby en lui faisant face.

Il se retourna. Une énorme meurtrissure était en train d'apparaître sur son mollet.

Les deux femmes hoquetèrent de concert.

— Ce n'est rien, fit-il en se levant et en se chargeant de son sac à dos. Si vous êtes prête à y aller, je vous raccompagne chez vous, ajouta-t-il à l'intention de Maddie.

— Et comment ?

— En vous portant.

— Et si j'habitais de l'autre côté de l'île ?

— Je hélerais un taxi.

— Je n'ai pas besoin que vous preniez soin de moi ! Je vais me débrouiller, comme je le fais toujours.

Mac s'approcha résolument du canapé et se pencha sur elle presque nez à nez :

— Vous êtes blessée par ma faute, et je vais donc vous aider. Maintenant, on peut faire ça tranquille, ou à la manière forte. Qu'est-ce que vous préférez ?

L'air crépita alors qu'ils se mesuraient du regard.

— Vous ressemblez beaucoup à votre mère, n'est-ce pas ?

— Voilà que vous devenez méchante, à présent, grommela-t-il.

— Je, euh, j'ai du travail qui m'attend, interjeta Libby. Passe donc déjeuner avec moi un de ces jours pendant que tu es là, Mac.

— Promis. Et merci pour ton aide, répondit-il sans lâcher Maddie des yeux.

— Vous croyez qu'en votre qualité de puissant McCarthy, tout le monde doit vous obéir sans discuter ? lui dit Maddie une fois qu'ils furent seuls.

— J'ignore ce qu'a fait ma famille pour vous contrarier à ce point, mais comme cela fait presque vingt ans que je n'habite plus ici, je suis tout à fait certain que cela n'a rien à voir avec moi personnellement.

Elle voulut croiser impatiemment les bras mais la douleur irradiant dans son coude lui arracha une grimace. L'espace d'un bref instant, elle eut peur qu'il ne fût cassé, mais il finit par se plier comme il devait le faire. Et elle ne put plus penser qu'à une seule chose : combien allait lui coûter cette journée de travail fichue, si du moins elle ne perdait pas carrément son emploi ?

— Alors, avez-vous fait votre choix ? Je vous signale que je peux rester ici toute la journée, je suis en vacances, lui redemanda Mac en s'appuyant négligemment contre le bureau de Libby.

Oh, que ce ton moralisateur me met en rage !

— Très bien ! Si votre côté macho nécessite d'en arriver à de telles extrémités, autant me ramener chez moi. Mais pour l'amour du ciel, sortez-moi d'ici par la porte de service, que je ne sois plus le spectacle de la journée.

— D'accord.

— Merci.

Mac la souleva et lui laissa le temps d'installer au mieux son bras et sa jambe blessés.

— C'est bon comme ça ?

— Oui, répondit-elle après avoir exhalé un long soupir.

Elle se cacha de nouveau le visage contre son tee-shirt jaune délavé pendant qu'il traversait le vestibule pour aller vers la porte de derrière. Il sentait le déodorant et la lessive, et les battements de son cœur se répercutaient dans son oreille. Dommage qu'il soit un McCarthy. Sinon, elle aurait peut-être bien été tentée d'oublier sa résolution de ne plus jamais avoir un homme dans sa vie.

Derrière le bâtiment, elle lui indiqua le chemin au travers du dédale de ruelles du centre-ville de Gansett.

— Petit, je jouais souvent par ici aux gendarmes et aux voleurs avec mes frères.

— Et moi, je transportais des sacs-poubelle plus lourds que moi jusqu'à la benne quand ma mère travaillait dans le coin.

Elle laissa remonter les yeux sur la colonne forte de son cou et les fixa sur sa mâchoire, apparemment contractée. Elle se demanda quel effet ça lui ferait de laisser courir ses lèvres dessus…

Il baissa les yeux et la surprit à le dévisager.

— Quoi ?

— Rien, répondit-elle en s'empourprant, puis elle ajouta au bout d'un instant : Votre jambe doit vous faire mal. Pourquoi ne me poseriez-vous pas ? Je peux marcher, vous savez.

À sa grande surprise, il fit ce qu'elle venait de lui suggérer. Le poids de son corps sur son genou blessé provoqua une terrible onde de douleur en elle, et elle ne put retenir un cri.

— Bien. Ne venons-nous pas de prouver à l'instant que vous êtes dans l'incapacité de marcher ?

— Si, vous avez raison, balbutia-t-elle, submergée par une vague de nausée.

Il repoussa une mèche de ses cheveux derrière son oreille et la surprit encore par la tendresse de ce geste.

— Je suis vraiment désolé, lui dit-il.

Elle risqua un coup d'œil vers lui et fut pratiquement prise de court par l'intensité du regard qu'il portait sur elle.

— Je sais.

— Je vais me rattraper, promis.

— Ne vous en faites pas, c'était un accident.

— Un accident dont je suis entièrement responsable, répondit-il en la soulevant avec précaution et en lui accordant encore une minute pour s'ajuster à la position.

Maddie le guida jusqu'à son appartement, au-dessus du studio de Tiffany.

— Ce n'est pas chez les Sturgill ? l'interrogea Mac.

— Si, en effet. Jim Sturgill a épousé Tiffany, ma sœur.

Au pied des marches, elle se rendit soudain compte que son sac était resté dans le panier de sa défunte bicyclette.

— J'ai laissé mon sac sur le vélo ! Mon portefeuille, mes clefs…

— Calmez-vous, je vais aller vous les chercher, la rassura Mac en la montant devant sa porte.

Combien avait-elle dans son porte-monnaie ? tenta de se rappeler Maddie. Vingt, peut-être trente dollars, et elle avait besoin de chacun d'entre eux.

— La porte n'est pas fermée, l'avertit-elle.

Par miracle, il réussit à ouvrir et à l'emmener à l'intérieur sans ajouter à ses douleurs. Elle le vit regarder autour de lui, faire un rapide inventaire de l'espace exigu, et se mit aussitôt sur la défensive. Il devait être accoutumé à bien mieux mais c'était le foyer qu'elle avait construit pour son fils et elle refusait d'en avoir honte.

— Vous avez un enfant ? s'enquit Mac en remarquant la pile de jouets dans un coin.

— Oui, un fils, Thomas. Il a neuf mois.

— Où est-il ? lui demanda-t-il en l'allongeant sur le vieux canapé qu'elle avait déniché au marché aux puces.

— Ma sœur est nounou à domicile, elle s'en occupe pendant que je travaille. Oh, mon Dieu, les enfants !

— Je vous demande pardon ?

— Je remplace habituellement ma sœur à quinze heures pour qu'elle puisse aller donner son cours de danse. C'est ma façon de lui payer la garde de Thomas.

— Je m'en occuperai.

— Hein ?

— Je garderai les enfants à votre place. Ça ne doit pas être bien sorcier.

— Vous avez déjà changé une couche ?

— Oh, sûrement. À une époque.

— Ben voyons ! Écoutez, vous vous prenez probablement pour un genre de boy-scout…

— En fait, je suis Éclaireur, la corrigea-t-il avec un sourire.

— Je n'en doute pas, mais vous devriez vraiment y aller, maintenant. Votre famille vous attend…

— Ils ne savent même pas que j'arrivais aujourd'hui.

Elle eut envie de hurler sa frustration. *Pourquoi ne pouvait-il saisir le message et la laisser tranquille ?* Et puis, au désespoir, elle comprit soudain.

— Ça n'arrivera pas, proféra-t-elle.

— De quoi parlez-vous à présent ?

— Sortez le nez de mes placards ! Qu'est-ce que vous fichez, encore ?

— Je cherche de l'aspirine et un verre, répondit-il sans se démonter avant de trouver les comprimés, d'emplir un verre d'eau et de lui apporter le tout.

— Merci, marmonna-t-elle après avoir pris les antalgiques. Maintenant, allez-vous-en, s'il vous plaît.

Mais bien sûr, il s'assit sur la table basse, et elle fit une prière pour que l'antiquité dénichée dans une brocante résiste à son poids.

— Alors, qu'est-ce qui n'arrivera pas ?

— Je sais très bien ce qui vous trotte dans la tête, reprit-elle avec une forte envie de faire disparaître l'expression amusée de Mac à grands coups de gifles.

— Ah ? Et qu'est-ce que c'est ?

— Vous vous dites que si vous êtes sympa avec moi, vous obtiendrez quelque chose en retour.

L'amusement laissa place à la stupéfaction.

— Quelque chose ? Comme quoi ?

— Ne faites pas la bête, voulez-vous ? Je sais que vous les avez vus, là-bas dans la rue, et que vous vous attardez ici dans l'espoir de mettre les mains sur les fameux nénés de Madeline Chester.

Il la dévisagea un long, un très long moment.

— C'est totalement faux.

— Et pourquoi seriez-vous différent des autres hommes ?

— Quand je vous regarde, ce que je vois en premier, ce sont ces yeux magnifiques qui me font penser au caramel fondu sur une glace à la vanille. Leur teinte est un mélange fabuleux de brun et de doré. Quand elle n'est pas tordue par le cynisme ou l'amertume, votre bouche est si belle que mes fantasmes personnels, si j'en avais à votre égard, s'entend, se fixeraient là et pas sur ce qui se trouve sous votre tee-shirt. Aussi spectaculaires que puissent être vos seins, je suis plus sensible aux fesses et aux jambes, figurez-vous.

Jamais encore Maddie n'avait été aussi choquée, ou plus emballée, par de simples paroles.

— Maintenant que ce point est réglé, parlons finances, reprit Mac d'une voix ferme.

Propos qui la ramenèrent tout droit dans la réalité la plus concrète.

— Quoi, les finances ?

— Je tiens à vous régler vos salaires perdus.

— C'est hors de question !

Elle était peut-être à trois sous près mais elle avait sa fierté, et personne, surtout pas un McCarthy, ne la lui enlèverait.

— Vous allez devoir me laisser vous aider, Maddie. Je sais que vous ne pouvez pas vous permettre de perdre des salaires.

— Ça, c'est le moins qu'on puisse dire ! Si je manque plus d'une journée, ils trouveront quelqu'un pour me remplacer. Il faut que le travail soit fait et ils se fichent bien de qui le fait.

— Je pense que nous avons déjà établi le fait que je jouis d'une certaine influence auprès des propriétaires de l'hôtel, et que je peux faire en sorte que cela n'arrive pas.

— Tant mieux pour vous. Ça n'accomplit toujours pas mon travail, et ça ne m'aidera en rien quand ils décideront qui ils gardent pendant l'hiver et qui va se faire voir ailleurs.

— En ce cas, je vais effectuer votre travail jusqu'à ce que vous soyez sur pied.

— Ben voyons ! s'esclaffa Maddie.

— Vous ne m'en croyez pas capable ?

Elle comprit alors qu'il était sérieux.

— Vous n'avez aucune idée de ce qu'implique mon travail. Comment pouvez-vous être aussi sûr que vous pouvez le faire à ma place ?

— Je suis capable de bâtir des immeubles de trente étages, je ne vois pas pourquoi je ne pourrais pas nettoyer quelques chambres d'hôtel.

Maddie étudia son visage si beau.

— Très bien. Puisque vous paraissez déterminé à vous rattraper vis-à-vis de moi, j'accepte.

Que pouvait-elle faire d'autre ? Elle ne pouvait se permettre de perdre son emploi, et n'avait donc d'autre choix que de le laisser la remplacer.

— Parfait, répondit-il en lui décochant un sourire victorieux. Maintenant, pour les enfants ? Pourrai-je être vos bras et vos jambes, là aussi ?

— Sérieux, avez-vous déjà changé une couche ?

— Non, confessa-t-il avant d'ajouter très vite : Mais j'apprends vite. J'y arriverai si vous m'indiquez comment faire.

En lui proposant de la remplacer, il lui sauvait la vie, mais il n'avait pas encore vu ce que les estivants étaient capables de faire à une chambre d'hôtel. La simple *idée* qu'un puissant McCarthy s'abaisse à faire un travail domestique dans l'hôtel que possédait sa famille suffit à faire naître un sourire sur le visage de Maddie. Elle lui tendit sa main valide :

— Marché conclu.

Il la surprit une fois de plus en prenant sa main et en en effleurant le dos d'un baiser.

— Marché conclu. Maintenant, laissez-moi aller chercher votre sac et voir si je peux vous rapporter quelque chose pour le déjeuner.

2

Mac laissa ses affaires chez Maddie et retourna récupérer son sac en ville. En chemin, il pensa à l'heure qu'il venait de passer en sa compagnie et aux terribles rebuffades qu'avait subies son ego. Oh, il n'avait rien du playboy mais, en règle générale, il avait une nette tendance à plaire aux femmes. C'était bien la toute première fois qu'il en rencontrait une aussi pressée de se débarrasser de lui. Et puis, que pouvait-elle bien avoir contre ses parents ? Ils dirigeaient une entreprise prospère et se préoccupaient de leurs employés, c'était du moins comme cela qu'il les voyait.

À vrai dire, il n'avait pas la moindre idée de la façon dont leur affaire, qui avait pris énormément d'ampleur depuis son départ, était gérée actuellement. Il avait toutefois bien l'intention de le savoir, et s'il devait en croire l'opinion de Maddie, il n'allait peut-être pas franchement apprécier ce qu'il allait découvrir.

Il ne fut pas étonné de trouver la bicyclette de Maddie accotée à une palissade en face de la boutique Sand'n Sea. Quelqu'un l'avait habilement dissimulée sous les rosiers grimpants. Le sac était encore dans le panier suspendu à ce qui avait naguère été un guidon. Il ouvrit son portefeuille éraflé et y trouva un billet de vingt dollars, un de cinq et plusieurs de un dollar toujours pliés à l'intérieur. La vue de l'argent non dérobé lui donna la curieuse impression d'être rentré chez lui. À Miami, le sac, l'argent liquide et même les vestiges du vélo auraient disparu depuis belle lurette.

Il remit le portefeuille dans le sac, jeta l'amas de ferraille dans la benne la plus proche et décida de lui offrir un vélo neuf.

Vingt minutes plus tard, il était de retour chez Maddie avec, dans un sac en papier, des cheeseburgers, des frites et des sodas. En grimpant les marches, il lui passa par la tête qu'elle était peut-être végétarienne, comme Roseanne. Pensée qui lui arracha un soupir. Il en avait par-dessus la tête des femmes difficiles, des femmes jamais contentes. Se pourrait-il qu'une fois, une seule, il en rencontre une qui se nourrisse comme un être humain normal ?

Arrivé devant la porte, il hésita un instant. Devait-il frapper ou non, puisqu'elle attendait son retour ? Au souvenir de ses réticences précédentes, il gratta contre la porte puis entra, pour se retrouver face à une pièce vide.

— Maddie ? appela-t-il avant de tendre l'oreille, inquiet qu'elle ait pu vouloir sortir seule. Maddie ?

Il perçut un son étouffé derrière une porte fermée. Il posa les sacs sur la table et alla se placer derrière la porte.

— Est-ce que tout va bien, Maddie ?

— Voudriez-vous bien vous en aller et me laisser en paix ?

— Et pourquoi ne sortiriez-vous pas de là pour qu'on puisse discuter tranquillement de ce qui vous perturbe ?

Silence.

— Je vous ai rapporté quelque chose à manger. Allez, sortez, Maddie.

Toujours le silence.

Il attendit un instant, puis frappa.

La porte s'ouvrit, et elle posa sur lui des yeux rougis de larmes. Au spectacle de ce visage ravagé, une curieuse impression, vraiment étrange, tordit le ventre de Mac. En cet instant, il comprit que ça n'allait pas être les vacances dénuées de tout stress prescrites par son médecin.

— Souffrez-vous beaucoup ? l'interrogea-t-il au vu de sa détresse.

— Ça va mieux depuis que j'ai pris ces comprimés, répondit-elle avant de faire un pas, aussitôt ponctué d'une vilaine grimace.

— Laissez-moi vous aider.

Il la souleva, et la sentit se contracter de tout son corps. Elle ne se détendit un peu qu'une fois installée contre lui. Ses cheveux effleuraient son menton, et il inhala une bouffée d'un ensorcelant parfum de fleurs d'été.

— Que… que faites-vous ?

— Rien.

Il sortit de sa transe momentanée, l'emporta jusqu'au canapé et s'assit près d'elle.

— Et si vous me disiez ce qui vous contrarie tant, à part ce qui est évident, s'entend.

— Qu'est-ce que ça peut vous faire ?

Bonne question.

— Si je ne m'étais pas collé dans vos roues, vous seriez en train de travailler, et pas de pleurer chez vous.

— C'était un accident. Personne n'attend de vous que vous arrangiez tout.

— Nous nous sommes déjà mis d'accord sur le fait que je vais vous aider jusqu'à ce que vous soyez rétablie, alors pourquoi ne pas me dire ce qui ne va pas ?

Maddie laissa aller sa tête sur le canapé, comme si l'effort de la tenir droite était trop pour elle, et poussa un gros soupir. Sa résignation lasse eut un drôle d'effet sur Mac, lui donnant envie d'arranger jusqu'au moindre de ses problèmes, même ceux dont il n'était pas responsable.

— Je ne sais vraiment pas comment je vais pouvoir m'occuper de Thomas dans cet état, finit-elle par lui dire d'une toute petite voix. Depuis l'instant même de sa naissance, j'ai été hantée par une peur obsessionnelle de perdre mon travail et de ne plus être capable de prendre soin de lui. Jamais je n'aurais imaginé être si gravement blessée...

— Je vais m'en charger. Quoi qu'il faille faire pour lui, je le ferai.

Elle tourna la tête vers lui afin de le voir et de jauger sa sincérité.

Leurs yeux se rencontrèrent et, une fois encore, Mac perçut l'impact des siens. Il ne put détourner le regard. Incapable de résister à un besoin impérieux de la toucher, il repoussa ses cheveux de son visage maculé de larmes, et attarda plus longtemps que prévu ses doigts dans les mèches soyeuses.

— Je ne veux pas que vous vous inquiétiez pour quoi que ce soit.

— Pourquoi ? fit-elle, confuse autant que perplexe.

Il la coiffa avec les doigts, non pas parce qu'elle avait encore les cheveux dans le visage, mais parce que leur texture l'emballait.

— Je n'en sais rien, avoua-t-il, stupéfié par cette indéniable attirance.

Cet aveu flotta entre eux. Pleinement conscient de la présence de Maddie, il ne put retrouver un autre instant de sa vie où il avait été aussi puissamment attiré vers un autre être humain.

Elle se mordilla la lèvre, mais ne détourna pas les yeux.

Fasciné par le geste, Mac dut se déplacer pour dissimuler une érection.

— Cela n'arrivera pas, dit-elle.

— Vous l'avez déjà dit.

— Je ne suis pas intéressée.

Il lui effleura la joue du bout des doigts.

L'inspiration subite de Maddie démentit ses propos.

— D'accord, dit-il, le visage à quelques centimètres du sien. Maddie ?

Elle entrouvrit les lèvres, l'implorant presque de prendre ce baiser dont il savait qu'elle en avait autant envie que lui, même si elle ne l'admettrait jamais.

Elle brisa le charme en tournant la tête vers la table.

— Le déjeuner refroidit.

Ce qui fut tout d'abord un étrange moment de déception se teinta finalement de soulagement pour Mac. C'était tout aussi bien. Qu'est-ce qui lui prenait de se demander l'effet que ça lui ferait de plonger dans la douceur de cette splendide bouche, de voir ces yeux caramel s'assombrir de désir...

Il l'aida à s'installer confortablement, puis se leva pour aller chercher des assiettes.

— Ketchup ? demanda-t-il avant de regarder derrière lui et la voir hocher la tête.

Intéressant. La même femme qui, une minute plus tôt, ne pouvait détacher ses yeux des siens avait maintenant du mal à le regarder.

— J'espère que vous n'avez rien contre la viande.

— Je mangerais n'importe quoi.

Loin de lui échapper, l'ironie de la situation le fit sourire. S'il ne faisait pas attention, il pourrait bien en venir à apprécier cette femme fermée, sur ses gardes et en principe pas intéressée.

— L'emballage a conservé tièdes les burgers, mais les frites sont un peu mollassonnes.

— Je m'en fiche.

Il lui donna son assiette et s'installa face à elle dans un fauteuil qui devait déjà être vieux dix ans auparavant. En mangeant, il inspecta plus avant la pièce où il se trouvait. Les meubles étaient anciens et souvent bancals mais impeccablement propres. À l'exception de quelques photographies d'un adorable bébé blond près d'un autre bébé brun plus ou moins du même âge et la pile de jouets dans un angle, il ne découvrit nul indice propre à éclaircir le mystère Maddie Chester. Qui était-elle ? Qui était le père de son bébé ? Où était-il à présent ? L'aimait-elle ? Lui manquait-il ? L'aidait-il financièrement ?

Il n'avait encore jamais éprouvé une telle curiosité vis-à-vis d'une parfaite inconnue. Enfin, elle ne lui était plus tout à fait inconnue maintenant… Après l'avoir portée et ramenée chez elle, ils étaient probablement passés du statut d'inconnus à celui de connaissances. Peut-être même que, quand il l'aurait aidée à se rétablir, ils deviendraient amis. Il la regarda, et découvrit qu'elle posait un regard vide sur le mur inégal. D'accord, des amis, c'était peut-être beaucoup demander.

— Qui est l'autre bébé sur les photos ? lui demanda-t-il, en choisissant la question la plus neutre de sa longue liste d'interrogations.

— C'est ma nièce, Ashley. Elle a un mois de plus que Thomas.

— Ça va être sympa pour eux, quand ils pourront jouer ensemble.

— Je le pense. Si nous sommes toujours là.

— Vous comptez partir quelque part ?

— J'aimerais bien aller m'installer sur le continent.

— Et pourquoi ne l'avez-vous pas fait ? demanda-t-il en mangeant une fourchetée de frites froides.

— Je ne peux pas abandonner ma mère. Elle a énormément de problèmes, mais je rêve de ficher le camp d'ici. De trouver un meilleur emploi, de prendre un nouveau départ. Là où personne ne me connaît.

— Et pourquoi diable voudriez-vous aller vivre seule avec votre enfant là où personne ne vous connaît ?

Elle lui darda un regard noir.

De quoi parlait-elle, au juste ? Mac n'en avait aucune idée et décida de demander à sa sœur. Janey savait tout ce qui se passait à Gansett.

Un coup à la porte les fit tous deux sursauter.

— Maddie ? Tu es là ?

Mac se leva pour aller ouvrir, et se retrouva face à une jolie brunette qui fixa un œil accusateur sur lui.

— Jim est rentré pour déjeuner, et il m'a dit qu'il avait vu un homme… commença-t-elle avant de se rembrunir et de s'adresser directement à lui : Qui êtes-vous et que fichez-vous dans l'appartement de ma sœur ?

— Entre, Tiff, cria Maddie.

Mac s'effaça pour la laisser entrer, et décida que Tiffany ne devait pas tenir du même parent car il ne retrouvait rien de Maddie en elle. Maddie avait des courbes plantureuses alors que sa sœur avait une silhouette mince et musclée de danseuse. Pour l'instant, cependant, elle le fit plus penser à une panthère s'apprêtant à bondir.

En voyant Maddie, Tiffany tressaillit.

— Mais bonté divine, que t'est-il arrivé ?

— Mac McCarthy, répondit Mac, main tendue.

Tiffany se contenta de le fixer à nouveau et, une fois encore, il ne put que se demander pourquoi son nom s'attirait une telle réaction d'hostilité de la part des sœurs Chester.

— Nous avons eu un accident, précisa-t-il en laissant retomber sa main, avant de lui en donner les détails.

Tiffany se rapprocha de sa sœur pour mesurer l'étendue des dégâts.

— Oh, Seigneur, Maddie !

— Je sais.

— Ne vous en faites pas, je prends soin d'elle, intervint Mac.

Tiffany tourna brusquement la tête vers lui et lui lança un regard propre à geler le Sahara. *Mais bon sang, qu'ont-elles, à la fin ?*

— *Je* vais prendre soin de ma sœur, lui jeta-t-elle, acerbe. Vous pouvez vous en aller, maintenant.

— Ne te fatigue pas, j'ai déjà essayé. Plusieurs fois. Il est du genre chatterton, la prévint Maddie.

L'espace d'un instant, Mac crut avoir décelé une pointe d'affection sur son visage, mais elle disparut avant même qu'il pût célébrer cette avancée.

— Si elle est dans cette position, c'est entièrement de ma faute, alors je vais la remplacer à l'hôtel et à la garderie jusqu'à ce qu'elle soit capable de reprendre son travail, affirma-t-il.

Tiffany regarda sa sœur, Mac, puis sa sœur.

— Vous ne pouvez pas dire ça sérieusement.

— Quelle autre solution ai-je, Tiff ? Je ne peux pas me permettre de perdre mon emploi à l'hôtel, et toi, tu as tes cours de danse. Je peux à peine me déplacer et encore moins m'occuper de quatre bébés, nous avons bel et bien besoin d'aide.

— Comment vas-tu faire avec Thomas ?

— Nous en parlions justement quand vous êtes arrivée, intervint Mac.

— Tu vas venir t'installer à la maison en attendant de te remettre, décréta Tiffany.

— Tiff, tu sais très bien que ce n'est pas une bonne idée, répondit Maddie. Avec les problèmes que vous avez, Jim et toi, vous n'avez vraiment pas besoin de nous avoir en permanence sur le dos, Thomas et moi.

Manifestement contrariée que sa sœur ait évoqué ses démêlés conjugaux devant « l'ennemi », Tiffany se rembrunit.

Mac observa son visage expressif alors qu'elle envisageait leurs différentes options, et arrivait à la même conclusion que lui : Maddie avait besoin de lui et il allait être là pour elle. Quant à la raison pour laquelle il était si déterminé à lui venir en aide, il aurait le temps d'y réfléchir plus tard, quand il aurait réparé le gâchis qu'il avait provoqué dans sa vie.

— Qu'est-ce qu'il connaît des soins à donner à des enfants ? demanda Tiffany à sa sœur.

— Pas grand-chose, mais je serai là pour le conseiller.

Tiffany refit face à Mac.

— Je vous attends en bas à quinze heures, et si vous cafouillez, ou si vous lui faites plus de mal que vous ne lui en avez déjà fait, vous en répondrez devant moi. Suis-je claire ?

— Comme de l'eau de source, rétorqua Mac, en refusant de se laisser intimider par un bout de femme.

Mais, bon sang, elle avait presque un côté effrayant !

— As-tu besoin de quoi que ce soit ? demanda-t-elle ensuite à Maddie.

— Non, merci. Rentre chez toi, que Jim puisse aller travailler.

— À plus tard, conclut Tiffany en passant devant Mac.

— Charmante, commenta-t-il à l'adresse de Maddie.

— Protectrice.

— Qu'est-ce que je vous ai fait, à toutes les deux ?

— Ce n'est pas vous...

— Qui, alors ?

Son visage ouvert se ferma plus vite que la porte sur sa sœur.

— Personne.

Mac avait déjà compris que quelqu'un de sa famille avait fait du mal à cette femme, et il se découvrit déterminé à savoir qui. Tout en ayant le vague pressentiment que ce qu'il allait apprendre n'allait pas lui faire très plaisir.

— Est-ce que ça va aller, un petit moment ? demanda-t-il.

— Bien sûr.

Maddie avait le sentiment qu'elle pourrait dormir une année entière.

— J'ai deux ou trois choses à faire, mais je serai de retour bien avant trois heures.

— D'accord.

— Avez-vous besoin que je vous rapporte quoi que ce soit ?

— Non, je vous remercie.

— Je pense qu'une sieste vous ferait le plus grand bien. Voulez-vous qu'avant de partir, je vous aide à vous mettre au lit ?

— Je, euh, je dors ici, répondit Maddie, gênée. La chambre est pour Thomas, je dors sur le canapé, qui se transforme en lit.

— Voulez-vous que je vous le déplie ?

— Non, je vous remercie.

— Très bien, en ce cas...

Étrange. Il paraissait à la fois pressé et pas pressé de s'en aller. Maddie se demanda s'il reviendrait vraiment. Une fois qu'il aurait retrouvé sa famille dans leur grande maison blanche, il oublierait son cas social en ville. La pensée de ne jamais le revoir l'attrista et la mit en colère ; qu'en avait-elle à faire, s'il ne revenait pas ?

— Vous êtes sûre que ça va aller ?

— Oui ! Ouste, du balai !

— Vous êtes idéale pour mon ego, vous le savez, au moins ? Je n'ai jamais connu de femme plus pressée de se débarrasser de moi.

— Un chouïa d'humilité, c'est peut-être juste ce qu'il vous faut.

Il lui décocha le sourire qui devait suffire à ce qu'une femme se déshabille illico. L'éclair de désir qui la traversa prit Maddie par surprise et la mit une nouvelle fois en colère. Pourquoi diable était-elle en train de s'imaginer l'effet que cela lui ferait de l'embrasser, d'être serrée entre ses bras forts alors qu'elle n'avait pas la moindre envie de devenir une énième entaille sur son bois de lit ?

— À plus tard, conclut-elle.

À le voir ainsi s'en aller, tout de belle carrure, de présomption et d'arrogance, si sûr de lui et de ce qu'il était dans le monde de l'élégance, elle aurait dû le vouer aux gémonies. Elle avait passé la majeure partie de sa vie à envier et détester les McCarthy.

Dans son enfance, il avait eu tout ce dont elle avait toujours rêvé : un foyer sûr et stable, une famille nombreuse, deux parents apparemment toujours amoureux l'un de l'autre et fiers de leur nombreuse progéniture. Depuis huit ans qu'elle travaillait pour l'entreprise familiale, Maddie avait vite découvert que Big Mac et Linda réservaient leur amour et leur affection à leur famille et n'en avaient que très peu pour leurs employés, surtout le personnel non qualifié comme elle.

Elle resta un bon moment dans la même position, à se demander comment il était possible qu'elle fût réellement, et bizarrement, attirée par un McCarthy. Une pensée qui suffit à lui donner le dégoût d'elle-même.

— Je refuse d'être une de ces péronnelles qui tombent en pâmoison par troupeaux aux pieds des puissants frères McCarthy ! s'écria-t-elle tout haut, comme si cela pouvait donner un coup de fouet à sa résistance chancelante.

Quand il s'était assis si près d'elle sur le canapé, si près qu'elle avait pu percevoir la chaleur de sa peau, elle avait eu envie de s'enfuir à toutes jambes, le plus loin possible. Seul un homme tel que lui, persuadé de pouvoir se tirer de n'importe quelle situation, pouvait s'asseoir aussi près d'une femme qu'il ne connaissait pas. Et qu'elle se fût sentie en sécurité en sa présence était une raison de plus pour qu'elle se dégoûte. Il n'en avait rien à faire d'elle, et elle ferait bien de garder ça en tête si elle ne voulait pas se laisser emporter par son attrait irrésistible.

Elle serra les dents et tenta de trouver une position plus confortable. Bon sang, que ces plaies étaient douloureuses ! Même quand elle s'était cassé la cheville, en classe de sixième, elle n'avait pas eu aussi mal.

Elle réussit enfin à s'allonger du côté de sa jambe intacte et la douleur s'atténua quelque peu. Elle découvrit dans le même temps que Mac avait laissé son sac à dos dans un coin de la cuisine. Elle en fut soulagée. À son grand déplaisir.

Mac parcourut au petit trot la distance séparant l'appartement de Maddie de la grand-rue tout en cherchant un taxi. Il sourit en apercevant un vieux break et le héla.

— Eh ben, ça alors, le petit Mac McCarthy ! s'exclama Ned Saunders en s'arrêtant le long du trottoir et en sautant de voiture pour venir le serrer dans ses bras. Comment ça se fait qu'on m'ait rien dit ?

Hilare, Mac rendit son étreinte au meilleur ami de son père. À voir l'épaisse tignasse blanche en pétard de Ned, il en conclut que le bonhomme ignorait toujours l'existence des peignes. Il avait, comme d'habitude, la barbe longue et ébouriffée et un sourire jauni par le tabac, même si Mac avait entendu dire que Ned avait renoncé à ses chères cigarettes un an auparavant par peur du cancer. Il portait un tee-shirt Gansett qui avait peut-être été rouge un jour, un short en madras remontant probablement aux premiers temps où ils avaient été à la mode, et des claquettes qui ne valaient guère mieux.

— Tu as bonne mine, Ned. Dis-moi, tu n'as pas pris une ride depuis la dernière fois.

Le visage tanné se fendit d'un immense sourire.

— Toujours aussi charmeur, mon garçon !

— C'est ce que me dit ma maman.

— En causant de ta mère, elle sait qu't'es là ?

— Pas encore. J'y allais, justement.

— Tu voyages léger, dis-moi.

— J'ai laissé mon sac chez une amie. J'irai le récupérer plus tard.

Ned poussa par terre une pile de gobelets en papier vides, de sacs et de journaux et invita Mac à s'asseoir sur le siège passager.

— J'suis drôlement content de te voir, mon gars. Ton père me donne du tracas ces derniers temps, avec ses histoires de vendre et de prendre sa retraite.

Pour sa part, Mac aurait bien aimé savoir pourquoi le fait que son père ait décidé de vendre McCarthy's l'attristait ainsi. Sa vie, sa maison, son travail, étaient à des milliers de kilomètres de l'île ; alors pourquoi l'idée que ses parents veuillent liquider leur affaire le dérangeait-elle à ce point ?

Ses frères, sa sœur et lui avaient grandi ici, sur ces docks, ils avaient été sevrés avec les fameux beignets au sucre de leur mère et la soupe de clams du restaurant de la marina, ils avaient fait des courses de crabes sur les jetées et gagné leur argent de poche, adolescents, en travaillant comme manœuvres sur les quais. Ce lieu faisait partie intégrante de leur ADN, et la pensée que quelqu'un d'autre pût posséder l'hôtel et la marina ne collait tout bonnement pas.

— Il est sérieux, tu crois ?

— Ben, vu qu'il s'est trouvé un acheteur et tout, je dirais que oui, il est sérieux.

Mac poussa un soupir alors que Ned louvoyait dans le centre-ville animé puis se dirigeait vers North Harbor. Une fois qu'ils furent sortis de la ville, la beauté bucolique de l'île l'accueillit chez lui. Champs vallonnés, murets de pierre, maisonnettes à un étage aux allées de coquillages pilés, rangs de vignes attendant la vendange, roses trémières et jasmin. Il baissa la vitre pour laisser entrer les parfums familiers.

— Y a jamais rien de mieux que chez soi, lui dit le vieil homme avec un sourire entendu. T'as jamais pensé à revenir un jour ?

— Tu rigoles ? Je me régale à Miami. Sans compter que les affaires marchent du tonnerre.

— Il n'y a pas que le travail dans la vie, mon garçon. Ton père t'a appris ça, non ?

Mac n'avait jamais entendu paroles plus justes. Il ne savait pas comment Big Mac avait réussi à diriger une affaire florissante exigeant toute son attention sans jamais sacrifier sa famille. Pas une seule fois. Ses cinq enfants avaient toujours su où se situer avec lui, comme ils avaient toujours su que rien n'avait plus d'importance à ses yeux que leur sécurité et leur bonheur.

Alors que le paysage familier se déployait tout autour de lui, il fut soudain envahi d'un besoin irrésistible de retrouver la magie de l'enfance. Il voulut retrouver l'époque précédant celle où il avait perçu l'île comme une prison. Il voulut revivre ces interminables journées d'été, de brouillard, de soleil, de bateaux et de gens. Cette soudaine prise de conscience l'atteint profondément et dispersa son plan de vie telle une feuille de papier emportée par la brise de Gansett.

— Tu sais, si seulement un de vous cinq, les mômes McCarthy, montrait le plus petit intérêt dans l'affaire, ton père ne vendrait jamais, reprit Ned.

Que répondre à cela ? Rien, songea Mac. À l'approche de la vaste maison de ses parents perchée au sommet de la colline, il eut son premier aperçu des activités en contrebas : l'hôtel McCarthy Gansett Inn jouissait d'une vue imprenable sur la marina et le port. Sa pelouse était parsemée de grands fauteuils de bois, les voiliers étaient amarrés par trois ou quatre au quai principal de la marina. Rien n'avait changé, malgré ses cinq années d'absence.

Une fois arrivé dans l'allée de sa maison natale, Mac sortit son portefeuille.

— N'y pense même pas, gronda Ned.

— Merci, alors, répondit Mac en lui tendant la main. Ça m'a fait plaisir de te revoir.

— Et à moi donc, dit Ned en la lui serrant plus longtemps que nécessaire. Tu sais, la vie met parfois sur ton chemin des trucs qui te font comprendre où est ta place, ajouta-t-il en tournant les yeux vers la marina. Ne manque pas ce qui est juste sous tes yeux.

Une vision soudaine de la femme adorable mais amère qui avait croisé son chemin plus tôt dans la journée s'imposa à Mac, et il eut le pressentiment que quelque chose d'énorme était sur le point d'arriver.

Ned lâcha sa main et lui sourit, comme s'il ne venait pas de faire basculer son univers.

— À un de ces jours, dit-il.

— À un de ces jours, répondit Mac.

Il fit sauter le loquet fermant la grille devant la maison blanche de type colonial de ses parents. Une fois dans la roseraie de sa mère, il prit le temps d'admirer les corolles fragiles et multicolores et de humer leurs parfums avant de monter les marches menant au perron.

Il pénétra directement dans la maison qui, comme d'habitude, n'était jamais fermée.

— Il y a quelqu'un ? appela-t-il.

Seuls le silence et un arôme de pot-pourri l'accueillirent.

Il parcourut le couloir, passa devant le mur recouvert des photos de classe des jeunes McCarthy et arriva à la cuisine récemment modernisée donnant sur la marina et North Harbor. Lui revint le souvenir de son père planté devant ces fenêtres, observant tout ce qui se déroulait en bas. En guise de plaisanterie, les employés avaient coutume de dire que Big Mac les espionnait depuis la « Maison Blanche ».

Il fit glisser la porte coulissante donnant sur la grande terrasse à l'arrière et sortit. La demeure des McCarthy jouissait de la plus belle vue de toute l'île, s'étendant depuis la plage de la ville tout au bout à droite de la propriété jusqu'aux deux marinas voisines, Gansett Boat Works et North Harbor Yacht Club. Les deux autres hôtels étaient réputés bien plus chers et sélectifs que celui des McCarthy, qui s'enorgueillissaient de l'atmosphère familiale et amicale de leur établissement. À l'autre extrémité du port, on voyait le poste de garde et le phare, sentinelle de l'entrée ouest.

Même si le mois de juin était bien entamé, le vent de mer apportait toujours de la fraîcheur, bienvenue après la touffeur de la Floride du Sud. Mac resta là un bon moment, et réfléchit aussi bien à son arrivée mouvementée qu'à l'étrange conversation qu'il venait d'avoir avec Ned. La pensée de Maddie et de l'envie qu'il avait eue de l'embrasser lui arracha une grimace. Elle le rendait nerveux, comme s'il était constamment sur le point de dire ou de faire ce qu'il ne fallait pas. Il n'avait pas l'habitude d'être mal à l'aise en compagnie d'une femme, et décida de ne pas passer plus de temps que nécessaire avec elle. Il n'oubliait pas non plus son intention de rentrer à Miami aussitôt que possible.

Une porte fut claquée à l'avant de la maison. Mac se retourna à l'instant même où sa sœur Janey arrivait d'un pas dansant dans la cuisine.

Elle poussa un cri et se jeta dans ses bras.

Sous l'impact, il recula de deux pas et sourit devant son enthousiasme. Si elle était aussi blonde qu'il était brun et sa cadette de sept ans, elle et lui avaient toujours été proches.

Il la reposa par terre et tira sur sa queue-de-cheval.

— Ça boume, gamine ?

— Ne m'appelle pas comme ça, répondit-elle en lui boxant le ventre. J'ai grandi, au cas où tu ne t'en serais pas aperçu.

— Pour moi, tu auras toujours treize ans et des bagues sur les dents. Tu conduis, déjà ?

— Ha, ha, très drôle. Je m'envoie même en l'air, mais chut, pas un mot à maman.

Mac prit une mine horrifiée et simula une attaque d'apoplexie. La simple pensée que Janey ait des relations sexuelles était trop pour lui, même si elle avait vingt-huit ans et était fiancée.

— Épargne-moi les détails scabreux, je te prie.
— Si tu trouves ça scabreux, c'est peut-être parce que tu ne sais pas comment on fait, s'esclaffa Janey.
— Je refuse d'avoir cette conversation avec toi.
— Autant et aussi souvent qu'on peut, insista-t-elle en riant.
— La la la, la la... chantonna Mac en se plaquant les mains sur les oreilles. Comment va le Dr David ?
— Il commence son internat à Beth Israël. Encore une année, répondit-elle en soupirant avant de lui taper sur l'épaule : Pourquoi ne nous as-tu pas prévenus que tu arrivais ?
— Je ne voulais pas que maman se tue à faire la cuisine et le ménage.
— De toute façon, elle fait des bonds au plafond chaque fois qu'un de ses fils prodigues revient à la maison.
— Normal, nous sommes spéciaux.
— En parlant de spécial, qu'est-ce que c'est que cette histoire, il paraît que tu trimballes Maddie Chester partout en ville ?
— Je l'ai fait tomber de son vélo et l'ai assez salement blessée, répondit Mac, pas franchement étonné que sa sœur fût déjà au courant.
— Oh, quelle bonté d'âme. Elle a dû se croire morte et montée au paradis quand le grand Mac McCarthy a volé à son secours.
— Eh bien, en fait, elle était plutôt hyper pressée de se débarrasser de moi.
Janey éclata de rire. Très fort. Trop.
— Je parie que ça ne doit pas arriver souvent, dit-elle en essuyant ses larmes de rire. Maddie Matelas et toi... Maman en ferait une attaque.
Sous le choc, Mac recula d'un pas.
— Comment viens-tu de l'appeler ?
— Comment, tu n'avais jamais entendu ça ? fit Janey, attristée.

— Je n'ai pas le moindre souvenir d'elle. Elle était bien plus jeune que moi.

— De cinq ans. Elle était dans la classe d'Evan, précisa Janey avant de faire la grimace. Désolée de t'avoir balancé ça comme ça. Je croyais que tu avais déjà entendu son surnom.

— Pourquoi l'appelle-t-on comme ça ?

— Allons, Mac, un peu d'imagination ! Selon la rumeur, elle a été très « occupée » pendant ses années de lycée. L'équipe de football l'adorait, paraît-il.

Le choc, un choc absolu provoqua une vive douleur dans la poitrine Mac.

— Je n'en crois pas un mot, dit-il tout bas.

Rien, dans sa brève rencontre avec Maddie, ne lui avait donné l'impression qu'elle était une fille facile. À la vérité, elle avait été tout le contraire avec lui, et il ne pensait pas que c'était uniquement parce qu'il était un McCarthy. Non, ça allait bien plus loin que ça.

— Maintenant que j'y réfléchis, je ne pense pas qu'elle ait été avec *aucun* homme depuis le lycée, reprit Janey. Mais quand Evan et moi y étions, tous les garçons déliraient sur Maddie Matelas et sa spectaculaire avant-scène.

Mac se détourna, fixa les yeux sur le port et enregistra l'information.

— Ne me dis pas que tu n'as pas remarqué « ses nénés », plaisanta Janey. C'est quelque chose, quand même.

Il se retourna vers elle en tâchant de maîtriser sa colère. Quant à la raison pour laquelle il était si déterminé à prendre la défense de Maddie, il y réfléchirait plus tard.

— Elle a plus d'atouts que ça.

— Alors là, tu es probablement le seul homme vivant à dire cela après l'avoir rencontrée. Manifestement, Miami n'a entamé en rien ton sens de l'honneur.

— Qu'y a-t-il de mal à en avoir un ?

— Rien du tout. De plus, tu vas avoir de plus gros problèmes. Maman va grimper aux rideaux en apprenant que tu es là, elle va essayer de te coller dans les bras toutes les bimbos célibataires de la ville.

— Hein ? Pourquoi ?

— Son horloge biologique à petits-enfants s'est transformée en bombe atomique depuis que Janet a offert des jumeaux à tante Joan. Maman est au désespoir, et je pense qu'elle ne sera pas satisfaite avant que, tous les quatre, vous soyez mariés et que vous lui pondiez de la marmaille.

Une idée qui avait le don de flanquer la frousse à Mac, mais même une notion aussi dérangeante que celle-ci ne put chasser son épouvantable tristesse à la pensée de ce qu'avait dû traverser Maddie. Pas étonnant qu'elle soit si pressée d'aller s'installer dans l'anonymat, hors de l'île.

— Et toi, comment se fait-il que tu sois exemptée de ponte ?

— Maman sait que David et moi en sommes encore à des années de ça.

— À propos, où est-elle ?

— Elle fait les payes à l'hôtel. Elle ne va pas tarder à rentrer, ou alors tu pourras la trouver là-bas.

— En parlant de bébés, que sais-tu du père de celui de Maddie ?

— Rien du tout. Elle a toujours refusé de dire qui il était. La rumeur dit qu'il s'agirait de Royal Atkinson.

— Et les gens y croient ? *Tu* y crois ?

Janey eut la bonne grâce de paraître chagrinée.

— Eh bien, quand une personne a une certaine réputation...

— Justifiée ou pas.

— ... et quand elle ne donne pas le nom du père à son bébé, ça jase dans les chaumières, forcément. Elle a fait le ménage pendant des années chez Royal.

Janey parlait de l'un des conseillers municipaux le plus souvent élu.

— Elle a brusquement arrêté de le faire. Quelques mois plus tard, ça a commencé à se voir. Les cancans ont commencé.

La perspective de la jolie petite Maddie s'envoyant en l'air avec le ventripotent Royal et ses célèbres bajoues arracha un frisson à Mac.

— Jamais de la vie !

— C'est toi qui as voulu savoir. Je te raconte juste ce que colportent les gens.

— Cette ville n'a pas changé. Comment peux-tu encore le supporter ? Tu n'en as jamais marre ?

— Ça ne me fait ni chaud ni froid. Tant qu'ils ne parlent pas de moi, qu'est-ce que j'en ai à faire ?

— Pauvre Maddie.

Ces deux mots lui échappèrent avant qu'il pût les retenir.

Janey le fixa d'un œil rond.

— Elle t'a tapé dans l'œil, hein ? Et maintenant, tu te demandes si...

— Rien du tout. Je voulais juste connaître son histoire.

— Tu ferais mieux de garder tes distances, Mac. Elle a eu énormément d'ennuis dans sa vie. Sa mère est en train de faire une peine de trois mois de prison pour chèques en bois, et son père s'est carapaté il y a des années. Sa sœur était aussi une gamine perturbée. Ces filles ne sont pas de notre monde.

— Eh, tu t'entends parler, gamine ? Quel snobisme ! Maddie n'est pas plus responsable que nous de la nature de ses parents.

— Nous, nous avons eu beaucoup plus de chance qu'elle.

— Raison pour laquelle nous ne devrions pas lui jeter la pierre.

— Tu es trop bon, dit Janey en se haussant sur la pointe des pieds pour lui poser un baiser sur la joue. Fais simplement attention avec elle.

Il avait lui-même déjà pensé la même chose, mais pour des raisons différentes. Toutefois, en sachant ce qu'il savait à présent et à son grand dam, il devait admettre que Maddie l'intriguait plus encore.

— Tu mérites mieux qu'une fille qui a déjà trop roulé sa bosse.

— Tu ne la connais même pas.

— Parce que toi, oui ? ironisa Janey.

Il ne pouvait certes contester la raillerie, mais l'instinct lui souffla que sa sœur se trompait quant à Maddie.

— Seras-tu là pour dîner ?

— J'ai des trucs à faire.

— Passe boire une bière à la maison, tant que tu es en ville.

— Promis.

— C'est sympa de te savoir ici, reprit-elle en le serrant une fois encore dans ses bras. Il faut que je retourne à la clinique.

— À bientôt, gamine.

— Ne m'appelle pas comme ça ! lui cria-t-elle en rentrant dans la maison.

Mac posa les mains sur la rambarde et fixa les yeux sur le port. En s'éveillant ce matin, à l'hôtel de l'aéroport, il n'avait jamais entendu parler de Maddie Chester. Comment était-il possible qu'à peine quelques heures plus tard, elle occupât toutes ses pensées ?

3

Si la maison était le domaine de sa mère, Big Mac avait toute autorité sur le garage aménagé dans la grange. Un garage d'ailleurs baptisé « les sables mouvants » par Linda, car tout ce qui y entrait pour être réparé ne revoyait jamais le jour.

Mac écarta les toiles d'araignées de la main et se fraya un chemin parmi le chaos ambiant en direction de l'angle du fond, et son cœur battit plus fort quand il aperçut la toile blanche, exactement là où il l'avait laissée. Il dut dégager deux bicyclettes du passage, mais les examina d'abord afin de savoir si elles pourraient remplacer celle de Maddie.

Non. Il les poussa contre le mur et dit à voix haute :

— Je vais lui en offrir une neuve. Ça la dédommagera, et ça la mettra en rogne.

Il n'aurait su dire pourquoi l'idée de la mettre en rogne lui plaisait tant, il savait seulement qu'il adorait l'éclair qui traversait ses yeux caramel quand il la défiait.

Il tira sur la toile et découvrit son premier amour, une Honda 250 que Ned lui avait vendue deux mois après l'obtention de son permis. Sa mère avait eu un coup de sang et passé un fichu savon à Ned, mais Big Mac avait pressé sa femme de « laisser vivre le petit ».

La moto n'était pas jeune quand il l'avait achetée, mais il l'avait amoureusement retapée avec l'aide de son père. Il passa la main sur le réservoir et la selle en cuir.

— Qu'est-ce que tu en dis, ma vieille ? Il te reste encore de l'énergie ?

Il poussa la moto hors de la grange et vérifiait les niveaux d'huile et de liquide de freins quand sa mère arriva derrière lui. Elle poussa un hurlement qui fut à deux doigts de lui provoquer un arrêt cardiaque.

— Bon sang, maman ! Tu m'as fait une de ces peurs ! s'écria-t-il en se redressant et en la serrant contre lui.

Elle était petite, et avait la blondeur dont Janey avait hérité.

— Oh, fit-elle. Regarde-toi !

— Ne commence pas à t'attendrir, tu veux ?

— Chaque fois que je te revois, tu es encore plus beau, dit-elle en lui caressant la joue et en l'examinant de son regard bleu perçant. Mais pourquoi as-tu l'air si fatigué, si maigre ?

L'amusement le saisit. Ce n'était pas pour rien que ses enfants l'avaient baptisée « maman Vaudou ».

— Trop de travail, pas assez de distractions.

— Eh bien, nous allons arranger cela pendant que tu seras à la maison. Combien de temps peux-tu rester ?

— Un moment, répondit-il en restant volontairement dans le vague.

Les enfants McCarthy avaient aussi appris très jeunes à ne pas lui laisser le temps de faire des plans sur la comète.

— Ne viens pas me raconter que tu comptes monter sur ce vieux tas de rouille pour te déplacer sur l'île, le gourmanda derechef sa mère en réprimant un frisson. J'ai horreur de cet engin. J'ai toujours pensé que tu finirais par te tuer avec.

— Il n'y a pas la plus petite trace de rouille sur cette moto, et je vais effectivement avoir besoin d'un moyen de locomotion, rétorqua Mac en lui décochant son sourire le plus charmeur.

— Prends ma voiture. Elle est neuve. Je peux très bien aller à pied à l'hôtel, et me faire emmener en ville quand c'est nécessaire.

— Tu plaisantes, j'espère ! riposta-t-il en jetant un coup d'œil à la Coccinelle jaune décapotable garée dans l'allée.

— Oh, allons ! Elle n'est pas si nulle que ça.

— Euh, si, elle l'est.

— Doux Jésus, ta jambe ! s'écria sa mère en tressaillant d'effroi. Que lui est-il arrivé ?

— J'ai eu un petit accident en ville, répondit-il avant de lui narrer sa rencontre brutale avec Maddie, et de conclure : Alors, je vais rester chez elle et l'aider avec son bébé. Je vais aussi assurer son service à l'hôtel en attendant qu'elle soit de nouveau sur pied.

— Toi, travailler comme valet de chambre ? Que vont dire les gens ? Tu es un McCarthy !

Avait-il déjà remarqué que sa famille se croyait supérieure aux autres habitants de l'île ? se demanda-t-il aussitôt. Était-ce cela que Maddie pensait ? Était-ce pour cela qu'elle nourrissait une telle rancœur envers ses parents ?

— Et après ? Elle ne peut se permettre de perdre son emploi, et je suis le seul responsable de ses blessures.

— Elle ne perdra pas son travail. Nous allons lui trouver une remplaçante.

— Elle n'y tient pas. Je vais le faire à sa place.

— Aucun de mes fils…

Mac l'arrêta d'une main levée.

— Ce n'est pas parce que nous sommes propriétaires de cet hôtel que nous valons plus que les autres. Je vais assurer ses services, point à la ligne. Est-ce que les vieux sacs de couchage sont toujours stockés avec le matériel de camping ?

Il la laissa fulminer et rentra dans la grange, où il trouva les duvets exactement là où il pensait qu'ils étaient, rangés dans un grand sac en plastique pour les protéger.

— Que comptes-tu faire avec cela ?

— Je vais dormir une nuit ou deux par terre chez Maddie, comme ça je pourrai l'aider à s'occuper de son bébé.

— C'est de la folie, Mac. Que vont dire les gens ? Elle a une sœur...

— Qui doit s'occuper de sa propre famille. Ne t'en fais pas, il te restera encore plein de temps pour me chouchouter avant que je reparte.

Il attacha le sac de couchage au porte-bagages de la moto en faisant mine de ne pas remarquer le regard polaire que sa mère jetait sur lui, tripatouilla les bougies, les fils, enfourcha la moto et enfonça le kick. Le moteur crachota et mourut. Il fallut deux autres poussées énergiques du pied avant que le moteur rugisse en émettant une pétarade assourdissante.

Il ne put attendre de lancer la moto sur les routes sinueuses de l'île.

— Où vas-tu ? hurla sa mère par-dessus le vrombissement du moteur.

— Je vais voir papa et ensuite je file chez Maddie. À demain.

— Mac ! Attends ! Il faut que nous parlions !

Il fit faire demi-tour à la moto et démarra brutalement, projetant des coquillages pilés derrière lui.

— Tu as oublié ton casque !

Il lança un sourire à sa mère par-dessus son épaule et fit semblant de n'avoir rien entendu.

Comme dans le bon vieux temps.

Alors que Mac dévalait la colline menant à la marina, il se félicita de n'avoir pas pris le temps de se faire couper les cheveux avant de quitter Miami. Le vent qui les balayait en arrière le ramena des années plus tôt, à l'époque du lycée, et un soudain regain de liberté lui remémora un temps où la vie n'était pas si compliquée.

Bientôt, ses pensées revinrent inévitablement sur Maddie et ce que lui en avait dit Janey. Ils avaient peut-être grandi à seulement quelques kilomètres les uns des autres, mais c'étaient carrément des années-lumière qui les séparaient. Alors qu'il était le héros de sa ville natale, elle avait été raillée, ridiculisée, et Dieu savait quoi d'autre, à cause d'une chose à laquelle elle ne pouvait rien.

— Ce n'est pas à toi de redresser tous ces torts, se gendarma-t-il à voix basse.

Cependant, et pour une raison qu'il ne s'expliquait pas, il avait envie de le faire. Cette femme avait remué quelque chose de primitif en lui, et touché une partie intime dont il avait toujours ignoré l'existence. Une notion qui l'excitait mais qui, aussi, le mettait mal à l'aise.

Il avait beau avoir décidé de garder ses distances, il savait déjà qu'il n'en ferait rien. Dès qu'il aurait salué son père, il retournerait chez elle. Pourtant il était sûr que la réaction qu'il avait eue plus tôt dans la journée avait été provoquée par la montée d'adrénaline due à l'accident. Une fois qu'il aurait revu Maddie, tout reviendrait à la normale. Enfin, il l'espérait.

Il pénétra en trombe dans la marina et se gara près d'un container.

Du haut de son mètre quatre-vingts, la tignasse gris-blanc de Big Mac se repérait de loin dans la cohue. Comme le terme « écran solaire » n'avait jamais appartenu à son vocabulaire, son père était déjà aussi bronzé que le sont certains à la fin de leurs vacances. Il portait un tee-shirt bleu passé, un short en denim et ses bottes de travail coutumières.

Mac le regarda interagir avec des enfants, des clients et des employés tout en vociférant des ordres, et s'engager dans une série de signaux de main pour diriger des plaisanciers qui arrivaient, tout en déroutant adroitement un autre bateau. Il chorégraphiait la scène avec la délicatesse d'un régulateur maritime et l'autorité d'un sergent-chef.

Amusé, Mac attendit que son père ait terminé d'amarrer les nouveaux arrivants. Plus loin sur le dock, le capitaine en second de la marina, Luke Harris, avait maille à partir avec un propriétaire de hors-bord qui faisait passer la vitesse avant la sécurité.

Ancien condisciple de Mac au lycée, Luke avait travaillé pour les McCarthy plus d'étés qu'il ne pouvait s'en souvenir. Il le regarda diriger l'embarcation folle sans aucun dommage pour celles qui l'entouraient. La foule amassée sur le quai salua la performance d'une salve d'applaudissements, s'attirant une gesticulation furieuse de l'homme du hors-bord.

Big Mac avait reporté son attention sur un groupe de jeunes qu'il avait vraisemblablement recrutés sur les bateaux et qui épluchaient un boisseau de maïs pour le restaurant. Il leur dit quelque chose qui les fit tous rire. Puis il sortit une tapette à mouches de sa poche revolver, chassa les premières guêpes qui tournaient autour des jeunes et la remit dans sa poche.

Il tapota l'un d'eux sur la tête, se retourna et vit son fils qui l'attendait. Son visage s'éclaira. La gorge serrée, Mac vit son père longer le quai vers lui. Il aimait à la folie le géant qui l'avait élevé d'une main à la fois douce et ferme. Son père s'immobilisa à quelques mètres de lui, l'examina de haut en bas, et secoua la tête comme s'il n'en croyait pas ses yeux. Il soupçonna que des larmes brillaient derrière ses lunettes noires.

— Quelle jolie surprise, déclara Big Mac tout bas en refermant des mains de la taille d'assiettes autour du visage de son fils.

L'amour exagéré que leur père avait pour eux avait naguère mortifié ses fils, mais Mac était depuis longtemps revenu sur cette aversion.

— Qu'est-ce qui cloche ?

Il rit, pas surpris pour un sou que son père ait d'un seul regard compris que quelque chose n'allait pas.

— J'ai apparemment un peu trop tiré sur la ficelle.

— En tout cas, tu as une tête à faire peur, commenta son père en lui passant un bras autour des épaules. Je t'offre un déjeuner tardif ?

— Merci, mais j'ai déjà déjeuné, et il faut que je retourne en ville, répondit-il avant de faire à Big Mac un bref résumé de sa matinée.

— Tu ne peux pas être sérieux quand tu dis que tu vas la remplacer, s'étonna son père.

— Elle est dans l'incapacité de travailler pendant plusieurs jours, et la perspective de perdre son emploi la pétrifie.

— Nous veillerons à ce que cela n'arrive pas, mon fils. Nous ne sommes pas des ogres.

— C'est une question de fierté. Et puis, ça ne doit pas être si dur que ça de nettoyer quelques chambres, non ?

— Ça l'est probablement plus que tu l'imagines, rétorqua son père. Ta mère va faire sa crise.

— T'inquiète, c'est déjà fait.

— Tu as sorti ta chérie de la naphtaline ? demanda Big Mac en désignant la moto de la tête.

— Elle tourne au petit poil.

— Je la sors régulièrement pour faire un tour avec, et puis je veille à ce qu'elle soit lubrifiée et prête. Au cas où.

— Au cas où quoi ?

— Tu rentres à la maison.

Cette simple déclaration de son père serra le cœur de Mac.

— Je te demande pardon, ça fait si longtemps.

— Peu importe. Tu es là maintenant. Pour combien de temps ?

Mac fit le tour de la marina des yeux, il enregistra la peinture écaillée, le toit affaissé du bâtiment principal abritant le bureau et le restaurant, et la vitre cassée de la boutique de cadeaux. Voir son père lui fit oublier son désir de repartir aussi vite que possible.

— Le temps qu'il faudra.

Maddie n'avait pas dormi aussi profondément depuis des années. Elle rêva de Mac McCarthy : ils se trouvaient sur un voilier, et il tenait la barre. C'était une chaude et belle journée d'été, mais la brise océane les rafraîchissait. Mac portait seulement un slip de bain autour de ses hanches minces. Un fin duvet sombre recouvrait son torse musclé et se terminait en flèche tentatrice finissant sous le maillot.

Il la surprenait à l'observer et souriait, l'éblouissant par sa beauté et par l'éclat de son regard. Que lui, Mac McCarthy, héros local et golden boy, parût si heureux d'être là avec elle tenait du miracle à l'état pur.

Une petite voix dans sa tête lui conseillait la prudence. Un homme tel que lui qui pouvait avoir toutes les femmes qu'il voulait ne serait jamais sérieusement intéressé par elle. Mais pour le moment, il n'y avait qu'eux. Tant qu'il choisirait de rester, il serait à elle. Et elle désirait cet homme plus que tout au monde. Jamais elle n'avait désiré un homme aussi ardemment. Savoir qu'il avait le pouvoir de la détruire ne calmait en rien son envie de lui. Comme si elle s'était désincarnée et observait une autre, elle se voyait se lever dans la minuscule cabine et aller à lui.

Il lui passait un bras autour des épaules et l'attirait plus près. La main qui caressait sa peau chauffée par le soleil attisait le désir en elle.

Maddie levait alors vers lui un visage où se lisait ce désir.

Il la dévisageait un long moment avant de baisser la tête et d'effleurer ses lèvres des siennes en une esquisse de baiser, sans la lâcher des yeux.

Elle lui nouait les bras autour du cou et l'attirait à elle.

La bouche entrouverte de Mac s'abattait sur la sienne, comme s'il mourait d'envie de l'embrasser. Du bout de la langue, il suivait le contour de ses lèvres avant de lui donner un baiser étourdissant.

Sans interrompre le baiser, il lâchait la barre et refermait les bras sur elle, la plaquant contre son érection.

Le désir de Maddie était si puissant qu'elle ne se souciait même pas que ses seins fussent à présent pressés contre lui.

Un gémissement s'échappait de leurs lèvres jointes, et elle ne savait pas s'il émanait d'elle ou de lui. Et puis après ?...

Mac entendit un gémissement à travers la porte-moustiquaire et se précipita à l'intérieur, pour trouver Maddie endormie et manifestement en train de rêver. Ses cheveux faisaient un halo autour de son visage. Elle bougeait les lèvres.

Subjugué par le spectacle, il laissa tomber par terre le sac de couchage et les pansements qu'il avait achetés en chemin, et se dirigea vers elle. Elle poussa un autre gémissement et il se demanda si elle souffrait. Mais quand elle écarta les jambes et souleva ses hanches, il eut une érection soudaine, aussi dure que la pierre.

— Seigneur, marmonna-t-il, inquiet de la voir rouvrir ses blessures si elle continuait à s'agiter ainsi.

Il s'assit au bord du canapé et posa les mains sur ses épaules pour l'obliger à l'immobilité.

— Maddie, réveillez-vous. Vous rêvez.

— Mmm.

Elle a la plus jolie bouche que j'aie jamais vue. Avant qu'il pût se laisser aller à céder à son fantasme immédiat, presser la bouche contre ces lèvres pulpeuses et roses, elle donna un autre coup de hanche.

— Maddie !

Elle acheva de le choquer en passant un bras autour de son cou et en l'attirant à elle. Ce qui avait été un fantasme quelques secondes plus tôt devint réalité quand elle ouvrit la bouche pour lui et s'abandonna au baiser.

Mac comprit qu'il devait l'arrêter, enfin, s'il parvenait à penser à autre chose que se laisser aller à l'aventure. Et puis, s'il résistait, il risquait de lui faire mal, et il lui en avait fait assez comme ça, non ? Il referma une main sur sa joue si douce et s'abandonna lui aussi au baiser.

Le temps s'envola alors qu'il cédait à l'attirance qu'il avait éprouvée dès l'instant où leurs yeux s'étaient croisés pour la première fois. Perdu dans le parfum floral de ses cheveux, il ne sut pas s'il l'embrassait depuis cinq minutes, ou une heure. Tout ce qui comptait était que cet instant ne se termine jamais.

Il fut cependant conscient du moment exact où elle se réveilla et comprit qu'elle n'était plus en train de rêver. Son corps se contracta, sa bouche si ardente se figea.

Mac recula la tête pour la regarder, étonné par le baiser, les émotions, le désir. Il repoussa ses cheveux de son front et vit gêne, surprise, colère et nostalgie traverser son visage. Ce fut la nostalgie qui eut le plus d'effet sur lui, et alluma en lui une tout autre sorte de désir, celui de lui donner tout ce qu'elle voulait.

— Que faites-vous ? finit-elle par lui demander.

Il s'éclaircit la gorge.

— J'essayais de vous réveiller, et vous m'avez embrassé.

— Je ne vous ai pas embrassé !

Alors, elle parut se rendre compte qu'elle avait passé un bras autour de son cou. Rouge tomate, elle le lâcha.

— Mais si, vous l'avez fait, affirma-t-il en se penchant de nouveau sur elle, les lèvres à quelques centimètres des siennes. Et devinez quoi d'autre ? Vous avez adoré.

— Vous n'en savez rien !

— Je sais deviner quand la femme que j'embrasse se régale.

La répugnance lui tordit vilainement la bouche.

— Oh, vous et votre expérience, *bien sûr* que vous pouvez le deviner !

Il resta où il était, juste au-dessus d'elle, amusé par son dédain. Pourquoi se régalait-il tant à la mettre hors d'elle ?

Elle posa la main sur son torse pour l'empêcher d'approcher davantage.

— Ça vous ennuierait de vous écarter ? Il faut que je me lève.

— Pour aller où ?

— Dans la salle de bains, si vous voulez tout savoir.

Plutôt que se lever, il passa les bras sous elle et la souleva.

— Posez-moi ! s'écria-t-elle avant de tressaillir quand son genou plié sur son bras la fit souffrir. Je peux y aller seule.

— Mais vous n'y êtes pas obligée, dit-il en la portant jusqu'à la porte et en attendant qu'elle se fût remise debout.

L'éclair de douleur qui traversa alors ses traits le mit à l'agonie.

— J'en ai pour une minute, et j'espère que vous serez parti quand je ressortirai, lui dit-elle en prenant appui sur le mur.

Mac ferma la porte, attendit à côté. Il en profita pour appuyer la tête contre le mur, en un effort vain pour calmer son corps surchauffé par le baiser qui venait de lui faire perdre l'esprit. Autant reconnaître que son projet de garder ses distances et de ne pas s'impliquer prenait l'eau de toutes parts. Un seul baiser, et il était déjà plus impliqué vis-à-vis de cette femme qu'avec aucune autre dans sa vie.

— Il faut que je descende chez ma sœur, déclara Maddie en rouvrant la porte.

— Je sais.

— Qu'est-ce que c'est que ça ? s'étonna-t-elle quand ses yeux tombèrent sur le sac de couchage.

— Mon duvet.

— Sans blague ! fit-elle en le fusillant du regard.

— Vous aurez peut-être besoin d'un coup de main avec le bébé, cette nuit.

— Vous ne pouvez pas rester. C'est hors de question.

— Je ne vous laisse pas vous dépatouiller toute seule avec Thomas et une seule main valide.

— Ce n'est pas à vous d'assumer cela ! J'ignore qui vous croyez être, mais vous n'allez pas faire irruption dans ma vie et tout régenter...

— Je refuse d'être tenu pour responsable si vous laissez tomber votre bébé ou s'il lui arrive quoi que ce soit d'autre, tout ça parce que je n'ai pas regardé où je mettais les pieds !

— Ce n'est pas votre responsabilité mais la mienne ! Je vais m'occuper de Thomas comme je l'ai toujours fait, toute seule. Je n'ai vraiment pas besoin que tout le monde sache que vous dormez ici.

Sa moue têtue l'amusa, et il ne réussit apparemment pas à le dissimuler.

— Qu'est-ce qu'il y a de si drôle ?

— Vous, quand vous vous mettez dans... tous vos états.

— Je ne suis pas dans tous mes états, je suis contrariée ! rétorqua-t-elle avec un regard meurtrier.

— Ça, je l'avais compris. Voici ce que je vous propose : soit je peux trouver un coin où déplier mon duvet à l'intérieur, soit je dors sur la terrasse, et alors vous pourrez dire à « tout le monde » dont l'opinion vous préoccupe tant que, d'un point de vue technique, je n'ai pas réellement dormi ici. Croyez-moi, j'ai dormi à la belle étoile de Gansett dans des coins bien plus pourris.

— Je veux que vous retourniez d'où vous êtes venu et me laissiez tranquille.

Cette déclaration le blessa plus qu'elle ne l'aurait dû.

— Je le ferai, dès que vous serez en état de vous occuper de Thomas et de vous-même.

— Êtes-vous toujours aussi arrogant et directif ?

— Oui, je pense, répondit Mac après un instant de réflexion.

— Eh bien, ça marche peut-être avec les autres, mais pas avec moi.

— J'en prends note.

— Et voilà, maintenant vous vous moquez de moi.

— Pas du tout, répondit-il en consultant sa montre. Il faut y aller. Je n'ai pas besoin de me faire enguirlander par une autre Chester. Une me suffit, merci.

— Vous êtes insupportable.

— On me l'a déjà dit. Vous devriez peut-être changer de chemise, il y a des taches de sang sur celle-ci.

Sur un dernier regard noir, elle partit à cloche-pied vers la salle de bains.

— Besoin d'aide ?

— Non !

La porte fut claquée à la volée.

Certes, elle l'avait embrassé et avait aimé ça, mais elle ne voulait toujours pas l'avoir dans les jambes.

Oh, mon Dieu ! Non seulement j'ai fait un rêve érotique à propos de Mac McCarthy, mais en plus, je lui ai carrément sauté dessus ! songea Maddie en se laissant aller contre la porte de la salle de bains, le cœur battant la chamade. *Si jamais il a appris ce que les gens disent de moi, ma main à couper qu'il le croit, maintenant.*

Bien sûr qu'il le croyait. Pourquoi devrait-il en être autrement ?

Et aussi, pourquoi est-ce que je me préoccupe de ce qu'il croit ou pas ? Ce n'est pas comme s'il prévoyait de rester dans les parages une fois que je serai rétablie. Il retournera à ses affaires à Miami et je resterai là, à travailler pour ses parents et à vivre ma vie. Il n'est rien pour moi.

Sauf que... oui, il semble avoir apprécié m'embrasser, se dit-elle encore en enfilant avec peine un tee-shirt propre. Oui, le baiser l'avait vraiment troublé : elle n'avait pas manqué de remarquer l'impressionnante bosse dans son short et son regard enflammé. Une bouffée de parfum s'exhala quand elle se passa les doigts dans les cheveux, elle sentit ses mains et y huma le parfum épicé qui le lui rappellerait à jamais.

— Arrête ! lança-t-elle à son visage hagard dans le miroir. Souviens-toi que la dernière fois que tu t'es laissé amadouer par les vaines promesses d'un homme, tu t'es retrouvée avec un enfant à élever toute seule. Fini d'être idiote. Il prendra tout ce qu'il pourra tirer de toi et s'en ira, comme ils le font tous. Celui-là n'a rien de différent des autres, rien de spécial.

Alors même qu'elle se disait cela, elle comprit néanmoins que ce n'était pas l'exacte vérité. En insistant pour lui venir en aide pendant qu'elle se remettait, Mac lui avait déjà apporté la preuve de sa différence. Bon, il était différent, soit, mais spécial ? Elle allait devoir attendre de voir, mais ne se permettrait pas – *elle ne pouvait pas se permettre* – d'attendre quoi que ce soit de lui.

Elle refusait de recommencer à risquer son cœur pour un homme, surtout pour un qui avait le pouvoir de la réduire en miettes en reprenant le cours de sa vie à lui comme si elle n'avait pas existé.

Terminé. À jamais.

Quelques heures plus tard, Mac accompagnait Maddie et un Thomas gigotant jusqu'à l'appartement. Bien qu'arrosé de pipi et de crachouillis, il avait accompli un travail remarquable, avec l'assistance verbale et les conseils de Maddie, en s'occupant sans problème de quatre bébés de neuf à douze mois. Il n'avait jamais changé une couche de sa vie mais avait très vite appris comment faire, et Thomas l'avait instantanément adopté.

Maddie avait calé son fils dans son bras valide tandis que Mac montait l'escalier en mordillant les doigts que Thomas lui avait fourrés dans la bouche. Mac avait à peine croisé son regard de tout l'après-midi. Était-ce à cause du baiser ? D'autre chose ? Avait-il eu vent de ce que les gens disaient d'elle ?

Elle en avait mal au ventre et les mains moites. Oh, comme elle rêvait d'être une fille ordinaire, sans rien qui la rende différente, sans la valise pesante qu'elle traînait en permanence derrière elle ! Elle poussa un soupir en espérant qu'un jour, elle puisse l'oublier quelque part, cette valise.

— Pourquoi ce soupir ? s'enquit Mac en les déposant tous deux sur le canapé.

Elle risqua un coup d'œil vers lui, et s'aperçut qu'il la dévisageait.

— Avez-vous mal quelque part ?

Oui. Au cœur. Au ventre. Au genou.

— Non.

Il souleva Thomas comme s'il l'avait fait toute sa vie.

— Qu'est-ce qui vient en premier, le dîner ou le bain ?

— Je peux me débrouiller à partir de maintenant. Pourquoi n'allez-vous pas voir vos parents ?

— Vous allez continuer votre cinéma toute la nuit ?

— Jusqu'à ce que vous ayez pigé que je ne veux pas de vous ici.

— Non ? Je suis choqué et blessé.

— Oh, la ferme !

— Ne parlez pas ainsi devant l'enfant ! s'écria-t-il en écartant Thomas.

Le regard qu'elle lui darda eût fait geler le Sahara.

— Je répète ma question : dîner ou bain en premier ?

Les dents serrées, elle marmonna :

— Dîner, sinon vous devrez lui donner un deuxième bain.

— Compris, fit-il en baissant les yeux sur son tee-shirt maculé. Je devrais peut-être me changer d'abord. J'empeste.

Maddie remarqua la façon dont il tenait son fils, bien calé sur sa hanche, un bras protecteur autour de lui.

— Vous, euh, il vaudrait peut-être mieux attendre de lui avoir donné à manger et son bain. Les deux activités peuvent s'avérer très salissantes.

— Dites donc, s'occuper d'un bébé, ce n'est pas pour les mauviettes, tu ne crois pas ? dit-il en adressant une grimace à Thomas, qui battit des mains.

— Raison pour laquelle vous ne devriez pas vous y impliquer.

— Trop tard, déclara-t-il en lui décochant un sourire qui suffit à la mettre de nouveau en colère. Allez, mon petit pote, on s'y met.

Tout en suivant les instructions de Maddie, Mac occupa son fils par un flot de paroles animées. Dans sa chaise haute, fasciné, l'enfant observait l'homme qui changeait de voix sans arrêt et faisait de grands gestes en ouvrant un petit pot de purée de patates douces pour accompagner un blanc de poulet coupé en petits cubes.

— Posez le poulet sur son plateau, il adore le manger avec les doigts. Mais vous allez devoir lui donner la purée à la cuiller, lui conseilla Maddie.

— Ce n'est pas un problème, répondit-il en faisant le clown pour Thomas.

Alors qu'elle le regardait nourrir son bébé avec une grande concentration, elle se demanda s'il faisait tout le reste avec une aussi grande attention. Une pensée qui lui donna des picotements partout.

— Quoi ? Je m'y prends mal ? s'enquit-il en lui jetant un coup d'œil.

— Non, non, c'est très bien, répondit-elle après s'être éclairci la voix.

Thomas profita de l'instant d'inattention de Mac pour saisir la cuiller et l'agiter. Un magma orange atterrit sur la joue de Mac avec un grand splash !

Maddie éclata de rire.

Thomas fit de même, sous le regard faussement furibond de Mac.

— Ah, tu trouves ça drôle, toi aussi ! lui dit-il en lui tartinant le bout du nez de purée.

Le bébé rit de plus belle, et quelque chose d'étrange, d'inconnu et d'inconfortable serra le cœur de Maddie. À cet instant, elle comprit qu'elle pourrait se mettre en garde contre cet homme jusqu'à la fin des temps, elle le trouverait quand même irrésistible, surtout quand il faisait preuve d'une telle gentillesse envers son fils.

— Je crois bien que je lui en ai mis plus *dessus* que *dedans*, déclara Mac une fois le petit pot vide.

Autour de la chaise haute, le sol ressemblait à un champ de bataille, et les deux « hommes » étaient couverts de bouillasse orange.

— Vous comprenez pourquoi le bain vient après ?

— Ta maman est pleine de sagesse. Mais tu le savais déjà, je parie. Maintenant, allez hop, au bain, dit Mac au bébé en l'extirpant de sa chaise.

— Faites très attention, c'est une véritable anguille quand il est mouillé, lui recommanda Maddie, très contrariée de ne pouvoir laver elle-même son fils.

— On va se débrouiller.

— Surtout, pas trop chaude, l'eau.

— Mais oui, ne vous en faites pas.

— Les serviettes sont dans le placard.

— On va les trouver.

Elle aurait aimé les regarder faire, mais elle se contenta d'écouter Mac parler tout bas à Thomas, qui laissait échapper à l'occasion un cri ou un gazouillis. Le bain, il adorait cela, et elle imagina sans peine le bazar que Mac aurait à nettoyer quand ils auraient terminé.

En dépit de ses vilaines blessures et de la douleur lancinante, elle avait plus souri en une seule journée qu'en des années. Difficile de rester maussade quand la personnalité joyeuse de Mac illuminait tout alentour.

Tiffany passa la tête par la porte.

— Je passe juste voir si tu as besoin de quelque chose.

Thomas choisit cet instant pour pousser un hurlement.

— Que se passe-t-il ? s'enquit Tiffany en jetant un coup d'œil à travers la pièce.

— Il lui donne son bain.

— Sérieux ? fit sa sœur en ouvrant de grands yeux.

— Écoute, répondit Maddie.

Tiffany tendit l'oreille et perçut effectivement la voix de Mac se mêlant aux gazouillis du bébé, et aussi de grands bruits d'eau.

— Eh bien, ça alors ! Sympa de sa part, commenta-t-elle à contrecœur.

— Oui, c'est vraiment gentil, répondit Maddie, sans savoir pourquoi elle tenait à prendre la défense de Mac.

— J'espère que tu n'es pas en train de… t'enticher, fit Tiffany.

— Épargne-moi tes conseils, veux-tu ? Tu as assez à faire avec tes propres problèmes. Ne t'occupe pas des miens.

— Souviens-toi juste de ceci : ce type est synonyme d'ennuis, reprit Tiffany avant d'ajouter d'une voix basse et sifflante : Tu te souviens de ce que le copain d'Evan McCarthy t'a fait ? Evan savait qu'il racontait des craques, et pourtant, il n'a pas levé le petit doigt. C'est son frère qui est dans la salle de bains. Son *frère.* Et ce que leur mère a fait à maman !

— Arrête ! Rien de tout cela n'a de rapport avec lui.

Le cœur de Maddie s'affola alors que surgissait dans son esprit le souvenir d'une époque lointaine à laquelle elle ne voulait jamais repenser.

— Maintenant, s'il te plaît… va-t'en.

Une fois Tiffany repartie au pas de charge, Maddie tenta de se calmer. Ses mains se mirent à trembler à l'évocation de cette épouvantable année au lycée.

Quand Mac émergea de la salle de bains, trempé comme un barbet et tenant Thomas enveloppé dans une serviette M. Froggie, elle oublia le passé et rendit son sourire à son fils. Thomas avait visiblement gagné la bataille de l'eau, mais Mac paraissait rudement content de lui, même s'il dégoulinait de partout dans ses vêtements à tordre.

En le regardant balancer Thomas sur sa hanche, elle se dit que sa sœur avait raison sur un point : Mac McCarthy était synonyme d'ennuis. De gros, d'énormes ennuis.

4

Maddie prodigua ses conseils à Mac pour habiller Thomas et préparer son biberon du soir, mais insista pour le tenir pendant qu'il le boirait.

Mac frotta gentiment une des mains du bébé contre sa joue.

— Tout doux, les mains. Maman a mal. Sois très gentil avec elle.

L'enfant fronça ses sourcils blond-blanc et écouta, concentré, les explications de Mac. Quand celui-ci lui lâcha la main, il imita son geste et passa gentiment la main sur sa joue.

Le regard de Mac s'adoucit et il étira les lèvres, amusé.

— Tu es un bon garçon, lui dit-il en le confiant à Maddie.

Il l'aida à trouver la bonne position avant de donner le biberon au bébé.

— Merci, lui dit-elle.

Elle eut soudain le cœur trop grand pour sa poitrine, la peau trop petite pour son corps, les poumons trop comprimés pour inspirer correctement. Dire qu'à peine dix heures plus tôt, elle n'avait jamais vu cet homme et qu'à présent il baignait et nourrissait son bébé, avec autant d'attention que si c'était le sien… Elle ne parvenait pas à réaliser.

Alors qu'elle tenait Thomas, Mac nettoya les dégâts autour de la chaise haute et remit la cuisine en ordre. Il avait beau être grand et baraqué, il se déplaçait avec grâce. Les muscles déliés sous le tee-shirt moulant ravivèrent en Maddie le souvenir du baiser qu'ils avaient échangé. Son short se tendit sur son derrière ferme quand il se pencha pour donner un coup d'éponge par terre. Prise d'une bouffée brûlante de désir, elle détourna les yeux.

— Il faut que je passe un rapide coup de fil, lui dit-il quand il eut terminé son nettoyage. Et que je prenne une douche. Vous êtes certaine que ça va aller ?

— Tout à fait, répondit Maddie en frottant la bouche contre les cheveux fins et humides de Thomas.

— Je reviens, déclara Mac en sortant son portable de sa poche.

Il avait probablement une petite amie à Miami qui avait envie d'avoir des nouvelles, s'imagina-t-elle, saisie d'une pointe irrationnelle de jalousie. L'avertissement de Tiffany lui revint à l'esprit. Mais avant qu'elle ait eu le temps de s'emporter contre elle-même pour être stupide *et* jalouse, Mac était de retour et remettait son téléphone dans sa poche. Il s'approcha du canapé et observa Thomas, qui commençait à sommeiller.

— Il est si mignon. Et si gentil, murmura-t-il en lissant les cheveux du bébé de la main.

— Oui, il l'est, répondit-elle en reportant les yeux sur Thomas, troublée par le murmure intime et la caresse si naturelle qu'il venait de faire à son fils. Pour tenter l'aventure en solitaire, c'est le bébé idéal.

— Pourquoi ? Tenter l'aventure en solitaire, je veux dire ?

Maddie garda longtemps le silence, gênée, puis risqua un coup d'œil vers lui et s'aperçut qu'il la dévisageait.

— C'est, euh, c'est une longue histoire.

— Génial, on a toute la nuit, rétorqua-t-il en lui décochant un de ses sourires irrésistibles. Vous pourrez me la raconter par la fenêtre quand je me serai installé sur la terrasse.

Avant qu'elle ait pu lui dire qu'elle ne parlait jamais du père de Thomas, *jamais*, à personne, Mac avait saisi son sac à dos et refermé la porte de la salle de bains derrière lui.

Elle ferma les yeux et s'efforça de calmer son cœur et son esprit. Rien de bon ne sortirait du béguin qu'elle sentait poindre. L'attention que lui portait Mac était temporaire et elle devait à tout prix s'en souvenir. Elle ne pouvait pas non plus laisser Thomas s'attacher à un homme qui disparaîtrait d'ici quelques jours. En parlant de Thomas, le biberon glissa de ses lèvres alors qu'il s'enfonçait plus avant dans le sommeil. C'était le moment où, d'habitude, elle l'emportait dans son petit lit, mais elle eut très peur de le laisser tomber. Mac n'avait peut-être pas tort, songea-t-elle à son grand dam.

En attendant qu'il vienne l'aider, elle ferma les yeux. La douche coulait et Mac chantait une chanson de Sinatra. Elle sourit pour la énième fois de la journée et se laissa flotter sur un nuage inhabituel de béatitude alors qu'elle avait son enfant endormi dans les bras et qu'un type sexy chantait sous sa douche.

Mac ouvrit un flacon de shampooing et huma son parfum fleuri, celui qui avait capté son attention chaque fois qu'il s'était tenu près de Maddie. Immergé dans la fragrance, il l'imagina étendue dans une prairie parsemée de fleurs des champs, une marguerite à l'oreille, qui lui souriait. Dans ses fantasmes, elle était souriante et détendue. Elle le regardait sans la moindre trace d'amertume. Il aurait tant aimé la voir ainsi, insouciante et heureuse.

À cette pensée, un flot de désir s'empara de lui.

— Pourquoi elle ? marmonna-t-il sous le jet régulier de la douche. Pourquoi maintenant ?

Absolument rien, dans son passé avec les femmes, ne l'avait préparé au jour où il rencontrerait celle qui lui donnerait envie de descendre du manège pour l'observer de plus près, pour imaginer ce qui pourrait être possible.

Les femmes avec qui il sortait habituellement attendaient toujours quelque chose de lui. Quand elles apprenaient qu'il n'avait jamais été marié et qu'il réussissait si bien dans sa vie professionnelle, il devenait encore plus attirant à leurs yeux. Roseanne avait été la dernière d'une longue succession de femmes qui l'avaient utilisé pour gravir un échelon. Elles l'utilisaient, il les utilisait et personne n'en souffrait. Ces relations sans prise de tête lui convenaient parfaitement.

Mais voilà qu'aujourd'hui il en découvrait une qui avait besoin de tout mais ne voulait rien de lui. Finalement, c'était lui le demandeur, surtout maintenant qu'il avait fait l'expérience de la douceur de ses baisers. Il voulait faire des choses pour elle car elle ne lui demandait rien, contrairement à ses ex qui le faisaient toujours. Plus il donnait, plus Maddie protestait, et la perspective de lutter contre elle l'emplissait d'impatience, au contraire de sa répugnance coutumière aux habituelles confrontations qui mettaient un terme à la relation du jour.

Maintenant qu'il y pensait, elle n'était même pas son genre de femmes. Il avait toujours préféré les femmes confiantes dans leur sexualité, qui donnaient au lit autant qu'elles recevaient puis s'en allaient, sans prétendre qu'elles étaient tombées amoureuses. Aucune de ces qualités ne pouvait s'appliquer à Maddie. Elle avait manifestement eu d'énormes difficultés avec les hommes et le sexe à cause de sa silhouette remarquable et, s'il devait en croire Janey, les hommes avaient non seulement tiré avantage d'elle mais en plus, les goujats avaient clamé leur bonne fortune à qui voulait l'entendre.

La pensée de ce qu'elle avait dû endurer l'emplit d'une rage noire, une rage qui lui aurait fait peur s'il avait été dans son état d'esprit normal. Mais il était si épuisé de fatigue qu'il n'avait manifestement plus les idées très claires. Mac McCarthy ne « s'engageait » pas. Le terme n'appartenait même pas à son vocabulaire. Mais alors, que fichait-il dans la douche de Maddie ? Ou à donner le bain à son fils ? Ou à veiller à ses moindres besoins ? Bon sang, qu'est-ce qui clochait, chez lui ?

Regarde la vérité en face. Si tu couches avec elle tu ne pourras jamais établir le genre de relation sans engagement qui te plaît. Cette pensée suffit à faire retomber son érection et à le sortir de la transe induite par le parfum du shampooing. Il reposa le flacon sur l'étagère, se passa un rasoir sur le menton et sortit de la douche. En entendant un coup frappé à la porte-moustiquaire, il se ceignit les hanches d'une serviette et sortit pour aller ouvrir.

Au passage, il constata que Maddie s'était assoupie avec Thomas dans les bras. Leur vue lui fit un coup au cœur et il oublia un instant qu'il allait ouvrir la porte. Un second coup retentit.

— M. McCarthy ?

— Oui. Entrez. Posez tout sur la table, répondit-il en ouvrant grand pour laisser entrer le livreur du Beachcomber venu apporter le dîner qu'il avait commandé avant d'aller prendre sa douche. Gardez la monnaie, reprit-il après avoir sorti quelques billets de son portefeuille.

— Oh, merci bien.

Mac le vit enregistrer du regard Maddie et Thomas sur le canapé, puis lui-même dans sa serviette, avant de repartir vers la porte.

— Est-ce que vous venez vraiment d'aller répondre à ma porte avec juste une serviette autour des reins, ou est-ce que j'ai rêvé ? l'interrogea Maddie d'une voix embrumée de sommeil.

— Oui. Et alors ?

— Oh, mon Dieu ! s'exclama-t-elle en s'efforçant de se rasseoir sans réveiller son fils. D'ici une heure, tout le monde saura que je m'envoie Mac McCarthy ! *Tout à fait* ce dont j'ai besoin.

Mac eut envie de se filer une rafale de paires de claques pour avoir été aussi stupide. Désireux d'avoir un moment pour réfléchir à ce dernier défi, il se pencha et souleva délicatement Thomas. Il eut beau faire attention, ses doigts effleurèrent quand même les seins de Maddie. Elle eut un mouvement de recul.

— Désolé.

Il alla déposer Thomas dans son petit lit et tira une couverture légère sur lui. Avant de quitter la chambre, il caressa la tête de l'enfant.

— Ne te presse pas trop de grandir, mon petit pote. Ce n'est pas aussi fendard qu'on le dit.

Il se prépara au combat, regagna le living-room et s'arrêta net.

— Je suis désolé, dit-il, ému par les larmes de Maddie. Je n'ai pas réfléchi.

— Pourquoi l'auriez-vous fait ? Dans cette ville, personne n'a jamais pensé que du bien de vous.

— Je vais faire en sorte que les gens sachent ce qu'il se passe ici.

L'éclat de rire amer de Maddie le prit par surprise.

— Ben voyons. Ça va tout arranger, ironisa-t-elle.

— Je suis réellement désolé, répéta-t-il en s'asseyant près d'elle. Il ne m'est jamais passé par la tête que…

— Ce qui est fait est fait. J'ai l'habitude, maintenant.

Comme il ignorait que répondre à cela, il préféra garder le silence.

— On vous l'a dit, n'est-ce pas ?

L'intonation basse et fatiguée de sa voix lui alla droit au cœur.

— Je n'y ai pas cru.

Elle leva vers lui ses yeux caramel toujours humides de larmes, et un soudain besoin de la réconforter s'empara de lui. Il lui passa un bras autour des épaules et attira sa tête contre la sienne.

Elle commença par résister, mais il tint bon.

— Je n'en ai pas cru un traître mot, lui répéta-t-il, avec plus de conviction cette fois-ci, en entremêlant les doigts dans ses cheveux pour l'empêcher de relever la tête.

— Pourquoi ? Parce que je ne suis pas tombée en pâmoison aux pieds du puissant Mac McCarthy dès qu'il a croisé ma route et que je ne l'ai pas imploré de coucher avec moi ?

— Déjà. Pour commencer, rétorqua-t-il avec l'apparence du plus grand sérieux.

L'ironie de sa repartie lui valut un authentique éclat de rire, dont il trouva le son si sexy, si attirant qu'il en eut un instant le souffle coupé.

— Alors comme ça, j'ai endommagé votre ego ?

— Et pas qu'un peu, répliqua-t-il d'un ton grave en la peignant avec les doigts.

Il attendit qu'elle lui dise d'arrêter, mais elle n'en fit rien.

— Je vous en demanderais pardon si je ne pensais pas qu'une petite dose d'humilité vous ferait le plus grand bien.

Alors comme ça, la Madeline Chester amère qui portait le monde sur ses épaules pouvait aussi être piquante ? Cette découverte, plus que toutes les précédentes, lui fit battre plus vite le cœur.

— Je pense que le moins que vous puissiez faire pour vous rattraper vis-à-vis de moi serait de dîner avec moi, lui dit-il en désignant de la main les sacs sur la table. Qu'en dites-vous ?

— Qu'y a-t-il au menu ?

— Ça fait un moment que je rêvais d'un homard, alors j'ai demandé à Libby de nous en envoyer deux.

Contre lui, il sentit Maddie se raidir.

— Quoi ?

— Tout le monde sait déjà en ville que Mac McCarthy se balade à moitié à poil chez moi, et qu'il m'offre du homard. Pas étonnant qu'ils se demandent tous ce qu'il va obtenir en échange.

— Maddie...

— Dînons, dit-elle alors que son rire précédent laissait place à l'affliction. Ils diront bien ce qu'ils voudront, quoi que je fasse. Dès qu'il s'agit de moi, la vérité n'entre jamais en considération.

D'un doigt sous son menton, il l'obligea à relever les yeux vers lui.

— Je n'ai jamais eu pour but de vous créer des ennuis.

— Vous avez commencé à le faire dès l'instant où vous vous êtes mis sous les roues de ma bicyclette.

— La seule chose que je déplore est que vous ayez été blessée.

— Attendez un peu. Vous allez vite déplorer bien plus que cela.

— Est-ce une invitation ?

— Non ! s'écria-t-elle avec un mouvement de recul, horrifiée par le pétrin dans lequel elle venait elle-même de se fourrer.

— Pour moi, c'en était une, reprit-il sur le ton de la plaisanterie en se penchant davantage sur elle.

Il découvrait qu'il ne pouvait pas lutter contre l'attirance magnétique qu'elle exerçait sur lui. Pas plus qu'il ne pouvait éviter de respirer.

L'expression de Maddie passa de la méfiance à la peur.

— Ne faites pas cela.

— Pourquoi pas ? murmura-t-il.

— Rien de bon ne peut en sortir.

— Vous n'en savez rien.

— Oh, si, je le sais.

— Vous me donnez envie de vous prouver le contraire, lui dit-il en effleurant ses lèvres des siennes, récompensé par le petit hoquet qui échappa de sa bouche soigneusement close. Embrassez-moi comme vous m'avez embrassé tout à l'heure.

— Je... je dormais. Ça ne compte pas.

Son balbutiement le fit sourire.

— Vous avez raison. Ça ne compte pas. Celui-ci compte, en revanche.

Et, ignorant la main plaquée contre son torse, la façon dont ses yeux s'agrandirent sous le choc et peut-être le dégoût, il posa sa bouche sur la sienne et se perdit dans sa douceur. Il referma une main sur sa joue mais conserva les lèvres immobiles contre les siennes. Il avait fait le premier pas. À elle de faire le second.

Il crut devenir dingue à force d'attendre un signe, un signal, n'importe quoi lui disant qu'elle en désirait davantage. Et, au moment où il allait renoncer, il sentit se refermer sur son cou la main valide de Maddie, puis un timide frôlement de langue contre sa lèvre inférieure.

Feu vert.

Intoxiqué par son goût, il se mit en devoir de la dévorer. Tout d'abord, elle sembla prise de court par son ardeur mais, bientôt, elle mêla sa langue à la sienne et la joignit au ballet sensuel. Mac se retrouva vite à combattre un autre style de besoin impérieux.

Bien des minutes plus tard, il redressa la tête, le souffle court, plus épuisé par un simple baiser qu'il ne l'était habituellement par toute une étreinte. Il rouvrit les yeux et découvrit les siens fixés sur lui. Incapable d'analyser ce qu'il y voyait, il choisit la lâcheté, enfouit le visage dans son cou et y posa une succession de baisers.

— Mac, fit-elle, aussi à bout de souffle que lui.

— Mmm ?

À la base de son cou, il trouva un tendon plus sensible et le fit rouler entre ses dents.

Elle cria.

— Pardon !

Mortifié par sa réaction excessive, il fit reposer sa tête contre son épaule et s'efforça de recouvrer son sang-froid.

Les doigts de Maddie dans ses cheveux entreprirent une caresse apaisante qui lui donna envie de rester ainsi très, très longtemps.

— Ça ne m'a pas fait mal, dit-elle après un long moment de silence.

— Non ?

Elle fit non de la tête. Ses cheveux odorants lui frôlèrent le visage et provoquèrent en lui un autre accès de désir brûlant.

Encouragé, il fit courir sa langue au même endroit sur son cou.

Un frisson la parcourut.

— Je refuse d'être celle que vous attendez que je sois, lui dit-elle tout bas.

Il leva les yeux et trouva les siens dans la pénombre.

— Et qu'est-ce que j'attends ?

— Une fille facile. Pas regardante.

Sa dignité tranquille le toucha en des endroits qu'il gardait généralement murés et inatteignables.

Il choisit soigneusement ses mots :

— Chérie, des filles faciles ou pas regardantes, j'en ai eu, et tu n'es ni l'une ni l'autre.

— Comment le sais-tu ? l'interrogea-t-elle, incrédule.

— L'instinct.

— Il ne se trompe jamais, ton instinct ?

— Pas jusqu'à présent.

— En ville, les gens vont dire pis que pendre de toi si tu as une relation avec moi.

— Écoute-moi bien, Maddie. Ce que pensent les gens de moi, je n'en ai jamais rien eu à faire et je ne vais pas commencer maintenant.

— C'est facile à dire quand on a été aimé et choyé toute sa vie. Tu ne peux même pas imaginer à quel point les gens peuvent être vicieux.

— Si cela signifie que je vais passer plus de temps avec toi, je suis prêt à l'expérimenter, répondit-il en lui posant un baiser sur les lèvres.

— Tu dis ça maintenant…

— Et si on s'occupait de ce homard ?

— Je vais peut-être avoir un peu besoin d'aide, dit-elle en montrant sa main blessée.

— Tu l'as déjà, répondit-il en la soulevant pour l'emporter jusqu'à la table. Après le dîner, on changera tes pansements et je te mettrai de la pommade sur ces coupures.

— Chouette, je trépigne déjà d'impatience.

Emballé par son sens de la repartie, il lui sourit.

— Accorde-moi une seconde, que j'enfile des vêtements.

En revenant quelques instants plus tard, vêtu d'un short et d'un tee-shirt des Miami Dolphins, il se pencha sur elle et lui confia :

— Je tiens à ce que tu saches que je ne suis pas là parce que je m'y sens obligé.

Les jolies lèvres de Maddie s'arrondirent en un O de surprise.

— Non ?

Il secoua la tête.

— Aujourd'hui, je me suis beaucoup amusé, pas l'accident mais tout ce qui s'est passé ensuite.

— Tu ne sors visiblement pas assez souvent.

Il agita les sourcils, déboucha la bouteille de vin et en emplit deux verres dépareillés qu'il avait trouvés dans le placard. Il lui en tendit un et leva le sien.

— Aux sorties plus fréquentes.

Maddie le fit attendre le temps d'un insupportable moment d'incertitude avant de lever son verre et de le faire cliqueter contre le sien.

Afin de célébrer cette petite victoire, il se mit en devoir de découper les homards.

Linda McCarthy arpentait sa vaste terrasse sur toute sa longueur sans même remarquer la splendeur du crépuscule pourtant spectaculaire. Elle avait réussi ce qu'elle avait projeté, inciter Mac à revenir sur l'île, mais mis à part cela, rien ne se déroulait conformément à ses plans. Si elle ne parvenait pas à trouver un moyen de lui faire véritablement réintégrer la maison, toute la ville ne parlerait bientôt plus que de *son fils* s'étant mis à la colle avec cette… cette femme !

Il avait accordé une heure de son temps précieux à sa mère, mais en avait déjà passé beaucoup trop avec une femme que la plupart des gens considéraient comme la femme facile de la ville. Oh, elle n'avait rien contre Maddie. Elle faisait un excellent travail à l'hôtel et aussi ici, à la maison, un après-midi par semaine. Toutefois, cette fille était la dernière personne qu'elle aurait souhaité voir en compagnie de l'un de ses fils. Et surtout pas Mac.

Linda n'aurait jamais imaginé qu'une mère puisse avoir une préférence pour l'un de ses enfants, mais Mac avait toujours été spécial. C'était un fils dont toute mère ne pouvait qu'être fière. Sa prouesse d'avoir réussi à emmener son équipe au championnat national de baseball au cours de sa dernière année de lycée demeurait un des plus chers souvenirs de Linda. Quand une vilaine blessure avait mis une fin brutale à ses espoirs de carrière professionnelle, dans le baseball justement, elle en avait eu le cœur tout aussi brisé que lui.

Il s'était cependant très vite repris en se concentrant sur ses études et en les terminant sur un diplôme d'ingénierie grâce auquel il menait sa carrière actuelle, et était cofondateur d'une entreprise plus que florissante. Depuis tout ce temps, elle avait espéré et prié pour qu'il trouvât une femme bien, une femme qui lui serait complémentaire et le soutiendrait au long de son chemin.

Cela ne risquait pas d'arriver lorsque la femme qu'elle avait en tête pour lui apprendrait qu'il passait la nuit chez Maddie Chester. Il compliquait grandement les plans élaborés par sa mère pour lui dénicher une épouse convenable sur l'île.

Le téléphone sonna dans la cuisine. Linda se précipita à l'intérieur, persuadée que c'était Mac, et réprima un grognement en entendant la voix de sa sœur.

— Bonsoir, Joan.

— Pourquoi ne m'as-tu pas dit que Mac rentrait ?

— Je ne savais pas trop quand il allait arriver.

Inutile de reconnaître qu'elle n'avait pas pris la peine de l'informer des projets de Mac. Pourquoi diable faire ce petit plaisir à sa sœur ?

— Teensy raccroche à l'instant. Son petit-fils a livré des homards à Mac… chez Maddie Chester.

Linda réprima un autre grognement. « Teensy », cent cinquante kilos dans ses meilleurs jours, était la plus grande commère de la ville. Si *elle* savait que Mac s'était mis à la colle avec Maddie, autant dire que toute l'île était déjà au courant !

— Et, tiens-toi bien, il lui a ouvert la porte vêtu de *rien d'autre qu'une serviette autour des reins !* reprit Joan, apparemment ravie de partager la nouvelle.

Linda allait le tuer.

— Il l'a percutée alors qu'elle roulait à bicyclette et provoqué sa chute. Elle s'est vilainement blessée et il l'aide jusqu'à ce qu'elle aille mieux. Rien de plus, rétorqua-t-elle d'un ton sec.

— Selon Teensy, ils avaient l'air *incroyablement* à l'aise.

Quand elle en aurait terminé avec Mac, Joan serait la suivante sur sa liste.

— Franchement, ça fait dix heures qu'il est en ville. Que t'imagines-tu qui puisse se passer alors qu'elle est cassée de partout ?

Le petit rire de Joan la mit en fureur.

— Sers-toi de ton imagination, ma grande. C'est un homme, et elle est toujours partante. Ce ne sont pas quelques meurtrissures qui vont l'arrêter.

— Ça, c'est méchant, Joan, et indigne de toi.

Pas vraiment, mais Linda n'était pas d'humeur pour l'instant à démarrer la Troisième Guerre mondiale avec sa sœur.

— Mac se comporte de façon honorable en l'aidant. Je n'apprécie pas que tu en fasses quelque chose de scabreux, insista-t-elle.

— Ne t'en prends pas à moi, veux-tu ? Ce n'est pas moi qui ouvre la porte d'un appartement qui n'est pas le mien à moitié nue !

— Je vais devoir te laisser. Big Mac vient de rentrer, et il a faim.

— Avant de raccrocher, j'ai eu des nouvelles de Josh aujourd'hui. Elle est de nouveau enceinte ! Il semblerait qu'on ait un baby-boom dans la famille.

Une tête peut-elle réellement exploser ? se demanda Linda.

— Félicitations. C'est une merveilleuse nouvelle. Mais dis-moi, ils passent leur temps au lit, non ?

— Heureusement pour moi. À bientôt.

Linda raccrocha violemment en jurant comme un charretier, ce qui n'était pas dans ses habitudes.

— Eh bien, bonne soirée à toi, mon amour, lui dit Big Mac en lui posant un baiser sur le front. Qu'est-ce qui t'a mise dans un tel état ?

— *Ton* fils ! *Cette* femme et Teensy ! vociféra-t-elle en lui faisant réchauffer les spaghettis à la viande qu'elle-même avait grignotés un peu plus tôt. Comment a-t-il pu ouvrir la porte avec pour tout vêtement juste une serviette autour des reins ?

Big Mac acheva de mettre son téléphone portable en charge et se retourna vers sa femme.

— Que viens-tu de dire ? Teensy a ouvert sa porte juste habillée d'une serviette ? lui demanda-t-il en faisant une grimace de dégoût. Pour me couper l'appétit, tu n'aurais pas pu trouver mieux.

— Mais non, pas *Teensy !* Fais un peu attention, veux-tu ? Ton fils est allé ouvrir la porte de l'appartement de *Maddie Chester* seulement vêtu d'une serviette autour des reins ! Et il lui achète du *homard !*

— Mon Dieu, quel petit salaud. Qu'est-ce qu'on a raté avec lui ?

— *Tu ne comprends pas !* Toute la ville saura dès demain matin qu'il couche avec elle ! Et ensuite, qui voudra de lui ?

— N'importe quelle femme ayant la chance de l'accrocher.

— Aucune femme digne de ce nom ne voudra d'un homme qui s'est tapé la Marie-couche-toi-là de la ville !

— Maddie est une fille sympa, Lin, la désapprouva-t-il.

— Oui, avec une réputation qui ferait rougir une star du porno, insista Linda en lui tendant son assiette. Il faut que j'arrange cela. Et vite.

— Linda... tu sais comment ça se passe immanquablement. Tu as voulu mettre la cousine de Sophie dans les bras de Grant quand elle visitait L.A., tu sais comment ça s'est terminé ?

Incrédule, Linda fixa son mari.

— Et comment est-ce de ma faute ? Sophie avait juste oublié de me dire que sa petite cousine sortait tout droit de l'asile psychiatrique.

— Et puis il y a eu la nièce de Debbie, que tu as lancée sur Adam...

— Quand je lui ai demandé de lui faire passer un moment agréable à New York, je n'ai jamais dit qu'il devait passer l'intégralité du week-end dans sa chambre d'hôtel. Et si *elle* ignorait qu'elle avait une chlamydia, comment *moi,* aurais-je pu le savoir ?

— Bien sûr, la sœur chanteuse de Tina n'était pas tout à fait ce qu'il fallait à Evan.

— Tina ne m'avait jamais dit que sa sœur préférait se faire un chemin via les beuveries de Nashville que chanter vraiment. Mais Evan l'a compris.

— Pas avant qu'elle ait dégobillé dans sa voiture neuve.

— Mais de quel côté es-tu, au juste ? l'interrogea Linda, la mine furieuse.

— Mais du tien, mon amour. Toujours.

— On ne le dirait pas.

— Ces boulettes de viande sont divines.

— Ne va pas user de ton charme McCarthy sur moi. Je connais toutes tes ruses.

— Donc, et si tu veux bien qu'on résume, jouer les marieuses n'est pas ton fort. Tu as plein d'autres talents, ma douce. Comme façonner ces boulettes qui fondent littéralement dans la bouche.

— Mac a besoin d'une femme. À ce train-là, il aura des enfants à quarante ans.

— Peut-être que si tu avais été un peu plus gentille avec son amie Roseanne cet hiver quand nous sommes allés à Miami, il n'aurait pas éprouvé le besoin de découcher cette nuit.

Linda se carra les poings sur les hanches, prête à la confrontation.

— Quoi ? Je disais juste...

— Cette Roseanne ne lui *convient* absolument pas ! Il ne m'a pas fallu plus de cinq minutes pour la percer à jour. Elle l'a embobiné grâce à sa belle allure, mais il déchantera vite... s'il ne l'a pas déjà fait.

— Regardons les choses en face, chérie. Il n'existe aucune femme au monde pouvant répondre à tes critères pour aucun de nos garçons.

— Ce n'est pas vrai ! Je veux leur bonheur à tous. Je veux qu'ils aient ce que nous avons eu toutes ces années. Y a-t-il quelque chose de mal à cela ?

— Oh, bien sûr que non, mon cœur, répondit Big Mac en lui prenant la main pour l'attirer sur ses genoux. Mais tu vas devoir les laisser faire à leur manière, et à leur propre rythme.

— J'ai essayé, et maintenant je me retrouve avec quatre fils dans la trentaine qui n'ont aucune intention de se fixer et de fonder une famille. Ils le *regretteront* plus tard, Mac. Tu le sais aussi bien que moi.

— Peut-être, mais ce seront *leurs* regrets.

— Je ne veux pas qu'ils passent à côté de l'amour, lui dit-elle, le cœur brisé à cette seule pensée. Où serais-tu aujourd'hui si je ne t'avais pas sauvé de toi-même ?

— Dieu seul le sait ! s'esclaffa-t-il avec un grand rire qui se répercuta dans la cuisine.

— Tu vois ? C'est tout ce que je veux pour eux aussi.

— Promets-moi de ficher la paix à Mac pendant son séjour ici.

Elle hésita. Comment faire une telle promesse ?

Il recula afin de pouvoir la dévisager.

— Linda…

— D'accord ! Je le laisserai tranquille !

Mais elle répondit cela en n'utilisant pas le mot « promesse » à dessein, et en faisant en sorte qu'il ne voie pas les doigts qu'elle croisait derrière son dos.

Mac ferma le sac-poubelle plein de carapaces de homard et le porta dehors dans le container, là où le lui avait indiqué Maddie. Il revenait vers l'escalier quand un rougeoiement de cigarette dans le noir illumina le visage de Tiffany.

— Qu'est-ce que vous fichez encore ici ? l'interrogea-t-elle d'un ton rogue.

— J'essaie juste d'aider votre sœur.

— Je peux le faire. Pourquoi ne retournez-vous pas là où est votre place ?

— Et où serait-elle, ma place ?

— Dans votre grande maison blanche, au-dessus de votre royaume de North Harbor.

— Ce n'est pas mon royaume.

— Que vous dites.

— Que vous ai-je donc fait, à vous ou à votre sœur ?

— Rien du tout.

— Mais alors, pourquoi cette agressivité envers moi ?

— Je ne suis pas agressive envers vous. Je suis agressive envers les types *comme vous*, qui vous vantez de votre bonne fortune avec une des sœurs Chester devant tous vos copains.

— Ce n'est pas mon genre.

— Quoi donc ? Avoir de la chance avec les filles de rien, ou vous en vanter ?

— Maddie n'est pas une fille de rien ! s'exclama Mac, à qui cette femme amère déplaisait de plus en plus. Pourquoi diriez-vous cela de votre propre sœur ?

— Ce n'est pas moi qui le dis. Est-ce qu'elle vous a appris où est notre mère en ce moment ?

— Ma sœur me l'a dit.

— Je suis sûre qu'elle s'est régalée en vous le disant. Vous a-t-elle appris aussi pourquoi notre mère a fini en prison ?

— Non.

— Demandez à *votre* mère, elle vous le dira.

— Ma mère ? Qu'a-t-elle à voir là-dedans ?

— Demandez-lui, répéta Tiffany en portant l'écouteur de son baby-phone à son oreille. Ma fille parle en dormant.

— Où est votre mari ?

Il avait connu Jim Sturgil au lycée mais n'en avait jamais été proche.

— Autre bonne question.

— Écoutez, j'ignore pourquoi vous avez une dent contre moi...

— Normal, mais si vous faites du mal à ma sœur, vous aurez affaire à moi.

Mac avait-il connu femme plus désabusée ? Pas sûr.

— Je veux seulement la voir de nouveau sur ses pieds.

— Quelle noblesse. Vraiment.

— Et que voudriez-vous que je fasse ? Que je m'en aille en la laissant se dépatouiller toute seule alors que je suis responsable de ses blessures ?

— Je vous ai à l'œil, conclut Tiffany en écrasant sa cigarette.

— Merci de l'avertissement.

Sur ce, elle le laissa planté là dans l'obscurité. Il la regarda rentrer chez elle et prit le temps de recouvrer ses esprits avant de retourner chez Maddie.

— As-tu eu du mal à trouver le container ? lui demanda celle-ci.

— Non, répondit-il en se passant les doigts dans les cheveux, encore humides de la douche. Je suis tombé sur ta sœur.

— Que t'a-t-elle dit ?

— Rien qui vaille la peine d'être répété, commença-t-il par éluder, mais après une seconde de réflexion, il se dit qu'il devait savoir, aussi reprit-il : Qu'a fait ma mère pour que la vôtre aille en prison ?

— Elle t'a *dit* ça ? hoqueta Maddie.

— Est-ce vrai ? Ma mère a-t-elle un rapport avec cela ?

Maddie sembla soupeser soigneusement sa réponse.

— Ça a été un mélange de choses.

— Raconte-moi, dit Mac en s'asseyant face à elle sur la table basse.

— Ma mère a fait un chèque en bois au bar de l'hôtel, et la tienne a porté plainte.

— Pour un premier incident ?

— Un troisième, avoua-t-elle en baissant les yeux, les joues enflammées. Ta mère n'avait pas le choix.

— Je suis navré, dit Mac en lui pressant sa main valide.

— Ça faisait des années qu'elle flirtait avec le désastre. Ça devait bien finir par arriver un jour.

— Et toi, tu as essayé de toutes tes forces de ne pas faire les mêmes erreurs.

— Pour le bien que ça m'a fait. Je suis toujours à un cheveu de la catastrophe.

Il entrelaça ses doigts aux siens, et fut heureux quand elle le laissa faire.

— Tu me plais énormément, Maddie.

— Ne dis pas des choses comme ça. Tu ne les penses pas, rétorqua-t-elle, pivoine à présent.

— C'est là que tu te trompes. Je les pense *vraiment.*

Il porta leurs mains jointes à ses lèvres, embrassa le dos de celle de Maddie et décida de ne pas insister. Il avait le sentiment que trop, trop vite, n'était pas la meilleure façon de se gagner cette femme obstinée.

— Et si on nettoyait ces coupures ?

— J'espérais que tu les aurais oubliées.

— Raté.

— J'aimerais bien prendre une douche avant, je me sens crasseuse.

— Tu n'as pas l'air crasseux. En fait, tu as l'air adorable, répondit-il en lui repoussant une mèche de cheveux derrière l'oreille.

— Tu n'as pas besoin de me dire ce genre de choses. Ça ne te mènera nulle part.

— Et où crois-tu que je veuille être ?

Pour toute réponse, elle lui décocha ce regard noir qu'il avait commencé à apprécier au cours de la journée.

— Pourquoi ne pas parler tout de suite de ce qui te préoccupe ?

— De quoi parles-tu ?

— Tu penses que je fais tout ceci uniquement parce que je veux coucher avec toi, c'est bien ça ?

Elle eut l'élégance de paraître embarrassée par sa franchise.

— Ça m'a traversé l'esprit.

— En ce cas, permets-moi de te rassurer : nous ne coucherons pas ensemble tant que tu ne m'auras pas dit que tu le veux.

Elle voulut protester, mais il la fit taire d'un doigt sur ses lèvres.

— Jusqu'à ce que tu prononces ces mots : « fais-moi l'amour, Mac », je te jure que rien n'arrivera. En revanche, je ne peux pas te promettre que je n'essaierai pas de t'embrasser encore, parce que j'aime vraiment beaucoup t'embrasser. Mais autre chose de plus que cela ? Ça ne dépendra que de toi.

— Puis-je en placer une, maintenant ?

Il lui sourit et lui lâcha la main.

— Je ne suis pas habituée aux hommes sans idées derrière la tête.

— Je suis désolé si on t'a maltraitée par le passé, mais nous ne sommes pas tous d'immondes porcs.

— Tu es sûr ? répondit-elle en le dévisageant d'un œil dénué de toute duplicité, et son cœur fit un bond dans sa poitrine.

Sans la quitter des yeux, il fit oui de la tête, puis il tendit la main pour lui caresser la joue.

— J'ai un mal fou à te résister, chuchota-t-il.

— Fais un effort.

— Tu n'as pas vraiment envie que j'en fasse un.

— Comment le sais-tu ?

— Eh bien, c'est toi qui as entamé la phase baisers de notre relation.

— Je dormais ! Et ce n'est pas une relation.

Un immense sourire fendit le visage de Mac.

— Et comment appellerais-tu ça ?

— Un désagrément.

Il partit d'un grand éclat de rire qui sembla la mettre en colère.

— Bien, mettons un terme à ce débat pour le moment et occupons-nous de ces coupures.

— On est obligés ?

— Oui. Prête pour un voyage à la salle de bains ?

— Je crois.

Il la souleva avec grand soin et l'y emmena.

— Comment veux-tu faire cela ?

— Toute seule.

Il la suivit à l'intérieur.

— Tu pourrais tomber.

Elle se retourna et parut surprise de le voir juste derrière elle. D'une main plaquée sur le torse, elle l'empêcha d'avancer plus.

— Il est *hors de question* que tu me voies nue, alors fais demi-tour et sors d'ici.

— Tu n'es pas drôle, riposta-t-il en faisant la moue.

— On me l'a déjà dit.

Il ferma le couvercle des toilettes.

— Viens donc t'asseoir ici que je t'enlève tes bandages.

L'œil méfiant, elle répondit :

— D'accord, mais ensuite tu files d'ici.

— Oui, m'dame.

Il l'aida à s'asseoir, puis s'agenouilla face à elle pour enlever la gaze. L'estomac retourné, il réprima un tressaillement en découvrant la plaie ouverte qui suppurait à son genou.

— Bon sang, Maddie, ne regarde pas.

— D'accord.

Il dégagea ensuite son coude et sa main, conscient qu'elle devait terriblement souffrir.

— Je m'en veux tellement d'être responsable de cela.

D'un doigt de sa main valide, elle repoussa les cheveux qui lui retombaient sur le front.

Sidéré par la douceur de ce geste, il leva les yeux vers elle.

— Tu n'es pas celui auquel je m'attendais.

— Non ? répondit-il en conservant un ton léger, même si la salle de bains lui sembla soudain manquer d'air.

— À entendre ta mère parler de toi, je m'étais dressé le portrait d'un vrai play-boy. Une femme différente chaque jour.

Mac accusa le coup de la description, plus ou moins exacte.

— Ça a peut-être été moi à un moment de ma vie, mais plus maintenant.

— Et quand ce changement miraculeux serait-il intervenu ?

Il fit mine d'y réfléchir avec intensité.

— À environ neuf heures, ce matin.

5

Alors que Mac quittait la salle de bains, Maddie voulut croire que l'intérêt qu'il lui portait était sincère, tout en étant encore convaincue que dès l'instant où elle aurait récupéré toutes ses facultés, il l'oublierait et repartirait en courant reprendre le cours de sa vie. Comment aurait-elle pu croire le contraire ? Chaque homme qu'elle avait aimé l'avait abandonnée. Pourquoi celui-ci devrait-il être différent ? *Tu n'es pas juste,* lui souffla l'ange assis sur son épaule droite. *Il n'a rien fait d'autre qu'être adorable avec Thomas et toi toute la journée.*

Oui, mais c'est parce qu'il a probablement peur que tu lui intentes un procès, contra le diable sur son épaule gauche.

— Assez, marmonna Maddie.

Elle prit appui sur le lavabo, se leva avec difficulté et tenta d'ignorer la douleur. Elle réussit à ôter son short, sa petite culotte et son tee-shirt, mais se retrouva coincée quand elle en arriva au soutien-gorge. Les quatre crochets serrés résistèrent obstinément à sa main blessée ; la douleur fut telle que des larmes lui vinrent aux yeux. Elle s'enroula dans une serviette.

— Mac ?

— De quoi as-tu besoin, chérie ?

La tendresse dans sa voix la retourna. Comme elle aurait aimé pouvoir être sa chérie, si ce n'était d'ores et déjà impossible. Aimer un homme habitant à des milliers de kilomètres de chez elle serait idiot, et trop risqué.

— Je, euh, j'ai juste besoin d'un petit coup de main, lui lança-t-elle, en frémissant à la perspective qu'il voie son soutien-gorge de vieille matrone.

— Veux-tu que j'entre ?

— S'il te plaît.

La porte fut ouverte, et le visage de Mac se décomposa en la découvrant dans sa serviette.

— Essaye de ne pas te rincer l'œil, tu veux bien ?

— Qui se rince l'œil ?

— Toi.

Il fit apparemment un effort pour ne regarder que son visage.

— Pourrais-tu, hum, dégrafer mon soutien-gorge ? S'il te plaît ? lui demanda-t-elle en voyant sa pomme d'Adam faire des allers-retours sur sa gorge.

— Bien sûr, répondit-il, la voix étranglée.

Elle lui tourna le dos et laissa descendre la serviette juste ce qu'il fallait pour lui donner accès aux crochets. Il effleura son dos des doigts, lui arrachant un hoquet.

— Désolé.

— N… non, c'est bon, dit-elle avant de retenir son souffle tandis qu'il dégrafait les crochets un à un.

— Ça y est.

— Merci.

Elle attendit qu'il sorte, mais il repoussa ses bretelles.

— Elles te rentrent dans la peau.

— Oui.

Elle se raidit quand il effleura de ses lèvres son épaule droite.

— Q… que fais-tu ?

— Si seulement je le savais.

Les sensations qui se bousculaient en elle la firent trembler.

— Mac…

Il posa un baiser sur l'empreinte rouge qui marquait son épaule tout en massant délicatement l'autre.

— Puis-je te demander quelque chose ?

— Si j'accepte, sortiras-tu d'ici pour que je puisse enfin prendre ma douche ?

— Oui.

— Que veux-tu savoir ?

— As-tu jamais songé à une réduction mammaire, puisque apparemment tu les détestes ?

Stupéfaite, elle fit volte-face pour le regarder.

— *Sérieux ? C'est ça* que tu voulais savoir ?

— Je te prie de m'excuser, ce ne sont pas mes oignons. Je n'aurais pas dû…

— Chaque jour depuis la sixième ! Je les ai en horreur ! Ils ont carrément détruit ma vie !

— Alors, pourquoi n'as-tu pas… tu sais bien…

— Je n'ai ni assurance sociale ni des milliers de dollars.

— Je n'avais pas l'intention de te contrarier.

— Les choses sont ainsi, répliqua-t-elle avant de lever les yeux vers lui. Puis-je me doucher, maintenant ?

— Oui, évidemment, dit-il en se retournant vers la porte. Je reste là-dehors, au cas où tu aies besoin de moi.

Une fois seule, Maddie laissa tomber la serviette et porta les yeux sur le miroir en pied fixé derrière la porte. Ses seins lui faisaient penser à des pastèques miniatures, elle avait les hanches trop rondes et le ventre moins plat qu'avant Thomas. En dépit de maux de dos récurrents et de contractures d'épaules, elle avait appris à vivre avec des seins qui avaient commencé à se développer bien trop tôt, et donné de quoi fantasmer aux garçons de sa classe. Parfois, elle rêvait de posséder une baguette magique, de l'agiter et de se réveiller avec des seins normaux. Alors, peut-être que les hommes qu'elle croiserait – *tous* les hommes qu'elle croiserait – se concentreraient sur son visage au lieu de sa poitrine. Ça ne coûte rien de rêver.

Elle entra dans la cabine de douche, et réprima un gémissement quand le jet frappa ses plaies. Mais ses larmes n'étaient pas seulement provoquées par la douleur physique. Juste une fois, *une seule*, elle aurait aimé se sentir une femme normale ayant une chance de trouver le bonheur avec un homme tel que Mac.

Juste une fois…

Mac eut envie de se flanquer des coups de poing pour avoir contrarié Maddie en posant cette question, mais son envie de savoir avait été plus forte que sa raison. Le souvenir des marques profondes et violacées laissées par le soutien-gorge sur ses épaules graciles le fit frémir, et lui donna envie de lui offrir les fonds nécessaires. Elle en avait besoin et lui les avait. Si seulement c'était aussi simple.

Qu'il pût envisager de donner des milliers de dollars à une femme qu'il ne connaissait que depuis la veille et ne rien attendre en retour aurait dû l'épouvanter. Au contraire, il fut ravi de savoir qu'il avait la possibilité de faire une chose qui la rendrait heureuse. Si elle acceptait, bien sûr. Ce « si »-là était de taille.

En entendant Thomas gémir, il se leva et alla voir dans la chambre. L'enfant dormait, les jambes découvertes, le visage pressé contre le matelas et la bouche en mouvement. Mac récupéra la couverture chiffonnée sous ses jambes et le recouvrit. Puis il resta longtemps debout près du lit à le regarder dormir et finit par lui tendre un doigt.

Thomas referma aussitôt sa menotte dessus et sa confiance toucha Mac au plus profond.

— Si seulement je pouvais convaincre ta mère que je suis digne de sa confiance, murmura-t-il.

— Est-ce qu'il s'est réveillé ? demanda Maddie derrière lui, le faisant sursauter.

Un parfum de shampooing et de savonnette assaillit ses narines, provoquant un nouvel accès de désir en lui.

— Non, il parlait.

— Il parle en rêvant, comme moi.

Au souvenir de son rêve de la journée, Mac dégagea son doigt de la main de Thomas et se tourna vers elle. Elle avait enfilé un peignoir et tortillé ses cheveux dans une serviette. Il étudia son joli visage en rêvant de pouvoir la prendre dans ses bras et l'embrasser éperdument.

— Qu'est-ce que tu regardes ? lui demanda-t-elle au bout d'un long moment.

— Tu es jolie. Très, très jolie.

— J'aimerais bien que tu arrêtes de dire ces trucs-là.

— Pourquoi ?

— Ça me met mal à l'aise.

— Parce que tu n'y crois pas ?

— Parce que j'ai peur d'y croire.

Il lui encadra le visage des mains et lui caressa les joues avec ses pouces.

Les lèvres de Maddie formèrent le O de surprise qu'il en venait à adorer.

— Je ne te ferai jamais de mal.

— Je suis sûre que tu aimerais bien y croire.

— Quelqu'un d'autre a-t-il jamais été gentil avec toi, Maddie ?

Elle réfléchit un instant.

— Ma grand-mère, mais elle est morte quand j'avais sept ans.

Il se rapprocha, ses lèvres à quelques centimètres des siennes.

— Tu me donnes envie de faire n'importe quoi pour toi. Et tu sais pourquoi ?

Elle secoua négativement la tête, mais ne détourna pas les yeux.

— Parce que tu ne me demanderas jamais rien.

— Et les autres filles le font ?

— Tout le temps.

— Mêmes celles que tu as aimées ?

— Je n'en ai jamais aimé aucune.

— *Aucune d'entre elles ?* répéta-t-elle en écarquillant de surprise ses yeux si expressifs.

Décidément, il se régalait à la choquer.

— Ce n'est pas quelque chose dont j'ai éprouvé l'envie ou le besoin.

Jusqu'à maintenant, eut-il envie d'ajouter, sans oser le faire.

— Tu sembles aller un petit peu mieux, dit-il plutôt.

— L'eau m'a fait mal, mais elle m'a aidée à me détendre.

— Occupons-nous des nouveaux pansements.

— Il faut juste que, euh, que je m'habille. D'abord.

Mac entendit, mais ne put se résoudre à la lâcher ou sortir de la chambre.

— Mac.

— Oh, d'accord. Je t'attends de l'autre côté.

— Merci.

Il regagna le living-room et se laissa choir sur le canapé, les hormones prises de folie. Jamais encore il n'avait réagi ainsi à une femme. Et il fallait que c'en fût une qui ne voulait rien avoir à faire avec lui. Il lâcha un bref éclat de rire, ahuri par l'ironie de la situation. Il avait finalement, *finalement*, trouvé une femme qui incendiait beaucoup plus que sa libido, et elle n'aurait pu se soucier moins de lui !

Moralité : il ne lui restait plus qu'à la faire changer d'avis. Ce ne serait pas évident mais il ne pouvait la laisser lui échapper avant d'avoir découvert ce qu'ils pourraient vivre ensemble.

Maddie enfila avec difficulté une camisole serrée qui, par miracle, contenait ses seins et un tee-shirt trop grand par-dessus, car elle avait très vite appris à minimiser ses considérables atouts. Puis elle laissa dériver ses pensées sur l'homme qui attendait dans la pièce d'à côté. Son regard bleu acier lui donnait envie de quelque chose qu'elle n'avait encore jamais voulu. Quand il la regardait, elle avait l'impression qu'il voulait la dévorer. Les sentiments qu'il suscitait en elle étaient plus intenses et dangereux que tous ceux qu'elle avait jamais connus. Donc, il lui fichait une frousse bleue. Si seulement elle parvenait à le convaincre de la laisser tranquille...

Elle s'aventura dans le living-room et le découvrit installé sur le canapé, la tête rejetée en arrière et les yeux clos. Elle en profita pour étudier sa mâchoire forte, la peau satinée dans son cou, ses épaules imposantes, son torse musclé, et le renflement de son sexe. Choquée par sa propre curiosité, elle reporta vivement les yeux sur les cheveux qui lui retombaient dans les yeux, et ces lèvres parfaites, faites pour les baisers... Un morceau de choix, vraiment. Elle poussa un soupir et tenta de rassembler la force d'âme nécessaire à le convaincre de s'en aller.

— Tu vois quelque chose qui te plaît ?

Elle réprima un sursaut.

— Non, pas du tout.

— Ouille, les baffes dans mon ego recommencent.

Il se leva, et elle se sentit toute petite à côté de son mètre quatre-vingt-dix et quelques.

— Si tu ne peux plus les supporter, il te reste la porte.

Le regard de Mac se durcit de déplaisir.

— Occupons-nous de ces pansements.

Ce qui suffit à la faire se sentir non seulement toute petite, mais minable, aussi.

— Excuse-moi, dit-elle en s'asseyant sur le canapé.

— De quoi ? fit-il, mais sans la regarder.

— D'être méchante.

— Je peux survivre, éluda-t-il.

— Mais tu ne le méritais pas. Pas après tout ce que tu as fait pour moi aujourd'hui.

— Apparemment, ma raison d'être sur cette terre est de payer pour tous les hommes qui t'ont fait du tort dans le passé. Je l'ai compris, répondit-il en déroulant la gaze et en la posant près du tube de pommade sur la table basse, avant de lui faire passer le genou sur ses cuisses. Es-tu prête ?

Elle se mordit les lèvres et fit oui de la tête. Mais elle poussa un cri dès que l'onguent entra en contact avec la plaie.

— Seigneur, que ça fait mal ! gémit-elle.

— Je sais, chérie, dit Mac en raffermissant sa prise sur sa jambe. Tiens bon juste une minute de plus.

Quand il termina de bander son genou, elle était en sueur, nauséeuse et au bord des larmes.

Il l'attira contre lui.

Elle appuya la tête contre son épaule et se concentra sur son odeur, à présent familière.

Il lui passa une main dans les cheveux en lui murmurant des paroles de réconfort.

— Ça va mieux ? lui demanda-t-il un bon moment plus tard.

Elle hocha la tête sans la relever de son épaule.

— On fait le coude ?

— Pas tout de suite, murmura-t-elle contre son cou en agrippant sa chemise de sa main valide.

Un tremblement secoua la grande carcasse de Mac.

— Maddie. Tu me rends dingue, chérie. Je ne suis qu'un homme.

Avait-elle déjà rendu dingue un homme ? Si c'était le cas, elle n'en gardait aucun souvenir. Le pouvoir que cela lui conféra lui plut énormément. Et, comme si elle avait sa propre volonté, sa main passa de la chemise au cou, autour duquel elle se referma. Maddie tourna imperceptiblement le visage et rencontra sa bouche, chaude et accueillante.

Quand il referma ses grandes mains autour de son visage et quand sa langue entra dans la danse, son esprit se mit aux abonnés absents et elle oublia toutes les raisons pour lesquelles ça n'aurait jamais dû arriver.

Le téléphone de Mac interrompit le baiser.

Maddie recula la tête.

Il poussa un grognement et resserra son étreinte.

— Qu'il sonne.

— C'est peut-être important.

— Fais-moi confiance, ça ne l'est pas. En revanche, ça, ça l'est, riposta-t-il en tentant de lui reprendre la bouche.

— Il faut que tu répondes, insista-t-elle en le repoussant.

Il réprima un autre grognement, se pencha pour attraper son sac à dos et en sortit son téléphone.

— Quoi ? aboya-t-il en décrochant.

— Mac ? Est-ce une façon de répondre au téléphone ?

— Je suis occupé, maman, répondit-il en jetant un bref coup d'œil à Maddie, qui détourna les yeux.

Fabuleux. Un pas en avant, deux en arrière.

— De quoi as-tu besoin ? reprit-il.

— Il se dit partout en ville que tu réponds à sa porte à moitié nu et que tu lui offres du homard.

— C'est exact et alors ?

— Pourquoi devrais-tu te soucier d'elle ? Tu ne vis pas ici.

— Cet appel avait-il un but, mère ?

— J'aimerais savoir quand tu viens à la maison,

Il jeta un autre regard à Maddie qui faisait de son mieux pour ne pas l'observer.

— Je vais venir dîner avec Maddie et son fils Thomas demain soir.

— *Quoi ?* s'exclamèrent sa mère et Maddie en stéréo.

— Dix-huit heures trente, ça te convient ? Il faut que je travaille, et il me faudra le temps de rentrer prendre une douche et les récupérer.

Sa mère resta muette durant si longtemps qu'il crut qu'elle avait coupé la communication. Mais non, il n'eut pas cette chance.

— Dix-huit heures trente, c'est parfait, répondit-elle d'une voix aigre.

— À demain soir, donc. Prépare-nous ton fameux rôti à la cocotte, tu veux bien ? J'en rêve depuis longtemps.

— Autre chose ?

— Tu sais à quel point j'aime ton gâteau au chocolat.

— Toi et moi allons devoir très longuement discuter, jeune homme. M'entends-tu bien ?

— Hou là, ça grésille de plus en plus sur la ligne. Je vais devoir raccrocher. À demain !

Mac replia son portable en riant et imagina la scène à la maison. Il fut un poil désolé pour son père.

— Il est hors de question que j'aille dîner là-bas.

— Ça sera sympa. Ils vont adorer Thomas.

— Tu ne peux pas me demander ça, Mac. Je *fais le ménage* dans cette maison !

— Et ça t'interdit d'y manger ?

— Tu n'as pas la moindre idée de comment les choses se passent dans le coin.

— Je m'en moque comme d'une guigne et tu ferais bien d'en faire autant. Maintenant, où en étions-nous avant d'être aussi grossièrement interrompus ?

— Tu étais sur le point de mettre de la pommade sur mon coude, répliqua-t-elle en lui jetant un regard sévère.

— Ah oui ? Ce n'est pas le souvenir que je gardais.

Elle lui donna une petite bourrade et lui présenta son coude et sa main.

— Tu ne peux pas débarquer comme ça, mettre ma vie sens dessus dessous et t'en aller ensuite, lui dit-elle après un long silence durant lequel il termina ses pansements.

Ces paroles, dites d'une voix douce, et leur courage sous-jacent le touchèrent.

— Je ne vais nulle part.
— Tu vas retourner à Miami.
— Pas de sitôt.
— Tu n'as pas une affaire à faire tourner ?
— Je prends un congé.
— Combien de temps ?
— Un mois ou deux.
— Ce sont de rudement longues vacances.
— Peux-tu garder un grand secret ? lui demanda-t-il en la regardant. Un secret qui affolerait ma mère ?
— Tu as mis en cloque une pouffiasse en Floride qui en a maintenant après la fortune familiale ?
— Très drôle. Tu es une comédienne-née, tu sais ?
Son éclat de rire inattendu lui coupa le souffle.
— Tu devrais faire cela plus souvent.
— Quoi donc ? Me moquer de toi ?
— Rire. Ton rire me plaît infiniment. Alors, veux-tu entendre mon secret ?
Maddie, encore livide de douleur, s'installa plus confortablement sur le canapé.
— Oui, je suis prête à entendre ton sale petit secret.
— Je n'ai jamais dit qu'il était sale, déclara Mac en s'installant près d'elle et en lui faisant poser les pieds sur ses genoux. J'ai eu une attaque d'anxiété la semaine dernière, qui m'a flanqué une belle peur. J'ai bien cru que je faisais un infarctus.
— Et quelle en était la cause ? demanda-t-elle, la mine soudain inquiète.
— Trop de stress, pas assez de sommeil, trop de repas sautés.
— Donc, tu es en vacances forcées ?
— On peut dire ça comme ça, mais je voulais aussi voir mon père et savoir s'il a réellement l'intention de vendre McCarthy's.
— Ah, toi aussi, tu en as entendu parler ?
— Oui. Ça m'a rendu tellement triste de penser qu'un étranger puisse devenir propriétaire.

— Ton père ne peut pas travailler éternellement.

— J'en suis conscient, répondit-il en commençant à lui masser les pieds.

Parler avec elle était presque aussi passionnant que l'embrasser, et il lui sembla qu'il ne pouvait être à proximité d'elle sans avoir envie de la toucher.

— Tu as une peau d'une douceur incroyable.

Elle voulut enlever ses pieds de ses genoux mais il l'en empêcha.

— Je ne peux pas faire ça, Mac. Je ne prends pas ce genre de risques. Ça ne se termine jamais bien pour moi.

— M'accorderas-tu une chance ? C'est tout ce que je te demande.

— Il me faut prendre Thomas en compte.

— Je sais que vous êtes un tout.

— Je ne parviens pas à réfléchir alors que tu pompes tout l'air, ici.

Il lui décocha un sourire suffisant.

— Je savais que ça te monterait à la tête, marmonna-t-elle.

— Eh, je prends les compliments là où je peux les trouver. Tu es plutôt radine dans ce domaine, répliqua-t-il en la voyant étouffer un bâillement. Viens, que je fasse ton lit, ajouta-t-il en la portant sur un fauteuil, en dépliant le canapé et en ouvrant les couvertures. Veux-tu que je dorme sur la terrasse ?

Elle y réfléchit un instant.

— Bah, de toute façon, tout le monde sait déjà en ville que tu ouvres ma porte avec une serviette autour des reins et que tu m'as offert du homard, alors je pense que dedans, dehors, ça n'a plus guère d'importance à présent.

— Tu es certaine ? Je ne veux pas te causer plus d'ennuis que je l'ai déjà fait.

— Mais si.

Il ne put que sourire devant le quolibet.

— Prends les coussins du canapé pour te faire un matelas par terre, lui dit-elle.

Elle lui indiqua dans quel placard trouver un oreiller et, après être allé voir une dernière fois Thomas, Mac s'installa dans son duvet par terre. Une légère brise entrait par les persiennes et la pleine lune éclairait la pièce.

— As-tu mal ?

— Non, ça va.

— Veux-tu un antidouleur ?

— Merci, mais non.

— À quelle heure dois-je me présenter au travail, demain ?

— Neuf heures trente.

— Tu devrais peut-être me dire ce que je dois faire une fois là-bas. Enfin, si tu n'es pas trop fatiguée.

— D'abord, tu signales ta présence à la gouvernante, au sous-sol, et tu pointes.

Mac l'écouta lui parler de dimanches de folie, de la façon dont il faut charger son chariot de serviettes et de draps propres, de produits de toilette, de papier hygiénique et de produits de nettoyage. Bercé par sa voix mélodieuse, il dut plusieurs fois s'obliger à l'écouter attentivement.

— Est-ce que tu m'écoutes ?

— Des deux oreilles. Aucune trace d'ADN, noté.

— J'ai dit bien plus que ça.

— Mais l'ADN, c'est le péché capital aux yeux d'Ethel.

— Elle se fiche en rogne dès qu'elle trouve la moindre trace de l'occupant précédent, et je dis bien la *moindre* trace.

— Est-ce qu'elle passe à votre suite dans chaque chambre avec une lumière noire ? s'esclaffa Mac.

— Tu ferais mieux de ne pas courir le risque.

— De quel genre d'ADN parlons-nous, au juste ?

— Ça, c'est moi qui le sais, et c'est à toi de le découvrir.

— Beurk, dégueulasse.

— Précisément.

— Je sens venir une autre attaque d'anxiété.

La brutale inspiration qu'il entendit Maddie prendre lui fit aussitôt regretter sa plaisanterie.

— Vraiment ?

— Non, ça va, mais ton inquiétude me va droit au cœur.

Elle lui jeta un coussin qui lui atterrit en pleine figure.

— Ouille ! Bien visé, s'écria-t-il en riant.

— Ne plaisante pas à ce sujet. Tu m'as fait peur.

— Oh, oh, la dame commencerait à se prendre d'affection pour moi ?

— Peuh, je n'ai juste pas besoin du scandale qu'il y aurait si tu passais l'arme à gauche chez moi.

— Aouille, ça fait mal, ça, Maddie.

— Tu t'en remettras.

— Tu veux qu'on se tripote ?

— Non !

Il sourit en imaginant la tête qu'elle faisait.

— Mais si, tu en as envie.

— Je vais dormir, à présent.

— Parle-moi encore.

— De quoi ?

— De tout.

— Ma vie est plutôt rasoir.

— Y avait-il juste Tiffany et toi ?

— Et notre mère.

— Où était ton père ?

Elle marqua un silence prolongé.

— Un jour, il est allé sur le continent et il n'est jamais revenu.

— Tu ne l'as jamais revu ? reprit Mac après avoir réprimé une grimace.

— Non. Deux semaines plus tard, il a écrit à ma mère pour lui dire qu'il ne pouvait plus vivre sur une île.

Compréhensible, songea Mac, mais il préféra garder ce commentaire pour lui.

— Quel âge avais-tu ?

— Cinq ans. Tiff en avait trois. Elle ne se souvient pas du tout de lui.

— Mais toi, oui.

— Oh, oui. Il me jetait souvent en l'air, ça me faisait hurler et rire aux éclats en même temps.

— Il a dû terriblement te manquer.

— De chez nous, au-dessus du Galley, on pouvait voir le ferry arriver, lui dit-elle en faisant référence à un restaurant de la ville. Pendant des semaines, j'ai regardé en descendre chacun des passagers. J'avais vraiment l'espoir qu'il change d'avis et qu'il revienne.

Mac en eut le cœur brisé pour elle. La vie est si injuste, parfois. Ça lui donna toutefois une meilleure idée du chemin ardu qu'il aurait à parcourir avant qu'elle lui accorde enfin sa confiance.

— Je suis désolé.

— C'était il y a longtemps.

Il hésita un instant, se demandant s'il était sage de poursuivre, mais il avait encore tant de questions. Finalement, il en posa une :

— Ça a dû être dur pour ta mère de se retrouver toute seule.

— On a toujours lutté pour joindre les deux bouts. Elle n'a jamais été capable de gérer un budget, ce qui explique pourquoi elle a fini en prison, lui expliqua-t-elle avant de lâcher un petit rire nerveux. De toute façon, je suis sûre que tu ne veux rien entendre de ma vie de mauvais feuilleton.

— Je veux tout savoir.

— Même la façon dont les gosses m'ont tourmentée depuis la sixième quand j'ai été la première à développer un corps de femme ?

— Si tu veux bien me le raconter.

Il attendit en espérant qu'elle lui ferait assez confiance pour lui confier ses secrets. Puis, finalement, elle attaqua son récit.

6

— J'ai commencé à avoir des douleurs dans la poitrine à dix ans. Je n'en ai parlé à personne parce que j'avais peur d'être en train de mourir de quelque chose. Je faisais déjà un bonnet B à onze ans et les gosses à l'école m'ont surnommée Néné Chester. L'été entre la sixième et la cinquième, ma mère m'a acheté un bikini, et je me suis rendu compte pour la première fois que ce n'était pas ma figure que regardaient les garçons et les hommes, mais mon buste et ma silhouette. C'est à ce moment-là qu'a démarré ma période tee-shirts trop grands.

Elle marqua une pause, avant de lâcher un autre petit rire nerveux.

— Seigneur, comment réussis-tu ça ? Je ne parle *jamais* de ces trucs-là.

— Tu n'y es pas obligée si tu n'en as pas envie.

— Ça ne me dérange pas. C'est de l'histoire ancienne, après tout.

Faux. Mac ne fut pas certain qu'elle percevait la douleur sous le ton volontairement léger qu'elle avait adopté.

— Au collège, les garçons avaient inventé un jeu : me dégrafer mon soutien-gorge à l'heure du déjeuner. C'est vite devenu un concours, pour voir lequel pourrait me le faire le plus souvent dans la journée. Pour avoir enfin la paix, j'ai vite décidé de transporter mes livres dans un sac à dos.

— Ce genre de tracasseries, ça s'appelle du harcèlement, ou je me trompe ?

— M'en plaindre à la directrice n'aurait fait qu'empirer les choses pour moi.

— C'est vraiment terrible.

— Je pensais que ça ne pourrait pas être pire, mais mes règles sont arrivées en quatrième et dans les six mois, je faisais un bonnet D. Tout d'un coup, *tous* les garçons de l'école ont voulu sortir avec Maddie Chester et ses gros nichons.

— Es-tu sortie avec l'un d'eux ?

— Il y avait ce garçon... John, reprit-elle d'une voix douce, pleine de nostalgie. Il était vraiment gentil avec moi. Pendant des mois, il m'a raccompagnée tous les soirs à la maison en me portant mon sac à dos. Il empêchait les autres de faire sauter les agrafes de mon soutien-gorge. J'ai cru qu'il était différent.

Le cœur déjà serré, Mac n'eut pas envie d'entendre la suite. Chaque mot du récit de Maddie rendait plus escarpé le chemin vers sa confiance, et plus vertigineuse la chute potentielle.

— Et ce n'était pas le cas ?

— Il s'est avéré que tout le temps où il avait fait semblant d'être mon ami, il n'avait qu'une seule et unique chose en tête, mettre ses mains sur mes seins. La première fois que je l'ai laissé m'embrasser, il est allé direct sur eux. C'était un rapide et, avant même que j'aie eu le temps de réagir, il avait les mains sous mon soutien-gorge en train de me malaxer. Je suis pratiquement sûre qu'il... tu sais bien... dans son pantalon.

Mac marmonna un juron à mi-voix. Si ce type était entré dans la pièce à cet instant même, il en aurait fait de la chair à pâté.

— Il a été le premier à m'embrasser et à le raconter. Le lendemain, tout le collège savait qu'il avait marqué le premier point et avait tripoté les fameux nénés de Maddie Chester. J'étais incapable de regarder quiconque en face, alors j'ai pris un faux arrêt-maladie d'une semaine.

— Mais tu as dû finir par y retourner.

— Oui, et tout le monde avait une façon différente de me regarder. C'est là que les gens ont commencé à me prendre pour une fille facile.

— C'est tellement injuste, commenta-t-il, attristé par ce tableau de fille sans défense trahie par quelqu'un qu'elle prenait pour un ami.

— Tu sais, depuis, je n'ai jamais su si c'était moi ou *eux* qui intéressaient un homme.

— Je peux l'imaginer.

— C'est devenu pire au lycée. Les types me couraient tous après et les filles me détestaient à cause de ça.

— On dirait que tu as été très solitaire.

— Oui. Au bout d'un moment, j'en ai eu marre d'être tout le temps toute seule et j'ai décidé de sortir avec l'un d'entre eux.

— Comment ça s'est passé ?

— Comme je m'y attendais. Il essayait constamment de me peloter et moi je le repoussais tout aussi constamment. Et puis il a fini par se mettre en rogne, à me dire qu'il m'avait bien traitée et qu'il était temps que j'en fasse autant pour lui.

— Bon Dieu, qu'est-ce qu'il voulait au juste ?

— Il exigeait que je couche avec lui.

— Quel âge avais-tu ?

— Quinze ans.

— Doux Jésus, murmura-t-il. Qu'as-tu fait ?

— J'ai refusé, bien sûr, parce qu'à ce moment-là, même être près de lui me donnait envie de vomir. Il est devenu fou furieux et j'ai même cru qu'il allait me frapper.

— Dis-moi qu'il ne t'a pas…

— Non, mais ça aurait peut-être été mieux s'il m'avait dérouillée. Parce que le lendemain, il a raconté à tout le lycée que je me les étais tapés, lui et tous ses copains, sur la plage la veille au soir. Et Maddie Matelas était née.

— Mais... aucun des autres types de sa bande n'a élevé la voix pour dire qu'il racontait des foutaises ? *Pas un seul ?* s'étonna Mac en luttant contre une furieuse envie de pleurer.

— Le contredire ? Ils n'auraient jamais osé.

— Qui était-ce ?

Mac avait la poitrine prise dans un étau familier à présent, mais c'était le cadet de ses soucis.

— Je suis sûre que tu ne le connais pas...

— *Qui était-ce ?* répéta-t-il en s'efforçant de maîtriser sa voix et de ne pas vociférer comme il en avait envie.

— Darren Tuttle.

Il en eut le souffle coupé.

— C'était le meilleur ami de mon frère Evan, commenta-t-il d'une voix sans timbre.

— Je sais.

— A-t-il cité le nom de mon frère comme étant un des participants cette nuit-là ? voulut-il savoir en serrant les poings.

Le silence de Maddie répondit à sa place.

— *Et il ne l'a pas nié ?*

— Aucun ne l'a fait.

— Je vais le tuer.

— Mac, c'était il y a longtemps, vraiment. Ça n'a plus d'importance, maintenant.

— Et comment ! Ça en a encore ! Ces médisances t'ont bousillé la vie.

— Ça a été de ma faute si je suis restée ici après le lycée. J'aurais dû m'en aller très loin dès que j'ai été en âge de le faire, mais d'une part je n'avais pas l'argent nécessaire et, d'autre part, je ne pouvais pas abandonner ma mère. Crois-le ou non, elle a toujours été persuadée qu'elle devait rester ici au cas où mon père reviendrait.

— Rien de tout cela n'est de ta faute, Maddie. Rien du tout.

— Tu es censé te détendre, pas te mettre en boule.

Il avait tellement dépassé ce stade qu'il n'aurait même pas su décrire son état d'esprit.

— Qui est le père de Thomas ?

Il put presque entendre les rouages du cerveau de Maddie.

— Dis-le-moi.

Après un long silence, elle déclara :

— C'était un client de l'hôtel, il y a deux ans. Il écrivait un livre et nous nous sommes liés d'amitié. Une chose menant à une autre…

— A-t-il été le premier, tu sais bien… ?

— Le premier. Et le seul.

Mac relâcha un souffle qu'il ignorait avoir retenu. Comment pouvait-elle prétendre que ce que Darren Tuttle et ses potes lui avaient fait n'avait pas ruiné sa vie ? Elle avait vingt-huit ans la première fois qu'elle avait fait l'amour !

— Que lui est-il arrivé ?

— Il avait dix ans de plus que moi et il m'a raconté qu'il s'était fait faire une vasectomie des années auparavant car il ne désirait pas d'enfants. Et moi, bêtasse, j'y ai cru, j'ai cru que nous vivions quelque chose de spécial.

Mac eut une nouvelle fois envie de se boucher les oreilles pour ne pas entendre une autre terrible histoire.

— On est sortis deux fois ensemble avant qu'il ne m'envoie un texto me disant qu'il devait regagner le continent pour s'occuper de ses affaires, mais que c'était sympa de m'avoir connue. Il était parti depuis trois semaines quand j'ai découvert ma grossesse.

— Quel salaud.

— Je ne regrette rien. Thomas est la plus belle chose qui me soit jamais arrivée. Je l'aime plus que tout au monde.

— Son père devrait t'aider. Financièrement, du moins.

— Je n'ai jamais voulu qu'il le sache. Et s'il revenait et essayait de m'enlever Thomas ? Je ne lui dirai jamais.

Donc, la femme que toute la ville considérait comme la putain locale avait, en tout et pour tout, couché deux fois dans sa vie avec un homme… L'esprit de Mac bouillonnait de choses qu'il rêvait de pouvoir dire et d'une colère dont il ne savait que faire. Il voulait retrouver tous les hommes qui lui avaient fait du mal, en commençant par son traîne-savates de père, et les boxer jusqu'à ce qu'ils souffrent autant qu'ils l'avaient fait souffrir. Et même, ça ne serait pas suffisant. Ça ne serait que le millième de ce qu'ils méritaient.

— Tu es bien silencieux. À quoi penses-tu ? l'entendit-il lui demander.

Il fit un effort pour juguler sa fureur. Ce n'était pas de cela que Maddie avait besoin après avoir partagé avec lui des secrets qu'elle n'avait dû confier qu'à sa sœur. De cela, il en était certain.

— Tu es une des personnes les plus courageuses que j'ai jamais connues et je me sens honoré que tu m'aies raconté tout ça.

— Je ne suis pas ce qu'ils pensent que je suis.

Sa dignité tranquille l'affecta plus qu'il n'aurait su le dire.

— Ça, je le savais déjà.

— Je ne voulais pas m'attacher à toi. Tu es le frère d'Evan McCarthy et le fils de Linda, mais tu n'es pas comme eux. Tu es tellement mieux.

— Je te remercie, chérie, répondit-il d'une voix emplie d'émotions qu'il n'avait encore jamais connues.

Qu'elle lui eût fait assez confiance pour lui confier ses plus lourds secrets était l'un des plus beaux cadeaux qu'il avait jamais reçus. Il tendit la main vers la sienne et en entrelaça les doigts.

— Si seulement j'avais un grand balai magique pour déblayer toutes ces vieilles douleurs…

— Rien que le penser, et le dire, tu ne peux pas savoir à quel point ça me touche.

— Je le voudrais vraiment.

— Personne n'a jamais voulu faire une chose pareille pour moi, avant.

— C'est trop dommage. Tu mérites d'être heureuse.

Elle lui pressa la main.

— Je t'ai raconté toutes mes histoires. À toi maintenant de me dire les tiennes.

En un effort pour alléger l'atmosphère, Mac lui narra des anecdotes vécues en grandissant avec trois frères et une sœur qui la firent rire aux éclats, et il fut persuadé de l'avoir vue pleurer quand il lui parla de la blessure qui avait mis fin à ses espoirs de baseball professionnel. Tout en lui tenant toujours la main, elle l'interrogea sur les femmes avec qui il était sorti, et il lui en parla aussi. Après ce qu'elle avait partagé avec lui, lui taire des secrets, n'importe quels secrets, semblait injuste, et bête. Quand ils finirent de discuter, les premières lueurs du jour pointaient par la fenêtre et il n'avait plus de sang dans le bras, mais il lui tenait toujours la main.

Jamais une nuit blanche ne lui avait insufflé autant d'énergie.

Maddie ne pouvait trouver Thomas. Il n'était plus dans son petit lit, ni chez Tiffany. Le visage baigné de larmes, elle courait dehors en appelant à l'aide. Quelqu'un lui avait enlevé son fils, la seule personne qu'elle aimait véritablement. Elle se débattait contre des mains qui essayaient de l'empêcher de partir dans la rue en hurlant son prénom.

— Maddie, chérie, réveille-toi. Tu es en plein cauchemar.

Mac. Elle s'éveilla brutalement alors qu'une douleur atroce la lançait dans son genou et son coude. Il s'assit au bord de son lit et repoussa les cheveux qui lui étaient retombés dans la figure.

— Thomas, dit-elle d'une voix défaite par son cauchemar.

— Il dort. Dans son petit lit.

— Tu veux bien aller vérifier ? S'il te plaît ?

— Bien sûr.

Pendant qu'il allait voir, elle s'efforça de calmer son cœur affolé et le tremblement de ses mains. *Seulement un cauchemar. Seulement un cauchemar.*

— Il dort du sommeil du juste, revint lui dire Mac avant de s'asseoir de nouveau près d'elle. Tu es sûre que ça va ?

— Oui. Quelle saleté de mauvais rêve.

— Tu as l'air d'en faire beaucoup.

— J'en ai toujours fait. Certains sont plus agréables que d'autres, dit-elle en se remémorant celui de la veille dans l'après-midi.

Celui-là en avait été un bon.

— Tu trembles, dit Mac en lui prenant les mains.

— J'ai eu une de ces peurs.

— Tu veux en parler ?

— Non, mais merci.

— Pousse-toi.

— Pardon ?

— Tu m'as bien entendu, fit-il en lui donnant une chiquenaude sur la hanche. Allez.

Elle se déplaça de l'autre côté du lit avant de s'exclamer, quand le matelas s'affaissa sous le poids de Mac :

— Q… que fais-tu ?

— Ça.

Il glissa un bras sous elle et la fit s'allonger près de lui, la tête sur son épaule, en veillant à ne pas toucher son coude ou son genou. Bientôt, elle eut le visage niché contre son torse et un bras refermé autour d'elle. Cette proximité l'empêchait de respirer et elle ne savait où poser sa main blessée, sinon sur son ventre ferme.

— Rendors-toi, murmura Mac en effleurant ses cheveux d'un baiser.

Euh, oui, pas de problème. Avec les sens en ébullition, sa toison pectorale qui lui chatouillait la joue et sa main qui lui caressait le dos… bien sûr qu'elle allait se rendormir !

— Tout va bien, Maddie. Rien n'arrivera ni à Thomas ni à toi tant que je suis là. Je te le promets.

Comment avait-il pu savoir que c'était exactement ce qu'elle avait besoin d'entendre en ce moment même ? Des larmes perlèrent à ses yeux clos. Elle était si fatiguée… et pas seulement à cause de la nuit blanche. Le poids des responsabilités pesant sur ses épaules suffisait parfois à la faire tituber d'épuisement. Et voilà qu'arrivait cet homme désireux de tout arranger, même pour un petit moment… C'était si tentant de le laisser faire. Demain, elle le repousserait à nouveau, mais pour le moment, c'était trop bon d'être ainsi serrée contre lui, trop bon pour se battre. Elle se laissa aller dans l'étreinte de Mac et y puisa le réconfort qu'il lui offrait avec une telle gentillesse.

Mac n'osait plus faire un geste. Il n'avait jamais envisagé que ce serait aussi étourdissant de la tenir ainsi contre lui, d'avoir ses cheveux doux et parfumés contre sa joue, son corps étendu, confiant, contre le sien et, oui, ses seins plaqués contre sa cage thoracique… Si jamais elle bougeait, ne serait-ce qu'un tout petit peu, elle pourrait percevoir l'effet que sa proximité avait sur lui. Alors, il se concentra sur la façon de respirer que lui avait enseignée le médecin, inspirer par le nez et expirer par la bouche.

— Ta poitrine te fait-elle mal ?

Son souffle sur sa peau ne fit qu'accentuer son problème immédiat.

— Non.

— Pourquoi respires-tu comme ça ? As-tu mal ailleurs ?

Mac lâcha un petit rire. Elle était si mignonne.

— Ne t'en fais pas, ça ne me tuera pas.

Au bout d'un long silence, elle comprit enfin. Elle voulut s'écarter de lui mais il resserra son bras autour d'elle.

— Reste. S'il te plaît. J'adore te tenir comme ça, mais je n'y peux pas grand-chose si ta proximité m'excite.

— Oh.

Il sourit devant ce « oh » si innocent, si adorable. Comme si elle était ahurie d'avoir pu l'exciter. Elle n'avait aucune idée de l'effet qu'elle avait sur lui, mais, apparemment, elle avait l'intention de le découvrir. Car sa main valide passa de son ventre à son visage et lui caressa la mâchoire. Il fut certain que son cœur allait cesser de battre dans l'attente de voir ce qu'elle allait faire ensuite.

— Maddie...

— Oui ?

— Que fais-tu ?

— Je te touche.

Jésus. Elle me tue, oui. Jamais, de toute sa vie, il n'avait connu érection plus douloureuse.

— Chérie, tu vas être crevée demain... enfin, aujourd'hui devrais-je dire.

— Pas grave. J'ai quelqu'un qui assure le taf pour moi.

— Pauvre diable ! s'esclaffa-t-il.

— Mmm.

Elle déplaça les doigts sur sa bouche, les aplatit sur sa lèvre inférieure en une caresse qui lui arrêta une nouvelle fois le cœur.

Il laissa échapper un grognement torturé et resserra son étreinte sur elle tout en veillant à ses blessures. Blessures qui ne semblaient pas la déranger pour l'instant.

— Tu es si beau, chuchota-t-elle.

Pris de court par le compliment, il s'éclaircit la gorge.

— Ah, oui ?

— Comme si tu ne le savais pas, dit-elle en riant.

— Je n'en avais aucune idée jusqu'à cet instant précis.

Elle lui donna un coup de coude dans les côtes qui le fit sursauter, puis rire.

— Tu es tellement imbu de toi-même !

Il effleura ses lèvres d'un baiser et la dévisagea un long moment.

— Tu es la femme la plus belle que j'aie jamais connue.

— Ça, ça ne peut pas être vrai.

Il l'obligea à tourner les yeux vers les siens.

— C'est la pure vérité.

Les doigts de Maddie passèrent de son torse à son ventre, qui frissonna sous la légère caresse. Mac prit une brusque inspiration et stoppa sa main dans son périple coquin.

— Dodo.

Un coup d'œil à sa montre lui apprit qu'il était plus de cinq heures. Il resta longtemps étendu là, à écouter une corne de brume et le cri des mouettes avant de finalement sombrer dans un sommeil de plomb.

Le gazouillis de Thomas dans son petit lit éveilla Mac à six heures trente. Il ouvrit un œil ensommeillé mais, au souvenir de la nuit passée avec Maddie, une énergie renouvelée s'empara de lui ainsi que la détermination de s'occuper d'elle et de Thomas. Soucieux de ne pas la réveiller, il se dégagea avec précaution de son étreinte, lui posa un baiser sur le front, remonta le drap sur elle et s'en fut retrouver l'enfant qui gigotait dans son petit lit.

Thomas laissa échapper un gazouillis en le voyant arriver.

— Salut, mon pote, chuchota Mac, tu es un lève-tôt, dis-moi.

Il le souleva et l'emporta vers la table à langer, sur laquelle il le débarrassa d'une couche qui devait bien peser ses dix kilos. Étonnant de se dire qu'encore la veille il ignorait tout d'une couche et qu'à présent il la changeait en expert, sans y trouver rien à redire. Ça, c'était le plus bizarre. Lui, Mac McCarthy, allergique à l'engagement et célibataire proclamé, s'occupait d'un bébé et *aimait* le faire...

— Dites donc, petit monsieur, vous m'avez joué un fameux tour, ta mère et toi, confia-t-il à l'enfant.

Thomas lui répondit par un sourire plein de minuscules quenottes. Qu'il était mignon.

Mac acheva de le changer et lui enfila une barboteuse à pressions avant de le soulever dans ses bras.

Thomas attrapa aussitôt une mèche de ses cheveux et tira d'un coup sec, lui faisant venir les larmes aux yeux.

— Aïe, pas ça. Ça fait *mal.*

Le sourire espiègle de l'enfant le fit rire.

— Tu es un diablotin, hein ? Que dirais-tu d'aller faire un tour pour ne pas réveiller maman ?

Devant la mine réjouie du bébé, il le reposa dans son lit le temps de se préparer, puis ils sortirent sur la pointe des pieds. Mac hésita un instant à prendre la poussette rangée sous l'escalier, mais finit par décider que c'était inutile, et il s'éloigna avec Thomas calé sur sa hanche.

En ville, les employés balayaient et lavaient les trottoirs devant les différents établissements, les commerçants déballaient leurs livraisons et certains ouvraient même boutique. Mac et Thomas flânèrent jusqu'au débarcadère, où le capitaine Joe supervisait le chargement d'un container d'essence sur l'un des plus petits ferrys.

— Eh bien, mon gars, tu vas vite en besogne ! commenta Joe en guise de salut et en découvrant Thomas dans son bras.

— Très drôle.

— Qu'as-tu donc là ? s'enquit Joe en jouant avec le pied du bébé qui gazouilla de plaisir.

— Je te présente Thomas, le fils de mon amie Maddie.

— Et depuis combien de temps Maddie est-elle ton « amie » ?

— Depuis que je l'ai fait dégringoler de vélo environ dix minutes après t'avoir quitté, hier.

— Hou là, et maintenant tu t'es trouvé une petite famille. C'est-y pas mignon, ça ?

— Ce n'est pas comme ça.

— Ah ?

— Enfin, pas exactement.

Joe lâcha un grand rire et tira une cigarette de sa poche de poitrine.

— Tu ne peux pas fumer devant le bébé, l'avertit Mac.

— Eh bien, dis-moi ! Protection paternelle et tout et tout. J'aurais jamais cru voir ça un jour.

— Si tu as fini, on allait s'offrir un café, Thomas et moi. Ça te tente ?

— Il n'est pas un peu jeune pour du café ?

Mac lui décocha un regard assassin.

— Oui, j'ai le temps, répondit Joe en consultant sa montre. Je ne lève pas l'ancre avant huit heures.

Il héla un de ses hommes pour le remplacer et suivit Mac et Thomas vers le South Harbor Diner, en haut de la colline. Quand Mac en poussa la porte, toute activité cessa dans l'établissement et tous les yeux se braquèrent sur Thomas et lui.

— Bonjour, tout le monde, lança-t-il.

Quelques murmures le saluèrent en retour alors qu'il se glissait dans un box, imité par Joe.

— Bon Dieu, mec, tu es devenu le centre des cancans de la ville entière, marmonna Joe.

— Apparemment.

Mac lui raconta les événements de la veille tout en partageant son muffin avec Thomas. Si les coups de pied et les gazouillis de l'enfant étaient une indication, il se régalait. Très vite, le muffin ne fut plus qu'une masse de miettes pulvérisées que Mac ramassa tant bien que mal. Fichtre, c'était un rapide ce gosse !

— Tu sais ce que les gens disent d'elle, non ? lui demanda Joe après avoir écouté son récit.

— C'est totalement faux, Joe, répondit Mac avant de lui raconter ce que Darren Tuttle et ses copains, Evan y compris, avaient fait à la jeune femme.

— Seigneur, mais c'est horrible ! s'exclama Joe à mi-voix après avoir lâché un juron entre ses dents.

Il porta un regard direct sur Mac et lui demanda :

— Que vas-tu faire ?

Heureux que son vieil ami le connaisse aussi bien, Mac rétorqua :

— Je n'en sais encore rien. Mais je prévois d'avoir une petite discussion avec mon frère. Très vite.

— Tuttle tient une carrosserie sur Sunflower Road.

— Merci du tuyau.

— C'est le même salopard qu'en ce temps-là.

— Également bon à savoir.

— Il est mignon comme tout, ce bébé, dit Joe avec comme de la nostalgie.

— Oui, hein ?

— Tu ne serais pas en train de t'impliquer, là ?

— Je crois bien, oui, répondit Mac, complètement ahuri de constater comment les choses avaient évolué en moins de vingt-quatre heures. Elle a quelque chose qui me touche, je ne saurais te dire quoi.

— Ça arrive aux meilleurs d'entre nous, éluda Joe.

Il faisait référence à ce qu'il éprouvait pour Janey, Mac le savait. Et après avoir passé du temps avec Maddie, il était mieux à même de comprendre ce que c'était qu'aimer quelqu'un qui ne vous offre pas les mêmes sentiments en retour. Pensée qui suffit à lui faire peur. Soudain, il fut pressé de la retrouver. De la voir, de la rassurer, de lui dire que ce qu'ils avaient partagé cette nuit les avait conduits sur un chemin menant à quelque chose d'important.

— Il faut que je ramène Thomas à sa mère, dit-il en jetant quelques billets sur la table. Passe-moi un coup de fil quand tu as un peu de temps à tuer.

Joe haussa un sourcil tandis qu'un sourire courait sur ses lèvres.

— Parce que tu comptes rester un moment ?

— On dirait bien, répondit Mac après un coup d'œil à Thomas.

Une douleur dans les seins éveilla Maddie. Elle voulut se retourner et gémit quand son coude et son genou protestèrent avec vigueur. Bizarrement, ses blessures étaient plus douloureuses ce matin que la veille. Elle ignora toutefois l'élancement dans son genou, se leva et claudiqua jusqu'à la chambre de Thomas. Le petit lit était vide.

Où étaient-ils ? Où avait-il emmené son fils ? se demanda-t-elle, médusée. Le cœur battant, la gorge serrée, elle s'efforça de ne pas penser à son épouvantable cauchemar et alla ouvrir la porte pour chercher dans le jardin de Tiffany. Ils n'y étaient pas non plus.

— Oh, non, marmonna-t-elle en luttant contre l'affolement. Reviens, s'il te plaît. Ramène-moi mon bébé.

Tu ne le connais pas vraiment, lui dit le diable sur son épaule gauche. *Bien sûr que tu le connais*, rétorqua l'ange sur l'autre épaule. *Tu le connais même mieux que le père de Thomas.* Ce à quoi le diable riposta : *Il pourrait être n'importe où.* La panique de Maddie augmenta d'un cran quand elle vit le premier ferry prendre la mer en direction du continent. *Il va revenir bientôt, tu vas voir*, reprit l'ange, narguant le diable.

Effectivement, comme si elle avait agité une baguette magique, elle vit Mac arriver tranquillement avec Thomas dans les bras. Il portait un sac en papier au bout de son bras libre et discutait avec le bébé. Elle était furieuse qu'il eût emmené Thomas loin d'elle sans lui en avoir parlé, mais elle ne put s'empêcher d'être émue en constatant à quel point il était concentré sur l'enfant.

— Voilà maman, dit-il à Thomas en gravissant l'escalier.

Elle tendit les bras vers son fils.

— Eh, attends une seconde, veux-tu ? s'exclama Mac. Assieds-toi d'abord, et je te le donnerai.

— Je veux le tenir tout de suite.

— Mais ta main...

— Donne-moi mon fils, je te prie.

Surpris par son ton acerbe, il obtempéra tout en disant :

— Oh, oh, je crois que maman est furieuse contre nous, petit pote.

— Je ne le suis pas contre lui, rétorqua-t-elle en retournant s'installer dans son lit.

Elle positionna Thomas de manière à ce que sa nuisette recouvre sa tête et son sein, et poussa un soupir de soulagement quand il y arrima la bouche. Elle ne le nourrissait plus au sein qu'une fois par jour. Ensuite, elle tira le drap sur eux afin d'éviter d'être trop exposée.

— Je t'ai apporté un muffin et du café, déclara Mac en posant son sac sur la table avant de se tourner vers elle. Je ne savais pas comment tu aimes ton café. Est-ce que tu...

— Le nourris ? Oui.

— Oh, fit-il, sans trop sembler savoir où poser les yeux.

— Ne l'emmène plus sans m'en parler.

— Excuse-moi. Tu t'es couchée si tard, on voulait te laisser dormir encore un peu.

Finalement, il reporta les yeux sur elle et la fixa avec un tel regard de propriétaire qu'elle ne sut pas si elle devait en être flattée ou effrayée, aussi détourna-t-elle le visage.

— Je ne supporte pas de ne pas savoir où il est.

— Encore une fois, désolé. J'aurais dû te laisser un petit mot.

— Tu aurais dû me dire que tu l'emmenais.

— Oui, mais ça aurait exigé que je te réveille, ce qui aurait réduit à néant le but de notre mission. Qui était, je te le rappelle, de ne pas te réveiller.

— Es-tu déjà sorti perdant d'une polémique ?

— Euh, pas que je m'en souvienne.

Elle laissa échapper un grognement de frustration. Thomas sursauta et lâcha son mamelon qu'elle lui remit dans la bouche en lui tapotant le dos pour le rassurer. Elle hasarda un regard vers Mac et le découvrit qui la regardait avec dans les yeux une faim tout juste voilée. Elle fut alors traversée par un courant électrique qui s'immobilisa entre ses cuisses.

Et, comme conscient de l'effet qu'il avait sur elle, il s'assit au bord du lit.

Maddie rêva de pouvoir s'enfuir à toutes jambes, mais le bébé de dix kilos ancré à sa poitrine et son genou endommagé lui interdisaient de bouger.

Thomas émit un petit cri, signe qu'il était prêt pour un changement de côté.

— Pourrais-tu… te tourner ? demanda-t-elle.

— Est-ce qu'il le faut ?

— Oui !

Apparemment à contrecœur, Mac lui tourna le dos.

— C'est la chose la plus sexy que j'aie jamais vue, lui dit-il d'une voix étranglée.

— Tu ne peux rien voir.

— J'ai une excellente imagination. Puis-je me tourner de nouveau ?

— S'il le faut.

Non seulement il lui refit face, mais il lui posa les mains de chaque côté des hanches et se pencha, le visage tout près du sien.

— Embrasse-moi.

— Non, dit-elle en se détournant.

Il prit cela pour une invitation à se pencher au-dessus de Thomas pour lui butiner le cou.

— Mac ! s'écria-t-elle en sursautant. Arrête !

— Pas tant que tu ne m'auras pas embrassé.

— Je ne me suis même pas brossé les dents, marmonna-t-elle.

— Je m'en fiche, dit-il en lui tournant le visage pour lui effleurer les lèvres d'un baiser. Tu me rends dingue, Maddie. Je n'ai jamais désiré quelqu'un comme je te désire.

— J'aimerais bien que tu cesses de dire ce genre de choses. Sache que je n'approuve pas du tout ce qui se passe ici.

— Je ne te crois pas, murmura-t-il contre son cou.

Un frisson la parcourut de haut en bas.

Un coup à la porte interrompit ce moment intense.

— On terminera ça plus tard, lui chuchota-t-il en pressant un ultime baiser sur ses lèvres.

— Non, on ne terminera rien du tout.

— Tu veux parier ?

Oh, ce sourire suffisant qui la rendait folle ! Il obtenait toujours ce qu'il voulait, ce qui était une raison supplémentaire pour lui résister. Elle le regarda aller ouvrir grand la porte.

— Bonjour, entre, dit-il à son amie Libby qui pénétra dans le living-room.

— Bonjour Maddie. Comment vas-tu ce matin ?

— Comme quelqu'un qui a fait un vol plané à cause d'un gros lourdaud qui ne regardait pas où il mettait les pieds, répondit-elle en adressant une grimace à Mac.

— Mignon comme tout, commenta-t-il en lui décochant son sourire irrésistible.

L'accrochage fit rire Libby.

— Je suis ravie de pouvoir t'aider aujourd'hui, dit-elle à Maddie.

— Que veux-tu dire ?

— Oh, intervint Mac. À ce propos… j'ai oublié de te dire…

— De me dire quoi ?

— Libby a accepté de venir passer du temps avec Thomas et toi pendant que je serai à l'hôtel.

— Mais je ne...

— Je lui ai demandé.

Maddie se retrouva déchirée entre son envie de lui hurler dessus et celle de ne pas se montrer grossière envers Libby, qui n'avait rien fait de plus qu'accepter d'aider un ami malavisé.

— Ce n'est pas nécessaire, répondit-elle. Nous pouvons nous débrouiller seuls.

— Mais ta main, chérie...

— Ne m'appelle pas comme ça ! Je ne suis pas ta chérie ! Et ce n'est pas à toi de me trouver une baby-sitter.

— Je t'ai dit que j'allais t'aider.

Elle eut envie de hurler, mais conserva une voix calme pour répondre :

— Tu m'as aidée, mais ça, c'est trop. Je ne peux pas empêcher Libby de...

— Oh, ce n'est pas un problème, j'adore les tout-petits ! Les miens sont ados à présent et ils sont partis à la plage avec leurs copains pour la journée. Ça me fera très plaisir de te donner un coup de main avec Thomas.

— N'as-tu pas un hôtel à faire tourner ? s'enquit Maddie, consciente de paraître simultanément ingrate et grossière.

— C'est mon jour de congé.

— Fabuleux, marmonna Maddie en jetant ce qu'elle espéra être un regard de pure haine à Mac.

Il lui adressa un grand sourire.

— Bien, tout est réglé maintenant. Il faut que je file, je ne peux pas être en retard pour mon premier jour.

Il se pencha pour l'embrasser mais elle tourna la tête.

— Je serai de retour pour te prendre et aller dîner. Sois prête à dix-huit heures.

— Je ne vais dîner nulle part.

— À toute, riposta-t-il en secouant le pied de Thomas et en posant une bise sur la joue de Libby.

» Amusez-vous bien, les filles.

— Oh, pour ça, t'inquiète, repartit Libby.

Elles l'écoutèrent faire démarrer sa moto et s'éloigner.

— Bon sang ! s'exclama Maddie. C'est le type le plus exaspérant que j'aie jamais rencontré !

— Ah, vraiment ? fit Libby, un sourcil levé.

— Il est autoritaire, et directif, et…

— Raide dingue de toi, compléta Libby avec un petit sourire.

— *Hein ?*

— Tu m'as bien entendue. Il a le béguin grave pour toi.

— Pas vrai.

— Ça fait un bout de temps que je connais Mac, Maddie. Je ne l'ai encore jamais vu regarder une femme comme il te regarde, toi.

Incapable d'assimiler le scoop en plus du flot d'émotions qui se disputaient en elle, Maddie jucha Thomas sur son épaule pour qu'il digère un peu.

Libby se posa sur le bord du lit.

— C'est un des types les plus fabuleux que je connaisse. Tu aurais une chance folle de vivre une histoire avec lui.

— Ça n'arrivera jamais.

Pourquoi s'embêtait-elle à avoir cette conversation ? Tout comme sa « relation » avec Mac, elle était inutile.

— Linda McCarthy n'autorisera jamais aucun de ses fils chéris à se caser avec une fille comme moi.

Libby éclata de rire.

— Tu sais quoi ? Dès l'enfance, les frères McCarthy se sont donné une priorité : défier leur mère leur vie durant. Linda ne t'aime pas ? Ça ne t'en rendra que plus attirante aux yeux de Mac !

— Génial. C'est tout à fait ce dont j'ai besoin, un homme qui me veut juste parce que sa mère me déteste.

— Ce n'est pas la seule raison pour laquelle il te veut.

— Exact. Il veut la même chose que tous les autres.

— Tu le sous-estimes si tu as une si piètre opinion de lui, Maddie. Vois jusqu'où il va pour t'aider aujourd'hui. Crois-tu que n'importe qui ferait ça ?

Si elle dut, bien malgré elle, reconnaître que Libby marquait un point, Maddie n'essaya même pas de convaincre une des plus vieilles amies de Mac qu'elle n'était toujours pas persuadée de la réelle honorabilité de ses intentions.

— Tu sais, tu n'es pas obligée de rester si tu as d'autres choses à faire.

— Je n'ai rien de mieux à faire, riposta Libby en tendant les mains vers Thomas.

Mac avait du mal à le croire mais il soupçonnait être tombé amoureux de Maddie à un instant T lors de ces dernières vingt-quatre heures. Sans pouvoir en être certain car il n'avait jamais, de sa vie, été amoureux. Toutefois, ce qu'il éprouvait quand elle portait sur lui ces yeux caramel exprimant ses moindres émotions, et surtout celles qu'elle ne voulait pas qu'il voie, ne ressemblait à rien de ce qu'il connaissait.

Il n'avait jamais réfléchi non plus à la paternité. Il était persuadé que, comme le grand amour que vantaient tant de gens, ça n'était pas écrit dans les astres pour lui. Et ça ne le dérangeait pas plus que cela. Mais voilà qu'à présent, il s'imaginait jouer au baseball avec Thomas, lui apprendre à pêcher, à piloter un bateau, à shooter dans un ballon. Comment était-ce arrivé aussi vite ?

Après presque trente-cinq années sans engagement d'aucune sorte, il aurait dû se sentir comme pris dans un filet menaçant de l'étrangler. Mais non, c'était l'euphorie et la détermination à faire ce qu'il fallait pour que ça réussisse qui l'emplissaient alors qu'il pilotait sa moto vers North Harbor. Elle avait dit qu'elle ne voulait pas de lui, mais il lui avait démontré à quel point elle avait tort. Il percevait, au plus profond de lui, qu'elle éprouvait la même chose que lui. Il le *savait*. Ne lui restait plus qu'à trouver le moyen de la convaincre de la sincérité de ses intentions.

Un accès soudain de peur incontrôlable ne fut pas loin de le faire chuter de moto. Et s'il n'y parvenait pas ? Et si les blessures anciennes l'avaient tant meurtrie que Maddie refusait de tenter sa chance avec lui ? Et s'il avait attendu tout ce temps pour la trouver et la perdait avant même de l'avoir eue ? Non, ça ne pouvait pas arriver. Il ne le permettrait pas.

Il chassa ces émotions négatives et amorça le virage menant au parking de l'hôtel.

Sur la spacieuse terrasse parsemée d'un mobilier d'osier blanc et de multiples jardinières débordant de fleurs odorantes et multicolores, les clients prenaient leur petit déjeuner en admirant la vue sur North Harbor. Pénétrer dans l'hôtel lui fit l'effet d'un voyage dans une machine à remonter le temps : lambris sombres sur les murs et le plafond, palmiers en pots, meubles victoriens et tapis élimés. D'énormes ventilateurs de plafond prolongeaient la brise de mer dans le vestibule, la salle à manger et le salon qui occupaient le vaste rez-de-chaussée.

Un escalier monumental donnait accès au premier étage, et un plus petit au deuxième. Pas d'ascenseur, pas d'air conditionné, pas de télévision ni de téléphone. Le credo de la mère de Mac, directrice de l'hôtel, était d'apporter à ses clients un espace permettant d'échapper à la dictature de la vie moderne.

Mac dévala l'escalier menant au sous-sol et au domaine de la gouvernante. Une odeur de lessive et des bruits de machines à laver et à sécher le linge l'accueillirent alors qu'il parcourait le couloir menant au bureau d'Ethel.

Elle était restée la même que dans son souvenir : maigre et noueuse, le visage strié de rides, un alignement de clous dans un lobe d'oreille et des cheveux hirsutes teints en roux. Naguère, ses frères et lui avaient coutume de spéculer sur sa vie sexuelle. Grant était persuadé qu'elle était lesbienne, mais Adam l'avait vue un jour avec un type sur la plage, en train de se peloter. Assertion qui avait provoqué maints soupirs, grognements et autres signes de dépit.

Ethel sauta sur ses pieds pour l'enfermer dans une étreinte féroce. Comme toujours, elle sentait la cigarette et le parfum bon marché.

— Toujours aussi beau à voir, pas vrai ? lui dit-elle de sa voix râpeuse de fumeuse qu'Evan savait si bien imiter.

— Comment vas-tu, Ethel ?

— Oh, tu sais bien, arthritique et constipée. Rien de nouveau sous le soleil.

Mac réprima une grimace devant ce trop-plein de détails. Grant hululerait de rire quand il entendrait celle-là.

— Qu'est-ce qui t'amène dans les entrailles de l'hôtel ?

Intéressant, le choix de mots, songea-t-il en réprimant un éclat de rire inapproprié.

— Je remplace Maddie Chester aujourd'hui, répondit-il en apercevant la pendule par-dessus l'épaule d'Ethel. D'ailleurs, il faut que je pointe sa carte.

Ethel le fixa comme s'il avait perdu la tête.

— Tu plaisantes, n'est-ce pas ?

— Pas du tout. Je l'ai fait accidentellement tomber de son vélo hier. Elle est dans un sale état et incapable de travailler. Quand j'ai vu à quel point elle avait peur de perdre son travail, je lui ai dit que j'allais la remplacer le temps qu'elle soit de nouveau sur pied.

— Mais, tu... tu ne peux pas ! Vous autres, vous êtes les propriétaires de cet hôtel. Que vont dire les gens ?

— Qu'est-ce que j'en ai à faire ?

— Ta mère s'en souciera.

— C'est son problème, éluda Mac en passant devant Ethel pour insérer la carte de Maddie dans la pointeuse. Maintenant, où suis-je censé aller ?

Ils engagèrent une bataille de regards, mais Mac refusa de ciller.

Finalement, Ethel céda et lui dit :

— Je vais devoir modifier quelques trucs.

— Ce que fait habituellement Maddie sera ce que je ferai. Je ne veux aucun traitement spécial.

Ethel prit une mine coupable, et il se demanda à quoi cela rimait. Il rejoignit les autres femmes de chambre qui emplissaient d'immenses paniers dans une réserve. Il fit la connaissance de Betty, Sylvia, Patty, Sarah, Maud et Daisy, toutes vêtues d'une robe jaune et d'un tablier blanc. Maddie devait être sexy comme tout dans ce genre de tenue, se dit-il avant de repousser cette image et de se concentrer sur le remplissage des paniers. Comment certaines de ces femmes parvenaient-elles à hisser ces lourdes charges sur trois étages ? Comment Maddie y arrivait-elle ?

Ethel distribua les feuilles de chambre à tous. En parcourant la longue liste, Mac comprit soudain que ça n'allait probablement pas être la promenade de santé qu'il avait prévue.

— Je vous présente Mac, il remplace Maddie qui sera absente un jour ou deux, déclara Ethel en maugréant.

Il nota qu'elle n'avait pas mentionné son nom de famille, ce qui était tout aussi bien.

Les autres femmes, qui allaient de trente à soixante ans, le détaillèrent de haut en bas avec un mélange de curiosité et d'intérêt non dissimulé.

— Qu'est-ce qu'elle a, Maddie ? lui chuchota une jeune blondinette après s'être glissée près de lui alors qu'Ethel aboyait ses ordres et ses rappels concernant les changements de draps du dimanche et l'ADN.

Mac lui résuma l'histoire à voix basse.

— Alors, tu la remplaces ? C'est vachement sympa ! commenta-t-elle avant de baisser davantage la voix : Personne n'est jamais gentil avec Maddie. Il y a des jours, ça me fiche en rogne. Parce que Maddie, c'est vraiment une chouette fille.

— Oh oui, c'est vrai, répondit-il, touché par la loyauté de la blondinette vis-à-vis de Maddie.

Ça lui fit chaud au cœur de savoir qu'elle avait au moins une amie sur l'île.

— Daisy ! Tu m'écoutes ? aboya Ethel.

— Oui, madame, répondit celle-ci en tremblant.

— Tu vas prendre la chambre 303 de la liste de Mac, lui ordonna Ethel.

— Elle doit être épouvantable, souffla Daisy à Mac. Maddie a toujours droit aux piaules les plus dégueulasses.

Il fut pris de fureur en entendant cela. Certaines choses allaient changer ici, et vite.

— Ce ne sera pas nécessaire, Ethel. Je m'en occupe, dit-il.

Daisy leva sur lui un regard où se mêlaient peur et respect. Apparemment, personne n'osait contrarier la puissante Ethel. Ah, oui ? Ses parents possédaient les lieux. Elle n'arriverait jamais à l'intimider.

— Je veux que Daisy la fasse.

— Je vais la faire, déclara-t-il fermement.

Une autre joute oculaire s'ensuivit. Encore une fois, Mac ne cilla pas.

— Très bien, finit par dire Ethel. Comme tu voudras. Au travail tout le monde.

Compatissante, Daisy aida Mac à charger son panier. Quand il y eut casé les produits nécessaires pour nettoyer les chambres de sa liste, il put à peine soulever le tout. Ahuri, il regarda Daisy charger le sien sur son épaule et se diriger vers l'escalier.

En parvenant au deuxième étage, il avait le dos en miettes et suait comme un bœuf. *Comment Maddie arrive-t-elle à faire cela ?* Il faisait une chaleur étouffante dans le couloir et le manque d'air conditionné lui promit une longue et pénible journée. Il décida de commencer par ce qui devait être la pire chambre de sa liste, la 303. Il sélectionna la bonne clef sur le trousseau qui lui avait été confié et ouvrit la porte de l'enfer.

Une véritable puanteur le prit à la gorge et le fit hoqueter. Quelqu'un avait vomi partout sur un des lits jumeaux, le sol était jonché de canettes et de bouteilles et le sol de la salle de bains était inondé.

— Putain d'ADN, marmonna-t-il en se mettant une main devant la bouche et le nez tout en courant ouvrir les fenêtres.

Tout en réprimant une nausée, il glissa sur quelque chose. Un coup d'œil à ses pieds lui apprit qu'il s'agissait d'un préservatif usagé.

— Oh, Seigneur Dieu.

Il se retourna et trouva Daisy sur le seuil de la chambre, la mine compatissante.

— Maddie hérite toujours de ces chambres, lui apprit-elle.

— Ce ne sera plus le cas à partir d'aujourd'hui, déclara-t-il.

Daisy jeta un coup d'œil par-dessus son épaule, inquiète de voir se matérialiser Ethel dans la seconde.

— Je vais t'aider.

— Ce n'est pas nécessaire. Tu as tes propres chambres à faire.

— Aucune ne ressemble à celle-ci, même de loin. Maddie est mon amie et tu lui rends service, alors laisse-moi te donner un coup de main.

Comme il ne savait par quel bout commencer, Mac lui adressa un sourire de remerciement.

— Merci. Je te revaudrai ça.

7

Quand Mac ouvrit la porte de la dixième et dernière chambre de sa liste, il aurait pu dire sans se tromper qu'il n'avait jamais travaillé plus dur de toute sa vie. Même avec l'aide de Daisy, il lui avait fallu deux heures et tout son savoir-faire en plomberie pour remettre en état la 303. Selon Daisy, les clients qui laissaient les chambres dans un tel état étaient bannis à jamais de l'hôtel. Malheureusement, il y avait toujours plein d'autres porcs pour prendre le relais et « se lâcher » le temps d'un week-end estival.

En constatant que rien ne sortait de l'ordinaire dans cette ultime chambre, il poussa un soupir de soulagement. Alors qu'il enlevait les draps du lit et le refaisait, il songea qu'il fallait vraiment faire quelque chose à propos de la façon déplorable dont on traitait Maddie ici. Rien d'étonnant à ce qu'elle eût qualifié ses patrons d'ordures. Ils l'étaient !

— Tu t'amuses bien, chéri ?

En parlant du loup… Sa mère se tenait sur le seuil.

— Je me régale.

— Tout ceci est totalement inapproprié, mais tu le sais, bien sûr.

— Ah, parce que c'est inapproprié d'aider une amie ?

— Cette fille n'est pas ton amie ! Tu ne la connais que depuis hier, bon sang de bonsoir.

— Fais très attention, mère. Je ne suis pas un enfant à qui on a besoin de définir le terme « amitié ».

— Je ne comprends tout simplement pas tout ceci, Mac. Pourquoi diable veux-tu t'abaisser à... ça... dit-elle en désignant la pièce de la main. Juste pour me défier ?

Il cessa net ce qu'il était en train de faire pour la regarder, incrédule.

— Ça n'a rien à voir avec toi ! Tu es incroyable, à la fin ! Tu t'imagines toujours que tout tourne autour de toi.

— Pas du tout.

— Ce que je tiens à savoir, en revanche, c'est pourquoi on assigne toujours les chambres les plus répugnantes à Maddie. Cet ordre vient-il de toi ? Est-ce Ethel qui l'a décidé ? l'interrogea-t-il en lui jetant un coup d'œil à temps pour capter sa mine coupable. Ce traitement indigne prend fin aujourd'hui même. M'as-tu bien entendu ?

— Tu ne peux pas débarquer ici et commencer à aboyer des ordres.

— Désires-tu mon aide à la marina ?

— Tu le sais bien.

— Alors, tu vas faire en sorte que Maddie soit désormais traitée avec équité ou, je le jure devant Dieu, je ne donnerai pas un coup de marteau là-bas.

Menace en l'air, car il avait bien l'intention d'aider son père, mais c'était plaisant de la laisser penser qu'il s'en irait si la situation de Maddie ne s'améliorait pas à l'hôtel.

— Qu'a-t-il bien pu se passer pour que tu me parles ainsi ?

— Ce matin, je me suis fait une excellente idée de la façon dont tu traites une de tes employées, et cette idée me déplaît fortement.

— Elle t'a bien pris dans ses filets, n'est-ce pas ?

Il lâcha un bref éclat de rire en époussetant la table et la commode.

— Si seulement.

— Qu'entends-tu par là ?

— Apparemment, je ne l'intéresse pas du tout.

Linda poussa ce qui sembla un gros soupir de soulagement aux oreilles de Mac.

— Oh, eh bien, c'est une bonne chose, je suppose, déclara-t-elle.

Il fit volte-face vers elle.

— Non, au contraire ! Je l'apprécie. Je l'apprécie *vraiment.*

— Ne sois pas ridicule ! Tu pourrais avoir toutes les femmes que tu veux. Tiens, ce matin même, j'ai discuté avec Doro Chase. Elle est impatiente de faire ta connaissance.

— De quoi parles-tu ?

— Je lui ai dit que tu étais là et elle aimerait beaucoup te rencontrer. Je lui ai promis d'arranger cela.

— Tu plaisantes, j'espère. Je n'ai pas besoin que ma mère me trouve des copines.

— Tu en as besoin ; cette femme chez qui tu découches ne te convient absolument pas.

— Cette femme chez qui je découche me convient *tout à fait*, riposta-t-il en se régalant à voir sa mère se décomposer. En fait, elle me convient mieux qu'aucune des femmes que j'ai connues.

— Tu ne parles pas sérieusement ?

Il en avait assez dit pour le moment, décida-t-il. Il attrapa les serviettes dans son panier et se dirigea d'un pas déterminé vers la salle de bains.

— À ce soir, dit-il en y entrant, avant de passer la tête par la porte pour fixer sa mère droit dans les yeux : Tu seras gentille avec elle, sinon je te jure que tu ne me reverras pas avant très, très longtemps.

— Franchement, j'ignore ce qui t'arrive.

— Crois-moi, tu n'as aucune envie de le savoir.

Il lui arrivait qu'il venait de tomber amoureux d'une femme pour laquelle sa mère n'avait que mépris. Toutes les interrogations qu'il avait pu formuler sur ses sentiments avaient disparu au cours de cette longue journée à l'hôtel. Il l'aimait. Il la voulait. Il allait tout faire, absolument tout, pour la gagner.

Et si ça défrisait sa mère ? Tant pis.

Épuisé, Mac sortit de l'hôtel à quinze heures trente avec une seule envie : rentrer chez Maddie et dormir jusqu'à l'heure du dîner. La nuit blanche suivie de la longue journée sans même dix minutes de pause, puis sa dispute avec Linda l'avaient éreinté. Toutefois, il devait d'abord voir son père, aussi enfourcha-t-il sa moto et prit-il la direction de la marina.

De multiples odeurs l'y accueillirent : friture, diesel, crème solaire, poisson et viande cuite au gril. Des enfants avaient organisé une course de crabes sur la rampe aboutissant à la mer et leurs cris emplissaient l'air. Au-dessus, une nuée de mouettes surveillait un des grands bateaux de pêche où l'on nettoyait la marée du jour. Une journée estivale ordinaire au McCarthy's.

Assis à l'une des tables de pique-nique devant le restaurant, Big Mac était entouré d'un auditoire suspendu à ses lèvres alors qu'il relatait la prise d'un grand requin blanc à Long Island, pour probablement la dix millième fois depuis l'événement, quelque vingt ans auparavant.

— Oh, non, pas encore cette vieille histoire de poiscaille ! s'écria Mac.

— Eh ! Regardez qui voilà ! s'exclama son père en s'illuminant de plaisir. Les amis, je vous présente mon fils, Petit Mac.

— Mac suffira, j'ai perdu l'adjectif il y a quelques années, commenta ce dernier en serrant des mains à la ronde avant de s'adresser à son père : Tu as le temps pour une bière ?

— Qu'en dites-vous, les gars ? Est-ce que j'ai le temps de boire une bière avec mon garçon ?

— Eh, vous êtes le proprio ! plaisanta l'un d'eux.

— Ah oui, c'est vrai. Luke !

— Oui ? répondit celui-ci en surgissant de derrière le bâtiment.

— Tu me remplaces ?

— Bien sûr.

— Qu'est-il arrivé au requin ? voulut savoir un des hommes quand Big Mac se leva.

— Il s'est carapaté, lui apprit Mac.

— Dieu merci.

— Fin de l'histoire ! ajouta Big Mac avec un de ses sourires lumineux. À tout à l'heure, les gars, je vais passer un moment avec mon fils.

Sur ce, il passa le bras autour des épaules de Mac et l'entraîna vers le Tiki Bar, au bout du quai principal.

Ils s'installèrent sur deux tabourets dans le bar, dernière idée géniale de Big Mac. Le Tiki, créé deux ans plus tôt, faisait un joli profit d'après ce qu'en avait entendu Mac.

— Carol Ann, voici mon fils Mac. Il ne paye aucune consommation pendant qu'il est là. Deux de ma bière habituelle.

— Oui, monsieur McCarthy, répondit la jolie petite barmaid.

Alors qu'elle s'éloignait, Mac s'esclaffa derrière sa main.

— Elle t'appelle *monsieur McCarthy* ?

— Elle respecte les anciens. Qu'y puis-je ?

Carol Ann posa deux bouteilles embuées devant eux.

— Merci, ma douce, dit Big Mac très naturellement.

Il n'y avait qu'à Gansett Island qu'un patron pouvait s'en sortir après avoir appelé « ma douce » une employée !

— Mais je vous en prie, répondit-elle avec un immense sourire.

Qui n'était pas feint, constata Mac. Tout le monde adorait son père. On ne pouvait rester dix minutes en sa présence et ne pas être aspiré par son charisme. Il était le cœur et l'âme du lieu, un lieu que Mac ne parvenait pas à imaginer sans lui.

Carol Ann alla ensuite reprendre son poste à l'autre extrémité du bar afin de leur laisser un peu d'intimité.

Big Mac heurta la bouteille de son fils contre la sienne et but une longue gorgée de bière.

— Tu vas vraiment vendre, papa ?

— Je crois qu'il est temps, répondit son père, mais Mac perçut une once de tristesse dans sa voix, plus évidente sur son visage. Ta mère a envie de voyager, de sortir un peu de l'île. Tu connais l'histoire des gens qui attendent trop longtemps pour prendre leur retraite, et puis l'un des deux tombe malade…

Il ne termina pas sa phrase et entreprit de décoller l'étiquette de sa bouteille.

— Je ne parviens pas à imaginer un étranger dirigeant cet endroit.

— Moi non plus, figure-toi. Mais tu sais, je ne suis pas éternel.

— Ne dis pas cela.

— D'accord, s'esclaffa Big Mac.

Perdus dans un silence contemplatif, ils regardèrent tous deux le bassin, un peu moins encombré le dimanche après-midi.

— J'adore cette heure de la journée, commenta Big Mac. Tous ceux qui doivent rentrer sont déjà là et tous ceux qui partent sont déjà loin. Le gros du travail de la journée a été fait. Les gens ont envie de traîner, de passer la main. La plupart du temps, on n'a pas l'impression de travailler.

Mac savait que les gens revenaient tous les ans pour revoir son père, pour apprendre les dernières nouvelles, entendre les dernières histoires. Big Mac avait une façon de faire se sentir spécial chaque client, comme s'il l'avait attendu personnellement. Personne ne pourrait jamais le remplacer, comprit-il alors.

Ils regardèrent Luke guider un retardataire vers un mouillage près d'un autre hors-bord. Le capitaine manœuvra aisément son embarcation dans l'espace exigu. Une fois le bateau amarré, Luke et lui échangèrent quelques mots. Le capitaine sortit son portefeuille et pressa quelques billets dans la main de Luke avant de hocher la tête à quelque chose que lui dit ce dernier. Luke empocha l'argent et regagna le quai principal.

— Dis-moi que ce fric va finir dans la caisse, s'enquit Mac après avoir assisté à l'échange avec une contrariété croissante.

Il jeta un coup d'œil à son père dont le visage était dur et indéchiffrable.

— J'espère.

— Papa ! Il te vole ?

— Non, je le paye bien, il n'en a pas besoin.

L'envie de créer une scène démangea Mac, mais ça déplairait à son père. Cependant, il décida de tenir Luke à l'œil pendant qu'il travaillerait aux rénovations.

— Tu sais, mon fils, si l'endroit t'intéressait ne serait-ce qu'un tout petit peu, il te suffirait de le dire, commença Big Mac en hésitant. Je ne vendrais jamais si tu ne le voulais pas.

Mac le savait déjà, mais l'entendre rendit la chose plus réelle.

— Je sais, papa.

— Note bien que je ne te mets pas la pression, pas du tout. Je ne voudrais surtout pas que tu te sentes obligé. La vie insulaire ne convient pas à tout le monde. Dieu sait que tes frères et toi, vous avez filé dès que vous avez été en âge de le faire.

— Je vois les choses un peu différemment aujourd'hui, pour une certaine raison.

Ces paroles échappèrent à Mac avant même qu'il ait pu en mesurer les conséquences.

— Ah, oui ?

— Oui.

— Et pourquoi penses-tu que ce serait différent ?

— Je n'en suis pas certain. Est-ce parce que je suis resté parti trop longtemps ? Que Miami est devenu un enfer dernièrement ? Ou peut-être parce qu'hier, j'ai rencontré quelqu'un qui m'a fait tourner la tête...

— Ahhh, on dirait bien qu'on arrive au cœur du sujet, fit Big Mac avec un sourire satisfait.

Mac sourit de même.

— Tu te souviens quand je t'ai demandé comment je saurais si j'ai rencontré la bonne personne ? Tu m'as répondu : « Tu le sauras, fils. Tu le sauras, c'est aussi bête que ça. »

— Ça ressemble bien à un truc que j'ai pu dire.

— Eh bien...

Mac vit que son père comprenait peu à peu.

— Sans blagues ? Il serait temps, commenta son père à voix basse, le regard brillant. Eh bien, juste comme ça ?

— Un regard, et voilà.

— On parle bien de Maddie, qui fait le ménage là-haut ?

— Oui, répondit Mac, encore émerveillé.

Deux jours plus tôt, il était à Miami. Deux jours plus tôt, il ignorait même son existence. Et maintenant, elle et son fils étaient inclus dans ses moindres espoirs, ses plus petits rêves.

— Je ne la connais pas très bien, mais elle a l'air d'être une chouette fille, lui confia Big Mac. Ça n'a pas toujours été drôle pour elle, en revanche.

— Apparemment. Et ça l'a rendue un peu nerveuse.

— Difficile de lui en vouloir. Il faut dire qu'avec un père pareil. Planter là femme et enfants... C'est le problème avec cette ville, on peut sauter sur le ferry et filer en laissant tout derrière soi.

— Je pense qu'elle ne s'en est jamais remise.

— Qui le serait ?

— Je me sens un peu en terrain miné, là, déclara-t-il après avoir décidé d'être franc avec son père.

— Comment ça ?

— Tu vas rire...

Et c'est exactement ce que fit son père avant de s'exclamer :

— Allez, vas-y, gamin !

— C'est juste qu'en général, quand une fille me plaît, elle a tendance à...

Il se passait impatiemment les doigts dans les cheveux en cherchant ses mots.

— Comment le dire sans avoir l'air d'un vrai crétin ?

Cette fois-ci, Big Mac hulula de rire.

— Habituellement, elles tombent de gratitude à tes pieds car tu les as choisies ?

— Ce n'est pas ce que j'allais dire !

— Est-ce que je chauffe ? s'enquit son père en riant toujours de sa saillie.

— Euh, oui, ronchonna Mac.

Big Mac repartit d'un immense éclat de rire.

— Ravi que ça te fasse autant rire.

Son père essuya les grosses larmes qui coulaient de ses yeux.

— Je suis vraiment désolé, mais je trouve tordant que tu aies finalement trouvé celle qui te met la tête à l'envers et qu'elle joue les belles indifférentes.

— Eh bien, je ne dirais pas exactement cela, répondit Mac en songeant à leurs baisers passionnés. Cependant, elle ne semble pas sauter de joie à l'idée d'avoir suscité mon intérêt.

Big Mac eut l'élégance d'au moins essayer de dissimuler un ricanement.

— Elle est probablement bouleversée. Un beau garçon comme toi, sûr de lui, a de quoi flanquer la frousse à une fille après la façon dont l'ont traitée les autres hommes.

— Rien de ce qu'on raconte sur elle n'est vrai, papa. Pas le moindre mot, lui révéla Mac en pensant à son frère Evan et à l'entretien qu'il comptait avoir avec lui, très vite.

— Ah bon ? Intéressant.

— Je suis bien embêté : si je la laisse faire, elle me renverra dans mes buts et je ne la reverrai jamais.

Big Mac se passa une main sur la mâchoire.

— Tu dois continuer à te montrer. Prouve-lui que tu es différent de ceux qui l'ont laissée tomber.

— Autrement dit, je me transforme en emmerdeur ?

— S'il le faut.

— Ça, c'est dans mes cordes, commenta Mac.

Il avait d'ailleurs déjà commencé.

— Bien sûr. Mais ne rampe pas, fils. N'importe quelle femme aurait de la chance de t'avoir. N'oublie jamais cela.

Mac sourit. Il pourrait toujours compter sur son père pour être de son côté.

— Alors, est-ce que ça t'irait si, pendant que je joue les emmerdeurs avec elle, j'essayais un peu cet endroit pour voir s'il me convient ? Sans rien te promettre ?

— Ça m'irait mieux que bien, répondit Big Mac en pressant le bras de son fils.

— Pas un mot à maman de ce que je t'ai dit de Maddie. Elle a une dent contre elle, et je ne sais pas pourquoi.

— Motus et bouche cousue.

— Ça t'embête si j'emprunte la camionnette pour la soirée ? s'enquit Mac en terminant sa bière. J'amène Maddie et son fils à la maison pour dîner.

— Tiens, répondit Big Mac en sortant ses clefs de sa poche de short.

Mac lui tendit en échange celles de la moto. Sous le coup d'une impulsion, il se pencha et posa un baiser sur la joue paternelle.

— Je t'aime.

Big Mac le serra longuement contre lui en silence. Mac lui avait coupé le sifflet.

— Merci pour la bière, à tout à l'heure, lui souffla Mac.

Mac gara la camionnette dans l'allée de Maddie et grimpa les marches. Libby était installée dans une chaise longue sur le perron, un livre en main.

— Eh, fit-elle, déjà de retour ?

— Comment ça s'est passé ?

— Super bien. Ils dorment tous les deux pour le moment.

— Encore merci d'être venue aujourd'hui. Vraiment.

— Je me suis régalée. C'est une fille très chouette. Je regrette de n'avoir encore jamais pris le temps de mieux la connaître.

— Avoir quelques amis dans cette ville lui ferait le plus grand bien, commenta-t-il en jetant un coup d'œil à la porte.

Libby fourra son livre dans son sac fourre-tout et se leva pour l'embrasser sur la joue.

— Elle ne le sait pas encore, mais elle a une chance folle de t'avoir rencontré.

Frappé par un brutal accès d'insécurité, Mac fit rouler sa lèvre inférieure entre ses dents.

— Si je la laissais faire, elle me dirait adieu sans hésiter.

— Pas grand-chose suffirait à ce qu'elle change d'avis. Tu sais ce qu'il te reste à faire.

— Oui, répondit-il en songeant aux paroles de son père. Merci encore, Lib.

Il la serra contre lui et la regarda emprunter le chemin la menant au Beachcomber, où elle vivait avec son mari et ses deux enfants.

Puis, après un petit temps d'arrêt, il tira la porte-moustiquaire et entra. Allongée sur le lit, Maddie avait le drap remonté jusqu'aux épaules et son bras valide rejeté par-dessus la tête. C'était la première fois qu'il la voyait dans un tel état d'abandon. Il avança sur la pointe des pieds et se rendit dans la salle de bains afin d'éliminer toute la saleté de la journée sous une bonne douche. Ensuite, vêtu de son seul caleçon, il se glissa dans le lit près d'elle avec l'intention de dormir au moins une heure sur les deux qui leur restaient avant d'aller chez ses parents.

Mais alors, elle se tourna vers lui, lui passa un bras autour de la taille et l'attira plus près d'elle.

Immergé dans sa chaleur, il se retrouva pleinement éveillé, et érigé. Ignorant si elle s'était réveillée ou était de nouveau en plein rêve, et curieux, il passa un bras autour de ses épaules et l'attira aussi près de lui qu'il l'osa.

Le souffle de Maddie sur son torse l'excita davantage.

Le cœur battant à tout rompre, il n'osa faire un geste, ou même respirer. *C'est ça, l'amour*, comprit-il enfin. C'est ça qui rend idiots des hommes raisonnables. Il lui posa une main sur les cheveux et les caressa.

Elle laissa échapper un soupir de satisfaction et enfouit davantage sa tête au creux de son épaule jusqu'à avoir les lèvres collées contre sa poitrine nue.

Jamais, de toute sa vie, Mac n'avait été plus heureux.

Dans son rêve, Maddie tombait. D'où ou de quoi, elle n'en savait rien, mais la sensation de chute la réveilla en sursaut. Elle ouvrit les yeux et découvrit qu'elle avait la figure pressée contre la poitrine d'un homme. Le parfum à présent familier se fraya un chemin vers son esprit ensommeillé.

Mac.

D'où sortait-il ? Elle étudia son beau visage détendu dans le sommeil et eut envie de l'embrasser partout. Avait-elle jamais connu cette envie avec un autre homme auparavant ? Non. Jamais. Il était si grand, si fort, et il la tenait juste comme il fallait. Elle ne percevait même plus la douleur dans son coude ou sa jambe quand il la tenait comme ça. Mais alors, toutes les raisons pour lesquelles c'était une mauvaise idée lui revinrent en tête et elle commença à se dégager de son étreinte.

Il resserra les bras autour d'elle.

— Reste, marmonna-t-il d'une voix pleine de sommeil.

— Peux pas.

— Chut.

Les yeux toujours fermés, il la peigna avec les doigts. Seigneur, qu'elle aimait quand il faisait ça !

— Reste avec moi. J'ai besoin de toi.

Toute son envie de combattre s'envola à ces seuls mots. Jamais personne n'avait eu besoin d'elle. Seulement Thomas. Et aussi merveilleux que ce fût, ce n'était pas la même chose.

Elle ne se détendit pas vraiment, mais cessa d'essayer de se dégager.

Après un long instant de silence pendant lequel elle se régala de sentir ses doigts dans ses cheveux, elle demanda :

— Comment c'était aujourd'hui ?

— Édifiant.

— Que veux-tu dire ?

— Je sais à présent précisément pourquoi tu les considères comme des ordures.

Elle tressaillit.

— Mac, quand j'ai dit ça, je ne savais pas…

— Oublie ça, chérie. Ils te traitent comme une moins-que-rien, mais ça va changer.

— Qu'est-ce qui va changer ? l'interrogea-t-elle, effrayée par ce qu'il avait pu faire.

— Dorénavant, tu n'écoperas plus des chambres les plus immondes.

— Qu'as-tu fait ?

— J'ai juste eu une petite discussion avec ma mère.

— Tu vas réussir à me faire renvoyer !

— Ils n'oseront jamais. Ne t'en fais pas pour ça.

— Libby m'a parlé d'un emploi, aujourd'hui, enchaîna Maddie, qui ne s'était même pas permis d'envisager cette possibilité.

Mac recula la tête afin de pouvoir la regarder.

— Quel genre d'emploi ?

— Gouvernante au Beachcomber.

— Vraiment ? C'est fabuleux, chérie !

Elle voulut une fois encore lui rappeler qu'elle n'était pas sa chérie, mais leur position ne lui sembla pas la plus appropriée pour le faire.

— La femme responsable du ménage va prendre sa retraite à la fin de la saison et, quand Libby a su que je travaillais dcpuis huit ans au McCarthy's, elle m'a proposé le poste. C'est un emploi à plein temps, à durée indéterminée, et avec primes.

— Eh bien ! Qu'as-tu répondu ?

— Je lui ai dit que j'allais y réfléchir.

— Qu'est-ce qu'il y a à réfléchir ? Cet emploi te libérerait de bien des soucis.

— Elle ne me l'a proposé qu'à cause de toi.

— Tu rigoles ? Libby a redressé cet hôtel comme personne. Tu te souviens qu'il était au bord du dépôt de bilan, il y a dix ans ou quelque chose comme ça ?

Elle hocha la tête.

— C'est Libby qui l'a ramené à la vie. En fait, peu de gens sont au courant, mais le propriétaire l'a prise comme associée il y a deux ans.

— C'est bien pour elle.

— Et c'est bien pour toi, ajouta Mac en entrelaçant ses doigts aux siens. Si elle t'a offert le job, c'est uniquement parce que tu as le profil idéal.

— Tu le penses vraiment ?

— Bien sûr. Aujourd'hui, je me suis fait une petite idée du travail que tu abats. Est-ce que ce ne serait pas sympa de gagner plus d'argent en n'ayant pas à travailler aussi dur ?

— Ce serait différent, ça c'est sûr.

— Alors, tu vas le faire ?

— J'ai des amis au McCarthy's. Des gens avec qui je travaille depuis des années.

— Rien ne dit que tu ne pourras pas les débaucher pour venir travailler avec toi au Beachcomber.

— Alors là, ta mère me haïra encore plus, lui dit-elle en souriant.

— Elle ne te hait pas, elle ne te connaît pas très bien, c'est tout, reprit-il en lui lâchant la main pour enrouler une de ses mèches autour de son doigt.

— Tu vas vraiment m'obliger à aller dîner chez eux ?

— Ce sera rigolo.

— Une vraie torture, tu veux dire.

— Je serai avec toi tout le temps.

— Promis ?

Elle ne se lassait pas de la façon qu'il avait de la regarder, comme si elle était tout ce qu'il avait toujours voulu. Comment était-ce possible ? La chaleur qu'elle lisait dans ses yeux bleus lui emplissait le cœur de désirs. Si c'était encore un de ses rêves fous, elle espéra ne jamais se réveiller.

— Promis, dit-il en lui caressant le visage un long moment avant de se pencher pour effleurer timidement ses lèvres des siennes.

Tout en sachant qu'elle faisait peut-être la plus grossière erreur de sa vie, Maddie tendit les bras vers lui. Tout en sachant que s'il la laissait tomber comme les autres l'avaient fait elle ne s'en remettrait peut-être jamais, elle l'embrassa. Tout en sachant qu'il avait sur elle un pouvoir qu'elle n'avait jamais donné à personne avant lui, elle lui caressa la langue de la sienne et se régala à l'entendre pousser un grognement sourd.

Il joua à faire rouler ses lèvres, puis se figea et se détacha de sa bouche pour bredouiller :

— Oh, Seigneur, pardon ! Je me suis tant laissé emporter que j'ai oublié tes blessures !

— Tout va bien, le rassura-t-elle en enfouissant les doigts dans ses cheveux pour ramener sa bouche à la sienne.

Soudain, elle avait faim de ce qu'il lui faisait éprouver. Elle dégagea sa bonne jambe du drap et l'enroula autour de lui.

— Maddie. Seigneur, tu me rends carrément fou, souffla-t-il, la bouche à quelques millimètres de la sienne.

Il se plaqua contre elle, tressaillit et lui reprit la bouche pour le baiser le plus passionné de toute sa vie. Il usa de tout son arsenal pour la dévorer. Elle s'accrocha à lui, persuadée que, si elle le lâchait, elle serait projetée directement dans l'espace. Et au moment où elle pensa ne plus pouvoir supporter une seconde de plus l'intensité du désir qu'il suscitait en elle, il adoucit son baiser et la submergea de sa tendresse.

Il déplaça ses lèvres de sa bouche à son visage, son nez, ses yeux et le long de son cou.

Assaillie par une marée de sensations, elle frémit de tout son être alors que le désir pulsait entre ses jambes. Elle le désirait autant que lui la désirait, mais la peur fut encore plus forte que l'envie.

— Je pourrais t'embrasser éternellement et ne jamais en avoir assez, lui souffla-t-il.

— Tu m'effraies, répliqua-t-elle sur le même ton.

Il se tendit de tout son corps. La bouche qui jouait si divinement avec son lobe d'oreille s'immobilisa. Il leva la tête pour la regarder.

— C'est vrai ?

Elle le retint contre elle, comprenant qu'il avait interprété qu'elle avait physiquement peur de lui. Si seulement c'était aussi simple...

— Tu me donnes envie de choses dont j'ai décidé il y a bien longtemps qu'elles n'étaient pas dans mon jeu de cartes personnel.

La compréhension se fit sur le visage de Mac, qui se détendit un peu.

— Peut-être que la vie t'a distribué une nouvelle donne. Une meilleure donne. Ne serait-ce pas possible ?

— J'ai appris à ne pas flamber. Ça ne me réussit généralement pas.

— Si seulement il y avait quelque chose que je puisse dire ou faire pour te convaincre que tu peux me faire confiance.

— J'aimerais bien, moi aussi.

— Tu me fais payer pour ce que d'autres t'ont fait.

— J'en suis consciente.

— C'est injuste.

Incapable de résister à son envie de le toucher, elle repoussa ses cheveux de son front, ravie de les sentir si soyeux sous ses doigts.

— J'en suis également consciente.

— Je vais te montrer.

Il se remit à plat dos, mais sans lâcher sa main.

Elle baissa les yeux, remarqua son érection impressionnante et ramena vite les yeux sur son visage. Elle devait bien admettre que, contrairement à la majorité des hommes, il ne semblait pas être uniquement motivé par cela.

— Que vas-tu me montrer ?

— Que je suis différent. Que tu peux avoir confiance en moi.

— Je ne voudrais pas que tu t'imagines que je n'apprécie pas…

— Je n'ai que faire de ton appréciation, la coupa-t-il en tournant la tête vers elle. Je veux infiniment plus que cela de toi.

Elle étudia le visage qu'elle en était venue si vite à apprécier. Déjà, il lui était plus familier que celui de bien des personnes qu'elle avait connues dans sa vie.

— Pourquoi moi ?

— Parce que, répondit-il en esquissant un sourire.

— C'est tout ce que tu as en magasin ?

— Si je te donnais toutes les raisons, tu partirais en courant et en hurlant.

— Essaye quand même. Donne-moi une seule bonne raison.

Mac se frotta la mâchoire et réfléchit un instant. Puis il tourna ses formidables yeux bleus vers elle et le sang bouillonna dans ses veines.

— Tu promets que tu ne vas pas détaler en criant au loup ?

— Je te le promets, dit-elle en désignant sa jambe bandée.

Il porta leurs mains jointes à ses lèvres et pressa un baiser sur les siennes.

— Cela me rend heureux d'être avec toi, ça me coupe le souffle, ça me rend fou de désir, et ce n'est que le début. Tu me donnes envie de devenir meilleur pour vous mériter, Thomas et toi.

Elle le fixa, sidérée. Aucun homme ne lui avait jamais dit des choses pareilles.

— C'était comment ? lui demanda-t-il au bout d'un long silence.

Elle rêva d'avoir les mots pour lui donner quelque chose d'équivalent à ce qu'il venait de lui offrir, mais son esprit était dans le même état que son corps. Tourneboulé. Elle s'éclaircit la gorge.

— Pas mal.

— Pas mal ? Bon, au moins, tu n'as pas filé sans demander ton reste, rétorqua-t-il avant de consulter sa montre et de grommeler : Il faut qu'on y aille, sinon on va être en retard.

Elle fut prise d'une envie désespérée de le convaincre de rester ici, où tout était devenu un peu magique. Elle craignait que leur bulle n'éclate à l'instant où ils laisseraient les autres y pénétrer.

— Tu dois être épuisé.

— Je dormirai ce soir, à moins que tu décides de me tenir éveillé en me parlant de nouveau toute la nuit.

Elle éclata de rire et lui tapa sur l'épaule.

— Quel culot ! s'exclama-t-elle en essayant péniblement de se redresser.

— On devrait regarder ces plaies.

— Libby l'a fait tout à l'heure après ma douche. Selon elle, celle du coude a l'air de vouloir s'infecter.

— Je veux voir ça.

— Plus tard. Il faut que j'aille réveiller Thomas, sinon il restera debout toute la nuit.

— J'y vais, s'écria Mac en bondissant du lit pour aller vers la chambre. Toi, tu prends ton temps.

Elle resta assise dans son lit, à songer à ce qu'il lui avait dit, à se demander s'ils avaient réellement une chance.

8

Séparée de Mac par Thomas, installé dans son siège-auto, Maddie ne dit pas le moindre mot pendant le trajet vers North Harbor. Mac tenta plusieurs fois d'engager la conversation, en vain. Elle s'obstinait à regarder par la vitre et il craignit d'avoir fait une grosse erreur en insistant pour qu'elle l'accompagne chez ses parents. Elle avait passé une bonne demi-heure à hésiter sur sa tenue et avait finalement opté pour un tee-shirt rose et une minijupe en jean qui mettaient en valeur ses longues jambes bronzées. Libby avait dû lui vernir les ongles des orteils, car il n'avait aucun souvenir de cette couleur rose vif. Or il était bien certain de se souvenir d'absolument tout ce qui concernait Maddie.

Arrivé à un kilomètre de chez ses parents, il immobilisa la voiture sur le bas-côté.

— Que fais-tu ?

— Est-ce que tu as vraiment envie d'y aller ? On peut rentrer, prendre une pizza chez Mario, louer un film…

Elle le surprit et l'amusa en tendant la main pour lui clore les lèvres.

— Après tout ce cirque pour trouver comment m'habiller ? On va chez ta mère. Allez hop, roule.

La bravade le fit sourire, car il était certain qu'elle aurait largement préféré l'option pizza-film.

Cette attitude fanfaronne disparut bien vite quand ils parvinrent devant la grande maison blanche. Mac se gara à l'ombre, libéra Thomas de son siège et l'emporta de l'autre côté de la camionnette afin d'aider Maddie à en sortir.

— Prends ton temps, lui recommanda-t-il, ému par l'éclair de douleur sur son visage quand elle descendit de voiture.

Elle s'accrocha à son bras.

— Tu restes près de moi, hein ?

— Promis.

Avant d'arriver dans la lumière, il la fit s'arrêter, lui releva le menton et l'embrassa.

— Tu es ici parce que je veux qu'ils sachent que tu es importante à mes yeux. Si quiconque te met mal à l'aise, on s'en va, d'accord ?

— Je ne veux pas créer de problèmes entre ta famille et toi.

— Tu ne le feras pas.

— Si tu le dis.

— Je le dis.

— Entrez, entrez, les invita Big Mac en venant leur ouvrir.

Il salua Maddie d'un baiser sur la joue et agita le pied de Thomas, qui se mit à gazouiller.

— Ça te va bien, fils, commenta Big Mac en désignant du menton le bébé juché sur la hanche de Mac.

— C'est un super petit gars, au naturel heureux, lui dit Mac, pris d'un élan de fierté.

— J'ignorais ce que vous aimez boire, Maddie, alors j'ai ici trois sortes de vin et trois sortes de bière, reprit Big Mac en les invitant dans le grand salon que Linda réservait aux invités.

Alors qu'ils s'installaient côte à côte sur le canapé, Mac comprit que la prévenance de son père avait touché Maddie. Et, bien qu'il lui parût curieux d'être traité en invité dans sa maison natale, il fut néanmoins reconnaissant à son père de cet accueil pour le moins chaleureux.

Maddie tourna ses grands yeux caramel vers lui et il fut pris d'un frisson.

— Que vas-tu prendre ?

— Une bière blanche.

— Alors, moi aussi.

— Et deux bières blanches, deux ! claironna Big Mac. Le bébé a-t-il besoin de quelque chose ?

— Non, je vous remercie, lui dit-elle.

Une fois qu'ils furent seuls, Mac lui pressa la main.

— Jusqu'ici, ça va ?

— Ton père est très gentil. Je ne lui avais jamais vraiment parlé ; il n'est jamais là quand je fais le ménage.

— C'est le type le plus fabuleux que je connaisse.

— Désolée d'être en retard ! brailla Janey en passant la porte principale, avant de s'arrêter net en découvrant Mac, Maddie et Thomas sur le canapé. Eh bien, grand frère, tu es passé du côté du salon des invités maintenant ?

— Apparemment, répondit Mac en se levant pour embrasser sa sœur. Je te présente Thomas.

— Oh, qu'il est mignon, s'exclama Janey en tendant un doigt à l'enfant, qui referma la main dessus tout en la dévisageant avec le sérieux dont il usait pour jauger les nouveaux venus.

— Je ne pense pas que tu connaisses Maddie, reprit Mac.

— Si, on s'est connues à l'école, il y a des années, lui apprit Janey. Ravie de te revoir, Maddie.

— Merci, je suis ravie aussi. Félicitations pour tes fiançailles.

— Merci, répondit Janey en lui décochant un grand sourire. Ce sont les fiançailles les plus longues de l'histoire de l'humanité.

— Le grand jour arrivera plus vite que tu crois, gamine, intervint Mac.

— En attendant, je dois me contenter d'un appel de téléphone rose par mois, répliqua-t-elle en poussant un long soupir.

— Je ne sais vraiment pas pourquoi tu éprouves le besoin de raconter ce genre d'insanités ! s'insurgea Mac avec une affreuse grimace.

— Parce que ça te rend marteau, tiens ! s'esclaffa Janey.

Mac jeta un coup d'œil à Maddie, qui lui lança un sourire compatissant.

— Ma *petite* sœur, grommela-t-il en se rasseyant. Une vraie plaie.

Big Mac revint à cet instant avec trois canettes de bière et en tendit deux à Mac et Maddie.

— Bonsoir, chérie, dit-il en serrant Janey contre lui. Je suppose que tu vas vouloir ma bière.

— Tout juste, répondit-elle en la lui subtilisant.

— Vous voyez à qui j'ai affaire ? fit Big Mac en se tournant vers Maddie avant de secouer la tête.

Maddie lâcha un éclat de rire juvénile et Mac comprit que son père se l'était déjà gagnée.

Big Mac sortit en marmonnant dans sa barbe à propos d'un homme même pas capable de s'offrir une bière dans sa propre maison, et revint un instant plus tard en compagnie de Linda, qu'il paraissait propulser devant lui.

— Vous êtes là, dit-elle en se penchant pour embrasser Mac. Bonsoir, Maddie, comment allez-vous ?

— Un peu mieux, madame. Je vous remercie de votre invitation.

Le sourire que Linda lui adressa fut un peu pincé, mais Mac fut certain que seule la famille saurait qu'il était tout sauf sincère.

— Mais je vous en prie. Ce doit être Thomas, dont j'ai tant entendu parler.

Alors qu'il fourrait Thomas dans les bras de sa mère, Mac fit une prière pour qu'elle ne fasse pas allusion aux rumeurs concernant le père du bébé.

— Oh, bafouilla Linda. Mon... Eh bien... tu es un joli petit gars, toi, n'est-ce pas ?

Thomas choisit cet instant pour salir sa couche à grand bruit.

Janey se tordit de rire.

Maddie sursauta, tenta de se lever et réprima un cri de douleur quand ses membres blessés refusèrent de coopérer.

— Je m'en occupe, lui dit Mac en la faisant se rasseoir.

— Non, tu ne vas pas t'embêter avec ça.

— Crois-moi, je me suis embêté avec bien pire aujourd'hui, lui répondit-il en reprenant Thomas à sa mère et en empoignant le sac de couches.

Avant de sortir de la pièce, il remarqua que son père et sa sœur l'observaient, amusés, tandis que sa mère fulminait. Il fut déchiré à l'idée d'abandonner Maddie le temps de changer le bébé.

— On va s'occuper de Maddie, lui lança son père.

— Merci, papa.

En partant vers l'escalier, il capta le regard de Maddie et lui adressa un clin d'œil.

— Je reviens tout de suite.

Le sourire qu'elle lui lança en réponse réchauffa tout son être.

Alors qu'ils dégustaient le rôti à la cocotte réclamé par Mac, Maddie garda le silence et les écouta se chamailler. Visiblement, Mac adorait son père et ses frères et sœur. Elle nota sa tendance à réserver des réponses monosyllabiques à Linda et à discuter bien plus naturellement avec Big Mac et Janey. Il avait gardé Thomas sur les genoux et mangeait d'une main comme s'il avait des mois, et non quelques jours, de pratique.

Elle se demanda si l'un d'entre eux avait remarqué le manège de Linda, qui l'ignorait superbement et était même en train, mine de rien, d'introduire dans la conversation une liste des femmes les plus convenables de l'île. Maddie se figura Mac avec Doro Chase ou une autre de ces femmes que mentionnait Linda. Au moins, avec Doro, il serait sur un pied d'égalité sociale. L'imaginer avec une autre lui tordit le cœur, ce qui était ridicule, vraiment. Car, enfin, il ne lui appartenait pas ! D'ailleurs, que faisait-elle là, à dîner à cette table dans la maison où elle était employée ?

La main de Mac atterrit sur sa cuisse.

Émue par son contact, elle tourna les yeux vers lui.

— Tout va bien ?

— Bien sûr, réussit-elle à répondre, tout en sachant qu'il ne la croyait pas.

— Maman, lança Janey, tu ferais mieux d'abandonner le registre social pour ce soir. Mac est venu avec une amie, il n'a aucune envie d'entendre parler d'autres femmes.

Son frère la remercia d'un sourire.

— Personne ne m'a prévenue qu'il s'agissait d'un dîner de présentation, jeta aigrement Linda alors que son regard glacial survolait Maddie sans la voir et se posait sur son fils.

— Je croyais avoir été clair quand nous en avons parlé tout à l'heure, riposta-t-il, apparemment capable lui aussi de jouer du regard polaire.

Maddie commença à avoir mal au ventre.

— Qu'as-tu prévu pour le dessert, Lin ? s'enquit Big Mac en adressant un sourire chaleureux à Maddie.

— Un gâteau au chocolat pour Mac.

— Thomas commence à être fatigué, intervint ce dernier. Nous n'allons pas rester pour le dessert.

Thomas se portait comme un charme, mais Maddie apprécia que Mac ait mystérieusement compris que ce n'était pas son cas à elle.

— Tu ne peux pas partir déjà ! s'écria Linda. Tu viens juste d'arriver !

— Il faut que nous rentrions coucher Thomas et Maddie est toujours en convalescence de ses blessures.

— Elle me semble très bien se porter pourtant.

Mac se mit aussitôt sur ses pieds et soutint Maddie pendant qu'elle se levait.

— Maddie ne va pas bien du tout. Je n'aurais probablement pas dû la traîner ici ce soir, déclara-t-il avant de demander à sa sœur : Tu veux bien aider maman à débarrasser ?

— Bien sûr, dit-elle en se levant elle aussi pour l'embrasser, avant de glisser à Maddie : Si tu as besoin d'une baby-sitter pour cet amour, appelle-moi.

— C'est très gentil de ta part, répondit Maddie alors que père et fille commençaient à débarrasser.

Mac escorta Maddie jusque dans l'entrée avant de se taper sur le front.

— J'ai oublié le sac de couches au premier ! Ne bouge pas, je reviens tout de suite.

Thomas toujours dans les bras, il gravit l'escalier quatre à quatre. En le regardant partir, Maddie remarqua que la meurtrissure sur sa jambe avait noirci depuis la veille. Et n'avait pas belle allure.

— Vous vous leurrez, déclara Linda derrière elle dans un murmure exagéré.

Maddie sursauta, puis lui fit face.

— Je vous demande pardon ?

— Il s'amuse peut-être à jouer les pères de famille pour le moment, mais vous ne le convaincrez jamais de rester.

Choquée, elle ne sut que répondre et entendit avec soulagement Mac dévaler l'escalier. Il fallait qu'elle sorte d'ici. Immédiatement. Tant pis si elle savait qu'elle avait désespérément besoin de cet argent, elle décida de ne plus jamais revenir faire le ménage dans cette maison.

— Prête ? lui demanda Mac en posant une main au bas de son dos.

— Merci pour le dîner, lança Maddie à la cantonade en se dirigeant vers la porte.

— Merci, maman, enchaîna Mac en embrassant à sa mère.

Sur le chemin du retour, un mélange de choc et de consternation fit battre plus vite le cœur de Maddie. Elle n'avait qu'une envie : ramener Mac chez elle et se coucher avec lui, pour prouver à Linda qu'elle se trompait. Elle l'aurait fait sans hésiter si cela n'avait pas risqué de mettre en danger son cœur, qu'elle avait toujours pris soin de protéger. Elle risqua un coup d'œil vers Mac. Il avait les yeux braqués sur la route et la mâchoire contractée.

— C'était une erreur, dit-il entre ses dents.

— Ça allait.

— Non, ça n'allait pas ! s'écria-t-il en lui prenant la main par-dessus le siège de Thomas. Ne fais surtout pas attention à ma mère. Elle n'a pas le moindre pouvoir sur moi, elle le sait parfaitement et ça a le don de la mettre en pétard.

Maddie ne sut que répondre. Bien sûr, il était adulte et sa mère n'avait aucun pouvoir sur lui. Mais si elle le décidait, Linda pourrait leur rendre la vie insupportable, à tous les deux. Et puis, Mac était le genre de fils désireux de faire plaisir à ses parents, pas de se les aliéner. Quant à elle, elle n'avait aucune envie d'être responsable d'une rupture entre Mac et sa mère. Raison de plus pour ne pas laisser les choses lui échapper.

— À quoi penses-tu ? lui demanda-t-il.

— Je suis fatiguée et j'ai mal.

Inutile de lui dire que la douleur était surtout *en* elle.

— Je te demande pardon. On va rentrer et te mettre au lit. Je n'aurais jamais dû t'entraîner dehors ce soir. La prochaine fois, je t'écouterai.

Il n'y aura pas de prochaine fois, se dit Maddie avec une infinie tristesse. Elle savait qu'interrompre cette relation valait mieux, pour lui comme pour elle. Si seulement la perspective de ne plus jamais le revoir ne faisait pas aussi mal...

Mac passa le trajet de retour à se coller mentalement des paires de gifles. *Mais qu'est-ce que j'ai bien pu avoir en tête ? La boulette, l'énorme boulette...*

Une fois arrivés, il aida Maddie à descendre de voiture et remarqua qu'elle se déplaçait encore plus lentement qu'en partant. *Nom de nom... ! On aurait dû rester là et commander une pizza.*

Thomas sur la hanche, il gravit lentement l'escalier en compagnie de Maddie et essaya de penser à ce qu'il pourrait bien faire pour effacer les dommages que cette soirée avait occasionnés à leur relation à peine éclose. Que pouvait-il dire ? Que pouvait-il faire ? Aussi peu habitué qu'il était à se sentir mal à l'aise avec une femme, il n'en eut aucune idée.

— Je vais lui donner un bain rapide et le préparer pour la nuit, proposa-t-il.

— Je te remercie.

La veille, elle aurait protesté, argumenté, et il découvrit qu'il aurait préféré cela à cette acceptation lasse. Il s'occupa rapidement de Thomas et le ramena à sa mère avec son biberon du soir. S'il mourait d'envie de s'étendre près d'eux et de les tenir dans ses bras pendant qu'elle nourrissait l'enfant, il préféra remettre l'appartement en ordre et rassembler leur linge sale à tous trois, qui commençait à s'accumuler.

— Je le laisserai à la marina en partant travailler demain.

— Tu n'as pas à faire notre...

— Ce n'est pas un problème, la coupa-t-il en refrénant un accès de colère. Il comprit à son manque de réaction que ça allait vraiment mal. Les quelques menus progrès qu'ils avaient faits avaient été réduits à néant par sa mère en l'espace de deux heures.

Maddie était calme, docile même. Ce n'était pas la Maddie avec laquelle il avait adoré échanger le fer ces deux derniers jours. C'était plus facile, certes, mais ça ne lui plaisait pas. Du tout. Il voulait retrouver sa Maddie à la repartie cinglante.

Il alla coucher Thomas dans son petit lit et revint dans la pièce principale où Maddie achevait de retirer ses bandages. Rouge et enflée, la plaie à son coude s'était infectée.

— Il faudrait la montrer à un médecin.

— Libby m'a donné une pommade antibiotique à mettre dessus.

— Je vais le faire, dit Mac en voulant saisir le tube.

Maddie le lui reprit.

— Je préfère le faire moi-même.

Parce que ça faisait mal, ou parce que c'était lui ? Frustré, il la regarda étaler la pommade sur la plaie. Puis elle fit de même avec son genou et sa main.

— Libby m'a dit que je devrais les laisser à l'air cette nuit, que ça ne peut que leur faire du bien.

— Elle sait de quoi elle parle, elle est secouriste.

Il se leva, enleva son tee-shirt et le jeta sur la pile de linge sale. En se retournant, il surprit Maddie à l'observer, une expression vorace sur le visage. Il fit un pas vers elle.

— Maddie...

Elle reprit aussitôt le masque impassible, inatteignable qu'elle maîtrisait comme personne.

— Est-ce que ça t'ennuierait de dormir par terre cette nuit ? Je crois que je ne pourrai même pas supporter le contact du drap.

— Bien sûr que non, répondit-il, la poitrine prise dans un étau.

Il positionna les coussins du canapé sur le sol et déroula son sac de couchage. Une fois tous deux installés pour la nuit, il éteignit la lumière. Contrairement à la veille, il n'y eut aucune conversation. Plus tôt ce matin, il était le plus heureux des hommes alors que maintenant, pour épuisé qu'il fût, il ne parvenait pas à trouver le sommeil. Il resta longtemps allongé dans l'obscurité à broyer du noir. C'était comme s'il avait perdu une chose qui ne lui avait pourtant jamais appartenu.

Les trois jours suivants les virent s'installer dans une sorte de routine. Qui commençait dès le matin, quand Mac emmenait Thomas se promener pour prendre son petit déjeuner dehors. Puis, une fois que Maddie avait nourri l'enfant, il le déposait chez Tiffany, accomplissait le travail de Maddie à l'hôtel puis passait à la marina pour prendre des mesures et évaluer les réparations les plus indispensables. Il prévoyait de commencer par le toit du bâtiment principal et recruta une équipe de quatre hommes pour le début des travaux, le lundi suivant. À quinze heures chaque jour, il était de retour chez Maddie pour l'aider à garder les enfants chez Tiffany.

Il passait les nuits sur le sol de l'appartement de Maddie, en rêvant qu'ils pussent revenir, Dieu sait comment, là où ils en étaient avant l'erreur de la soirée chez ses parents. Le mercredi soir, après avoir terminé chez Tiffany, il suggéra une promenade jusque chez Mario pour manger une pizza. Ce que Maddie accepta, car elle commençait à aller beaucoup mieux.

En ville, les gens avaient fini par s'habituer à les voir ensemble, et s'ils s'attiraient toujours des regards fixes, Mac avait appris à les ignorer. Il n'était pas certain que Maddie soit capable de la même indifférence. Mais elle n'avait jamais évoqué le problème. En fait, elle ne lui avait pas dit grand-chose au cours de ces trois journées. Elle lui paraissait ronger son frein en attendant de pouvoir être débarrassée de lui et le désespoir de Mac augmentait un peu plus chaque jour.

Il avait essayé de lui laisser de l'espace pour s'habituer à lui et à l'idée qu'elle l'intéressait. Mais, tout comme le dîner désastreux chez ses parents, ça lui était revenu en pleine figure. Plus il lui donnait le champ large, plus elle devenait lointaine. Il se sentit au bord de l'explosion si quelque chose ne changeait pas très vite.

— Demain, c'est ton jour de congé à l'hôtel, non ?

— Oui, et aussi pour la garderie : Tiffany ne donne pas de cours le jeudi. C'est ce jour-là où en général je vais faire le ménage chez ta mère.

— Il faut que je fasse un saut sur le continent pour acheter du matériel de construction. Je me disais que vous auriez peut-être envie de m'accompagner, Thomas et toi. Tant qu'on y sera, on ira où tu voudras.

Le visage de Maddie trahit aussitôt son débat intérieur : envie, manque, nervosité et, finalement, résignation.

— Merci, mais je crois que je vais rester ici avec Thomas. Je me sens bien mieux et tu n'as plus réellement besoin de t'occuper de nous à partir de maintenant.

Avait-il déjà éprouvé pareille douleur ? Non, jamais. Il tendit la main vers elle et entrelaça ses doigts à ceux de sa main valide, puis la vit regarder nerveusement les autres clients du restaurant bondé.

— Allez, venez. On va bien s'amuser. On pourra acheter des habits de grand garçon à Thomas, et un vélo. Et un ballon. Il lui faut un ballon, j'ai vu qu'il n'en avait pas.

Cette déclaration lui valut l'ombre d'un sourire.

— Il ne sait même pas encore marcher !

— Ça ne va plus tarder maintenant.

— Je ne sais pas, répondit-elle, en jetant toutefois un regard préoccupé au bébé assis sur les genoux de Mac comme si ça avait toujours été sa place.

— Viens avec moi, insista Mac en lui pressant la main. Tu verras, ça va te faire un bien fou d'échapper à l'île une journée.

Il connaissait la plupart de ses expressions à présent et comprit qu'elle était tentée. Il lui décocha son sourire le plus charmeur.

— *Allez...*

— D'accord ! On va venir. Seigneur, tu ne lâches jamais !

— Chouette !

Éperdu de soulagement, il se rassit correctement mais sans lui lâcher la main. Ce n'était pas exactement une avancée, mais au moins la promesse d'une belle journée passée ensemble. Il allait s'en contenter.

Grâce à ses liens avec Joe, Mac put embarquer la camionnette de son père sur le premier ferry dès huit heures le lendemain matin. Joe les convia à le rejoindre dans le poste de pilotage, mais Mac tenait à passer autant de temps que possible seul avec Maddie, aussi déclina-t-il l'invitation.

— Quoi de neuf, mon pote ? lui demanda Joe en souriant quand il lui acheta leurs billets.

— Avec un peu de chance, la chose la plus importante que j'aurai jamais faite dans ma vie.

La mâchoire du capitaine ne fut pas loin de se décrocher.

— Sans blagues ?

— Sans blagues, rétorqua-t-il en tournant les yeux vers Maddie et Thomas, qui observaient les mouettes en attendant qu'il fasse monter le véhicule sur le bateau.

Une fois à bord, ils se rendirent à la proue où des embruns leur aspergèrent régulièrement le visage. Bien à l'abri dans les bras de Mac, Thomas éclatait de rire chaque fois que des gouttelettes lui atterrissaient sur la figure ou quand le bateau tanguait.

— C'est beau, commenta Maddie en regardant la côte nord de l'île disparaître peu à peu dans la brume.

Elle avait l'air le plus tranquille qu'il lui ait jamais connu. Il savait que sortir de l'île lui ferait du bien ! Il ne put qu'espérer que ça *leur* ferait également du bien.

— Quand es-tu allée sur le continent pour la dernière fois ?

— Il y a un an, environ, avant la naissance de Thomas, répondit-elle après un instant de réflexion.

— Pas croyable ! Tu ne te sens jamais enfermée ?

— J'y suis habituée, éluda-t-elle.

— C'est drôle, tu sais, quand j'étais petit, je n'avais pas la possibilité de m'en aller quand je me sentais prisonnier. Alors que ça a été totalement différent une fois adulte : j'ai pu me carapater chaque fois que je le voulais, lui dit-il en riant de cette soudaine révélation majeure. Je n'en avais encore jamais pris conscience.

— L'enfermement m'a longtemps rendue folle, surtout quand j'ai voulu faire des études secondaires, lui répondit-elle avec un sourire triste. Je n'avais pas l'argent pour payer les cours et vivre sur le continent, et il m'était impossible de faire la navette.

Lui n'avait jamais eu ce problème. Il était allé à l'université et n'avait pas eu à se préoccuper du coût des études.

— Qu'aurais-tu étudié si tu avais pu le faire ?

— Soit l'océanographie, soit la biologie. Quelque chose en rapport avec l'eau. Tout ce qui concerne les océans m'a toujours fascinée.

Captivé par cette nouvelle facette de Maddie, Mac étudia son visage alors qu'elle regardait les flots, perdue dans ses pensées.

— Tu sais qu'on peut suivre des cours en ligne.

— J'en étais à la moitié d'un programme de BTS en ligne quand je suis tombée enceinte de Thomas. À présent, j'ai d'autres priorités, précisa-t-elle en saisissant la main de son fils dans la sienne et en le couvant d'un sourire aimant qui attisa la jalousie de Mac.

Ce sourire, il l'aurait tellement voulu pour lui ! Il aurait donné n'importe quoi pour qu'elle lui adresse un sourire authentique, qui illuminerait ses yeux et sa bouche si belle.

— Peut-être un jour pourras-tu le reprendre.

— Peut-être.

Ils accostèrent un peu après neuf heures à Galilée, un petit village de pêcheurs sur la côte sud de Rhode Island. Thomas installé dans son siège auto et Maddie à côté, Mac descendit le véhicule du ferry.

— Et si on commençait par un petit déjeuner, avant de faire tout ce que tu veux ? suggéra Mac.

— Quelle bonne idée !

Alors qu'ils dégustaient des toasts aux œufs dans une gargote du port, il lui demanda où elle aimerait aller.

Elle hésita seulement un instant.

— Au centre commercial, répondit-elle avec un adorable sourire juvénile.

Ému par le retour de son air joueur après trois jours de froideur, Mac McCarthy qui, volontairement, n'avait jamais mis les pieds dans un centre commercial, emmena sa belle amie dans le plus grand centre commercial de Rhode Island.

Au comble de l'excitation, Maddie adora l'élégance de The Providence Place Mall. En bonne coureuse de soldes, elle écuma tous les magasins de vêtements pour enfants et dénicha quelques tenues d'été à prix imbattable pour Thomas. Néanmoins préoccupée par ses finances, elle n'acheta rien pour elle.

Mac la suivait avec une patience inaltérable en tenant la poussette. Jamais il ne la pressa ni ne montra le moindre déplaisir, mais elle savait qu'il était très loin de se régaler. Consciente qu'il avait des choses à faire dans la journée, elle lui dit :

— J'ai terminé, on peut y aller si tu veux.

— On vient juste d'arriver ! précisa-t-il en posant sur elle ses yeux bleu acier. Tu n'as même pas regardé une seule chose pour toi.

— Je n'ai besoin de rien.

— Thomas et moi, on va aller faire un petit tour. On te retrouve ici dans une heure.

— Que vas-tu faire pendant tout ce temps ?

— Acheter deux ou trois bricoles que Janey m'a demandé de lui rapporter.

— Tu es sûr ? fit-elle en se mordillant le pouce et en le dévisageant avec attention.

Il se pencha et lui posa un baiser sur la joue.

— Allez, file. Amuse-toi. Claque un peu d'argent. C'est à ça que servent les cartes bleues.

— Tu as très mauvaise influence sur moi ! s'esclaffa-t-elle.

— Merci. Maintenant, hop, on ne veut plus te voir.

Une heure rien que pour elle dans un centre commercial ! Ravie, Maddie se mit en devoir de faire du lèche-vitrines, s'acheta quelques hauts et deux jeans. Elle s'alloua une grande heure de lâcher-prise à propos de son budget et s'offrit aussi de la lingerie et des chaussettes. Devant la vitrine de Victoria's Secret, elle contempla longuement, rêveuse, une chemise de nuit en soie ivoire qui aurait sûrement l'air ridicule sur elle. Mais quand même, c'était amusant de la regarder et d'imaginer…

En retrouvant Mac et Thomas, elle découvrit que lui aussi avait fait bon usage de cette heure de liberté. Le panier sous le siège de Thomas débordait littéralement de sacs colorés. Elle aperçut même une batte de base-ball qui dépassait et, quand elle haussa un sourcil interrogateur en direction de Mac, celui-ci lui répondit par un adorable sourire timide. Au milieu de tous les sacs, elle en détecta un aux rayures roses caractéristiques.

— Janey t'a demandé de lui acheter quelque chose chez Victoria's Secret ?

— Ce n'est pas pour elle, répondit-il, énigmatique.

Elle en eut les genoux en flanelle. Qu'avait-il fait ? Elle n'en avait pas la moindre idée, mais n'allait certainement pas le lui demander. Elle avait appris à ne pas encourager le comportement extravagant de Mac.

— On y va ? lui demanda-t-il en lui passant un bras autour des épaules.

— Oui.

Alors qu'ils se dirigeaient vers le parking, elle leva les yeux vers lui.

— Merci.

— Ça me fait plaisir, chérie, répondit-il en lui posant un baiser sur le sommet de la tête.

Sur le long chemin de retour vers le ferry en passant par Newport, Mac arrêta la voiture non loin du manège de First Beach. Il en offrit cinq tours à Thomas, pour lequel c'était une première, et qui adora cela. Maddie dut finir par leur rappeler l'heure ; ils avaient un ferry à prendre.

— Tu es en train de le gâter-pourrir, le gronda-t-elle gentiment alors qu'ils faisaient une dernière halte à la scierie.

Et moi aussi, eut-elle envie d'ajouter, sans le faire.

— Oui, et ?

— Je n'aimerais pas qu'il s'y habitue. La semaine prochaine, de retour dans sa vie de tous les jours, il se demandera où est parti Papa-gâteau.

Ces paroles n'avaient pas passé ses lèvres qu'elle les regretta. Faire référence à Mac comme le père de Thomas, même en plaisantant, était mal, et injuste. Il était déjà évident que Mac commençait à s'attacher à son fils, et vice-versa.

— Je ne pars nulle part, répondit-il, mais ses mains se crispèrent sur le volant.

— Tu vas retourner à Miami.

— Pas de sitôt.

Maddie s'interdit de se réjouir. Pourtant, plus elle passait de temps avec lui, plus elle rêvait de pouvoir garder Mac pour toujours. Jamais elle n'avait connu d'homme aussi prévenant, attentif et sincère que lui. Ajouté à cela qu'il était sexy en diable, il y avait de quoi le rendre irrésistible. Au cours de cette superbe journée ensemble, elle avait commencé à se croire folle de lui résister ainsi. Peut-être devrait-elle céder et avoir une aventure échevelée avec lui. Toute l'île était déjà persuadée que c'était le cas, alors pourquoi ne pas foncer ? Au moins, si elle le faisait, aurait-elle de plaisants souvenirs pour l'aider à tenir le coup quand il serait rentré à Miami. Oui, mais qui aiderait son cœur à survivre si jamais elle lui en livrait ne fût-ce qu'un petit bout ?

Trop tard, c'est déjà fait ! ricana le diable sur son épaule gauche.

9

Dans sa poussette, Thomas dormit pendant le trajet du ferry vers Gansett. Elle-même somnolente après la plus belle journée qu'elle eût passée depuis des années, Maddie laissa retomber sa tête sur l'épaule de Mac. Celui-ci lui passa un bras autour des épaules et lui fit prendre appui contre son torse. Elle laissait ses yeux se fermer quand elle reconnut un visage familier, de l'autre côté de la grande salle.

Il lui sourit.

Elle sursauta et releva brusquement la tête.

— Que se passe-t-il, chérie ? s'enquit Mac.

— Seigneur Dieu, le père de Thomas, chuchota-t-elle, en tirant impulsivement la poussette plus près d'elle.

Le cœur battant à tout rompre, elle se redressa en voyant l'homme grand et brun se diriger vers eux. Il avait plus de cheveux gris mais, ce détail mis à part, il n'avait guère changé depuis leur dernière rencontre.

Mac raffermit son bras autour d'elle.

— Je me disais bien que c'était toi, Maddie. Comment vas-tu ?

Un instant paralysée, elle ne put formuler une pensée rationnelle.

— Je, euh… ah, ça va bien.

Quand il tourna la tête vers Mac, elle retrouva ses bonnes manières.

— Tom Wilkinson, je te présente, euh...

— Mac McCarthy, son mari, enchaîna Mac en tendant la main à l'homme. Et voici Garrett, notre fils, ajouta-t-il en désignant Thomas. Ravi de faire votre connaissance.

Maddie tourna la tête pour dévisager Mac, mais il lui renvoya un regard neutre signifiant : « laisse-moi faire ».

— Tu es mariée, commenta Tom avec ce sourire charmeur qui l'avait convaincue de lui offrir sa virginité, même s'il ne s'en était pas rendu compte.

— Eh bien, quelle déception, ajouta-t-il.

— Je te demande pardon ? répondit Maddie d'une voix étranglée.

— J'étais en route pour aller te voir.

— Oh.

— Oui, dommage pour moi, reprit-il avec ce qui sembla un authentique regret. Je crois que j'ai attendu trop longtemps.

— Maddie n'est pas le genre de femme qu'on laisse échapper, intervint Mac.

Le souffle carrément bloqué dans la gorge, Maddie regarda Tom se pencher sur Thomas.

— Superbe bébé.

— Merci, nous l'adorons, répondit Mac.

Excellente réponse, songea Maddie, reconnaissante à Mac de pouvoir parler puisqu'elle en était totalement incapable. Son cœur battait si vite, si fort qu'elle eut peur qu'il n'explose dans sa poitrine.

— Vous êtes un homme heureux, dit Tom à Mac.

— J'en suis conscient, croyez-moi.

— Je suis heureux de t'avoir revue, Maddie.

Elle s'éclaircit la gorge et fourra ses mains tremblantes entre ses genoux.

— Moi aussi.

— Bonne chance à vous deux.
— Merci.
Tom s'éloigna. Maddie s'avachit de soulagement sur son siège. Ce moment, elle l'avait imaginé un bon million de fois, en s'attendant à ce qu'il *sache* dès le premier coup d'œil lancé sur son fils. Ça n'avait pas été le cas. Grâce à Mac, qui avait tout de suite su dire ce qu'il fallait, Tom ne s'était douté de rien, Dieu merci.
Mac resserra son étreinte sur elle.
— Respire, bébé, lui murmura-t-il à l'oreille, faisant naître des frissons sur sa peau soudain si sensible. C'est fini. Respire un grand coup.
Maddie fit ce qu'il lui disait, et cela aida à ralentir son cœur encore affolé.
— Tu lui as donné le prénom de son père.
— Je tenais à ce qu'il ait quelque chose de...
— Je comprends.
Elle le regarda, et ses yeux bleus firent naître en elle une conscience extrême de lui, de ce qu'il semblait éprouver pour elle, de ce qu'elle commençait à ressentir pour lui.
— Je sais que j'ai souvent dit cela dernièrement, mais merci. Ce que tu as fait...
Il lui inclina le menton et posa un baiser très doux sur ses lèvres.
— M'a aussi fait très plaisir.

Une fois Thomas installé dans son petit lit pour terminer sa sieste, Mac se tourna vers Maddie, qui l'avait suivi dans la chambre.
— Sors avec moi ce soir.
Elle se mordilla la lèvre inférieure.
— Comme pour un rendez-vous galant ?
— Oui, un vrai rendez-vous, fit-il en faisant un pas vers elle.
— On a été ensemble toute la journée et je ne peux pas laisser Thomas.

Un autre pas.
— Ma sœur le gardera. Elle va adorer ça.
Au diable l'espace à lui donner. Il la voulait entre ses bras. Tout de suite. Il fit le dernier pas les séparant, posa une main sur sa hanche et l'attira à lui.
— J'ai envie de t'emmener. De t'offrir un bon repas. De te faire la cour.
Maddie s'empourpra.
— Tu as déjà fait tant…
— Je n'en ai largement pas fait assez.
Il se pencha, effleura ses lèvres et se régala de l'entendre reprendre brusquement son souffle. Encouragé, il lui reprit la bouche et l'embrassa en faisant courir ses mains sur tout son dos. Quand elle referma les bras autour de son cou, il la souleva et poussa un grognement sourd alors qu'elle nouait les jambes autour de ses hanches. De peur de réveiller le bébé, il s'éloigna dans le couloir, où il la plaqua contre le mur et l'embrassa avec la passion qu'il contenait depuis si longtemps.
Elle l'agrippa par les cheveux pour l'empêcher de séparer sa bouche de la sienne. Puis elle se tortilla contre lui. Il en eut les jambes en coton et des étoiles plein les yeux.
Il l'embrassa jusqu'à manquer d'air. Il s'enfouit alors le visage dans ses cheveux parfumés et inhala l'odeur qu'il reconnaîtrait désormais entre mille.
— Maintenant qu'on s'est débarrassé du bisou-bonne nuit, qu'en dis-tu ? Veux-tu bien sortir avec moi ?
— Es-tu sûr que ça ne dérangera pas Janey ? lui demanda-t-elle en souriant.
— Certain.
— Alors, oui, j'aimerais beaucoup sortir avec toi.
— T'ai-je dit dernièrement à quel point j'aime être marié avec toi ? lui déclara-t-il en lui parsemant le cou et le visage de baisers.
Pour toute réponse, il eut droit à cet éclat de rire sincère et cristallin qu'il en était venu à adorer et il dut

faire un effort colossal pour ne pas dire le reste tout de suite. *Je t'aime. Je t'aime tant que j'en ai mal.*

— Que penses-tu ? Là, en ce moment ? lui demanda-t-elle en lui caressant le visage.

Pris de court, il ne sut que répondre.

— Je ne peux pas te le dire.

— Pourquoi ?

Il l'embrassa, luttant pour rester léger, pour conserver le contrôle de ses désirs et de ses émotions.

— Parce que ça t'effraierait.

— Oh, allez. Dis-moi.

— Je te propose un marché : si tu as toujours envie de savoir ce que je pensais il y a trente secondes, je te le dirai après notre rendez-vous galant.

— Tu me diras la vérité ?

— Toujours.

Il l'embrassa de nouveau avant de la remettre bon gré mal gré sur ses pieds.

— Il faut que je fasse un saut à la marina pour décharger le bois et rendre sa camionnette à mon père. Ça va aller pendant ce temps ?

— Bien sûr. Tu n'as plus besoin de veiller sur nous comme une mère poule.

Il lui posa un dernier baiser sur les lèvres.

— J'adore jouer les mères poules. Je reviens te prendre dans une heure.

— Et tu appelleras Janey ?

— C'est déjà fait.

— Toujours aussi sûr de toi, n'est-ce pas ?

— J'étais surtout plein d'espoir, c'est tout. Je reviens, lui promit-il en lui donnant un ultime baiser.

Mac empila les poutres et le bois sur le parking de la marina. En sueur sous le soleil de fin d'après-midi, il enleva son tee-shirt et entreprit de décharger une planche de contre-plaqué. Il n'était pas loin d'avoir terminé quand une blonde élancée sortit du Tiki Bar et vint vers lui, un verre de vin à la main. Très bronzée, elle portait un bustier blanc sur un short rose vif.

— Vous devez être Mac. J'ai beaucoup entendu parler de vous, ronronna-t-elle d'une voix aguicheuse.

— J'ai peur que vous me voyiez dans un mauvais jour, répondit-il en essuyant du bras la sueur qui dégoulinait sur son front.

Elle lâcha un petit rire sensuel.

— Mais enfin, où donc sont passées mes bonnes manières ? Doro Chase.

Le souvenir de ce nom lui revint en même temps que celui du dîner chez ses parents quelques jours auparavant. Ce dîner qu'il voulait tant chasser de sa mémoire.

— Ah, oui, vous êtes une amie de ma mère. Enchanté.

— C'est *moi* qui suis enchantée, répondit-elle en laissant courir un regard appréciateur sur son torse nu.

Seigneur, elle était ridicule ! Avait-il jamais craqué pour ce genre de filles ? Euh, oui, mais c'était avant. Il songea à la femme douce et sans prétentions qui l'attendait en ville, et auprès de laquelle il voulait retourner le plus vite possible.

— Votre mère m'a dit que vous alliez redevenir insulaire un moment, reprit Doro.

— C'est exact.

— Il faudra qu'on sorte ensemble un de ces soirs.

— Je vais être passablement occupé, répondit-il en remettant son tee-shirt.

Et en étant prêt à jurer qu'il avait vu de la déception passer dans les yeux bleus de la fille. Il désigna d'un geste le toit à moitié effondré du bâtiment principal et ajouta :

— Il y a beaucoup de travaux à faire ici.

Elle arbora alors cette moue idiote que certaines femmes font si bien, mais qui n'eut pas le moindre effet sur lui.

— Vous ne pouvez pas travailler *tout le temps*.

— Vous ne croyez pas si bien dire. D'ailleurs, je suis attendu quelque part, ajouta-t-il en consultant ostensiblement sa montre. Je vous souhaite une bonne soirée.

Il grimpa dans la camionnette, la démarra et jeta un coup d'œil dans le rétroviseur, pour voir Doro toujours plantée là où il l'avait laissée. Elle essayait probablement de comprendre comment elle s'était débrouillée pour laisser échapper une si belle proie.

Cette bonne vieille Doro, ça ne devait pas lui arriver souvent ! songea-t-il, amusé.

Au sommet de la colline, il se gara dans l'allée où sa moto l'attendait. Il descendit de voiture et alla chercher un casque dans le garage. Il souffla dessus pour le débarrasser de sa poussière, l'attacha au porte-bagages et jeta un rapide regard à la maison. Il aurait bien aimé aller dire bonjour à son père, mais il n'avait aucune envie de tomber sur sa mère et devoir répondre à ses dix mille questions. Alors qu'il pesait le pour et le contre, elle se matérialisa à la porte. Il réprima un grognement.

— Bonjour, étranger.

— Salut, maman. Je ramenais la camionnette.

— Je vois cela.

— Papa est dans le coin ?

— Il est sous la douche, répondit-elle en ouvrant la porte-moustiquaire pour sortir sur le porche. Veux-tu entrer boire une bière ?

— On m'attend.

— Évidemment.

— Écoute, maman...

— J'ignore le genre de pouvoir qu'a cette femme sur les hommes de cette ville, mais c'est apparemment quelque chose.

Mac dut lutter pour conserver son sang-froid et leva les yeux au ciel en quête de patience.

— Tu n'as aucune idée de ce dont tu parles et, une fois encore, je te conseillerais d'être très prudente.

— Sinon quoi ?

— Sinon je les prends sous mon bras, elle et son fils, et je les emmène à Miami. Je suis bien trop vieux pour devoir me justifier auprès de ma mère.

— Oh, Mac. Tu pourrais avoir tellement mieux !

— Comme ta bonne copine Doro Chase, par exemple ? s'exclama-t-il avec un rire amer.

— Par exemple.

— Je viens justement d'avoir le plaisir de faire sa connaissance et elle m'a rappelé une centaine de femmes que j'ai connues. Elle ne m'intéresse pas le moins du monde.

— Et tu l'as su après, quoi, cinq minutes ?

— En fait, trente secondes m'ont suffi.

Avant que Linda pût trouver une réponse à cela, Big Mac sortit lui aussi sur le porche.

— Eh, fiston. C'était comment le continent ?

Soulagé de le voir, Mac lui sourit.

— Ça a été une belle journée. J'ai trouvé tout ce que je voulais pour commencer fort lundi.

— Bien. J'apprécie, tu sais.

— Et moi, je suis ravi de pouvoir t'aider, répondit Mac en remontant l'allée pour rendre ses clefs à son père.

— Les tiennes sont sur le contact.

— Merci. À demain tous les deux.

— Passe une bonne soirée, fils, répondit Big Mac en passant un bras autour de sa femme.

— Vous aussi.

Linda n'énonça pas le moindre mot alors qu'il démarrait la moto et s'en allait en agitant la main.

Tout en faisant très attention à sa main, Maddie fit dîner Thomas, le baigna et lui mit son pyjama avant de l'installer dans son petit lit avec des jouets pendant qu'elle prenait une douche. Il ne se passerait rien, bien sûr, mais elle se rasa les jambes. Au cas où. En fait, de qui se moquait-elle ? Elle voulait qu'il se passe quelque chose !

Quand Mac avait prétendu être son mari et le père de Thomas, il s'était gagné bien malgré elle le restant de son cœur. Elle était cuite. Mais aussi, comment résister à un type qui non seulement réagissait au quart de tour mais avait aussi un instinct de protection d'une ampleur inégalée ? Ces questions ne l'empêchaient pas d'être préoccupée par une foule de choses. Ce soir, cependant, elle allait les chasser de son esprit. Ce soir, elle allait profiter de son premier rendez-vous galant depuis une éternité, avec un homme merveilleux et superbe qui semblait fou d'elle.

Elle fit la grimace en baissant les yeux sur les plaies et meurtrissures de ses jambes. Juste ce qu'il lui fallait pour une soirée qu'elle espérait romantique. Elle se sécha les cheveux, les brossa jusqu'à ce qu'ils retombent, soyeux, sur ses épaules. Elle s'enduisit le corps de lait hydratant parfumé, se maquilla très légèrement et enfila les nouveaux dessous qu'elle s'était offerts dans la journée. C'était agréable, pour une fois, de porter un soutien-gorge féminin, même s'il ne lui procurait pas le même genre de soutien. Ce soir, elle allait s'en moquer. Elle ôta les étiquettes d'un nouveau petit haut ajouré au décolleté plus profond que ce qu'elle portait d'habitude, et enfila une minijupe noire qui lui arrivait à mi-cuisses. Dans le fond de son placard, elle dénicha une paire de sandalettes noires à talons hauts.

Elle se sentit prête. Sexy. Nerveuse à l'extrême. Une serviette jetée sur son épaule afin de protéger sa tenue, elle récupéra Thomas dans son lit et l'emmena faire un câlin dans le living-room. Si une chose pouvait réussir à apaiser son état de nerfs, c'était bien cela.

— On a vu ton père aujourd'hui, bonhomme.

Il prit son adorable expression pensive, presque renfrognée. Parfois, Maddie se disait qu'il comprenait chacun des mots qu'elle lui disait. Elle était de plus en plus impatiente d'avoir de vraies conversations avec lui.

— Je sais, ce n'est pas bien de lui avoir caché que tu étais son fils, mais lui aussi m'a dissimulé beaucoup de choses. Je n'ai pas envie qu'il entre dans ta vie s'il manie aussi bien le mensonge, tu comprends ?

Thomas tendit la main vers ses cheveux et en tira une mèche.

— Maman est jolie, à ton avis ? Ce soir, j'ai envie d'être jolie. D'ailleurs, j'ai une question à te poser : que penses-tu de Mac ? Réponds-moi franchement.

Le bébé laissa échapper un gazouillis et lui fit un grand sourire plein de sa belle dent toute neuve.

— D'accord, compris. Les hommes, vous faites corps, répliqua Maddie en souriant et en soulevant Thomas pour le poser sur sa cuisse. Il est plutôt joli garçon, non ? Et il t'aime beaucoup en plus.

Thomas se balança sur sa cuisse et une goutte de salive lui coula sur le menton.

— Sa sœur Janey va venir jouer un petit moment avec toi avant le dodo, reprit Maddie en lui essuyant le visage. Tu veux bien être gentil avec elle pour que maman puisse s'amuser un peu ce soir ?

Un autre gazouillis.

— Merci, bonhomme. Vraiment.

En entendant la moto s'engager dans l'allée, elle sentit son cœur passer la surmultipliée.

— Le voilà, murmura-t-elle.

Thomas poussa un cri d'excitation et elle fut certaine que le bruit du moteur de la moto lui était à présent familier. Son fils s'attachait à son nouvel ami ; ça la ravissait et la terrorisait en même temps.

Mac gravit l'escalier en courant comme s'il était impatient de les revoir.

— Salut, lança-t-il en passant la porte. Prêt pour aller au dodo, mon grand ?

Il se pencha pour embrasser la joue ronde du bébé et tourna les yeux vers Maddie. Yeux qui s'écarquillèrent aussitôt.

— Hou là ! s'exclama-t-il. Tu es superbe.

— Merci, répondit-elle en s'empourprant.

— Il faut juste que je file prendre une douche rapide, reprit Mac, apparemment incapable de détacher ses yeux d'elle. Janey va arriver d'une minute à l'autre.

— Va, je suis prête.

Cela semblait si intime, songea Maddie en le regardant disparaître dans la salle de bains. Elle à la maison avec l'enfant et papa qui rentrait du travail. Un beau fantasme, assurément, un fantasme qu'elle n'avait jamais eu avant d'être renversée par un homme correct, sexy et attentionné. Cet « accident » allait-il s'avérer la plus belle chose qui lui soit arrivée dans la vie ? ne put-elle s'empêcher de se demander.

— Qu'en penses-tu ? demanda-t-elle à Thomas.

— Est-ce qu'il peut déjà te répondre ? s'enquit Janey au travers de la porte-moustiquaire.

— Non, mais bientôt, j'espère, s'esclaffa Maddie en lui faisant signe d'entrer.

— Salut, petit mec, déclara Janey en tendant les bras vers le bébé.

Celui-ci accepta qu'elle le prenne, mais conserva un œil inquiet sur sa mère.

— Regarde un peu ce que j'ai trouvé en venant.

Janey sortit de son sac un agneau en peluche et le montra à Thomas.

Qui l'étudia à sa manière, sérieux comme un pape.

Janey glissa alors le doigt dans un anneau attaché à l'agneau, et la chanson « *Mary Had A Little Lamb*[1] » qui en sortit fit sourire le bébé.

---

1. Marie avait un petit agneau. *(N.d.T.)*

— Comme c'est gentil, Janey, commenta Maddie. Où l'as-tu trouvé ?

— Chez Abby's Attic. C'est une de mes amies qui tient la boutique.

— Oh, j'adore ce magasin !

— J'ai oublié de prendre des vêtements, dit Mac en sortant de la salle de bains, une serviette autour des reins. Bonsoir, Janey.

Sa sœur se plaqua les mains sur les yeux.

— Ouche, mets-toi vite quelque chose sur le dos, veux-tu ? s'écria-t-elle avant de se retourner vers Maddie pour ajouter : Tu vois un peu avec quoi j'ai grandi ? Toujours l'impression de vivre dans une saleté de vestiaire pour garçons !

— Mmm. Ça a dû être terrible, fit Maddie en s'emplissant les yeux du corps mince et musclé de Mac.

Celui-ci attrapa des habits propres, lui jeta son sourire irrésistible et disparut de nouveau dans la salle de bains.

— Eh bien. On dirait que vous êtes bien accrochés tous les deux, s'exclama Janey en riant.

— Apparemment, répondit Maddie avec un petit soupir. Je m'embarque probablement vers un désastre, mais il n'y a rien à faire, je ne semble pas capable de m'en empêcher.

— C'est lui le meilleur, Maddie. Et je ne dis pas ça parce que c'est mon grand frère.

— Alors tu ne verrais pas d'inconvénient si nous... tu vois ce que je veux dire...

— J'en aurais peut-être vu un avant de te connaître, mais il m'apparaît maintenant que tu es exactement celle qu'il lui faut.

Touchée, Maddie contempla la sœur de Mac d'un nouvel œil.

— Dommage que ta mère ne pense pas la même chose.

— Ne la laisse pas t'atteindre. Nous tous, on se contente de l'ignorer quand elle devient déraisonnable.

Ce commentaire fit sourire Maddie. Grâce à Mac, et pour la deuxième fois de la semaine, elle eut le sentiment de pouvoir se faire une nouvelle amie.

— Seriez-vous en train de parler de moi, mesdames ? s'enquit Mac en émergeant de la salle de bains en short et polo bleu marine.

— Tu plaisantes ? Nous avons des sujets de conversation bien plus importants que ta petite personne ! rétorqua sa sœur.

Mac lui tira la langue et tendit les bras vers Thomas.

— J'ai besoin d'une minute avec mon petit copain avant de partir.

Trente secondes plus tard, Thomas hurlait de joie tandis qu'il le faisait tourner autour de lui.

— Ne l'excite pas trop pour Janey, lui recommanda Maddie avant de se tourner vers cette dernière : Viens, pendant qu'ils s'amusent, je vais te montrer où se trouve tout ce dont tu pourrais avoir besoin.

— Bonne idée.

Quand ils partirent quelques instants plus tard, Thomas se mit à pleurer.

— Tout va bien se passer, déclara Mac en passant un bras autour des épaules de Maddie alors qu'ils descendaient l'escalier.

— Et s'il est inconsolable ? Et s'il était infernal avec elle toute la soirée ?

— On appellera dans un petit moment. Et s'il ne va pas bien, on rentrera.

— Ça ne te dérangera pas ? l'interrogea-t-elle en levant les yeux vers lui.

— Bien sûr que non, répondit-il en lui donnant un baiser léger. Je veux être certain que tu passes un bon moment.

Il prit la veste de denim qu'il lui avait recommandé d'emporter et la lui passa sur les épaules.

— Tu vas en avoir besoin, lui dit-il avant de lui attraper la main et de l'emmener vers la moto.

— On y va sur *ça* ?

— Est-ce que ça te va ?

Elle regarda l'engin et songea à ses plaies à peine refermées.

— Tu ne crains rien du tout, je te le jure.

— Mais je suis en jupe.

— Il fait nuit, et personne ne verra rien, à part moi, peut-être. Et ça ne me dérange pas du tout.

Son irrévérence la fit sourire.

— Je ne suis jamais montée sur une moto.

— Alors, ça va être ton baptême. Tu vas voir, tu vas adorer ça ! commenta-t-il en l'aidant à coiffer son casque.

— Heureusement que je ne me suis pas embêtée à me coiffer, ironisa-t-elle.

— Ils se remettront en place tout seuls, la rassura-t-il avec un baiser dans le cou. Tu es splendide et tu sens divinement bon.

Il lui ajusta sa jugulaire et l'aida à enfourcher la moto. Puis il s'installa devant elle.

— Tiens-moi aussi serré que tu peux.

— Je te vois venir, McCarthy, répondit-elle en riant et en lui passant les bras autour de la taille.

— Plus serré, s'esclaffa-t-il à son tour.

Elle aplatit les mains sur son ventre et découvrit qu'il n'avait pas un poil de graisse. Les cuisses de Maddie serrées contre les siennes, ses mains sur son ventre, Mac eut envie de ronronner de plaisir.

Il démarra la moto et descendit l'allée.

En passant devant la terrasse de Tiffany, Maddie vit rougeoyer une cigarette qui illumina brièvement le visage de sa sœur et sa mine désapprobatrice. Déterminée à ne laisser personne lui gâcher cette soirée, Maddie détourna la tête.

10

Ils ne prirent pas le chemin le plus court et longèrent la côte méridionale de l'île pour se rendre chez Dominic's, un restaurant italien situé dans la grand-rue. Impressionnée par la dextérité avec laquelle Mac pilotait sa moto, Maddie prit beaucoup de plaisir à la balade. À la façon dont ils suivaient ensemble les mouvements de la machine, elle eût presque cru qu'ils avaient déjà parcouru des milliers de kilomètres tous les deux. Quand il s'arrêta finalement sur une place de parking, elle enleva son casque et secoua la tête pour que ses cheveux se remettent en place.

— Alors ? Qu'en as-tu pensé ? l'interrogea-t-il avec un sourire.

— J'ai adoré !

— Et moi donc.

— Mais ce n'est pas nouveau, pour toi ! s'exclama-t-elle avec étonnement.

— Si, avec toi plaquée contre moi, ça a été la plus belle promenade que j'aie jamais faite !

Incroyables, les choses qu'il pouvait lui dire !

Avant tout, il passa un coup de téléphone à Janey et confirma à Maddie que Thomas se comportait en petit enfant normal.

— Ouf, quel soulagement ! Je te remercie d'avoir appelé, s'exclama-t-elle.

— Je t'en prie. Ce restaurant est un de ceux que je préfère. Il te convient ?

— Il est hors de prix, paraît-il.

— Aucune importance.

— Tu ne travailles pas en ce moment. Comment peux-tu t'en moquer ?

— Chérie, je suis associé dans mon affaire. Que je travaille ou pas, le chèque tombe à la fin du mois.

— Ce doit être agréable.

— Ce n'est pas déplaisant.

Elle éclata de rire. Il lui passa un bras autour des épaules et l'entraîna vers la porte du restaurant.

— Est-ce que ça va, mes cheveux ?

— Tu es superbe. Là-dedans, tous les hommes vont me jalouser.

— C'est cela, oui, rétorqua-t-elle, amusée par son exubérance.

À l'intérieur, on les conduisit à une table située au milieu de la grande salle bruissant d'activité. Mac lui tint sa chaise, puis s'installa à sa gauche plutôt qu'en face. Elle fut ravie de constater qu'il préférait rester tout près d'elle, mais perçut également très vite qu'elle était le point de mire de toute la clientèle. Le rouge envahit peu à peu son cou et son visage.

— Qu'est-ce qui cloche ? s'enquit Mac.

— Tout le monde nous regarde.

— Ils se demandent comment j'ai réussi à convaincre une si belle femme de dîner avec moi.

— C'est ça, répondit-elle en lui jetant un regard qui en disait long.

Elle but une gorgée du verre d'eau glacée déjà présent sur la table.

— Tu veux savoir ce qu'ils pensent vraiment ? demanda-t-elle.

Il lui prit la main et entrelaça ses doigts aux siens, message explicite à l'adresse de quiconque regardait.

— Si tu savais comme je m'en fous.

Et, sur ce simple commentaire, il réussit à évacuer l'angoisse de Maddie. Mais pourquoi se souciait-elle du regard des autres ?

— Ce doit être agréable de traverser la vie en se moquant de ce que les gens pensent de soi.

— Ça a été plus facile pour moi que pour toi.

Une fois le serveur devant leur table, Mac parcourut la carte des vins et commanda une bouteille de bordeaux avant de lui demander :

— Préférerais-tu boire autre chose ?

— Non, du vin, ce sera très bien. Merci.

— Parfait, déclara le serveur. Je reviens prendre votre commande.

Maddie ouvrit le menu et n'y trouva pas une seule entrée à moins de trente dollars.

— Qu'est-ce qui te tente, chérie ?

— Je n'ai pas très faim, en réalité. Je vais probablement juste prendre une soupe.

— Oh, allez. Tu peux faire mieux.

— Vraiment, c'est tout ce que je veux.

Il posa son menu et se pencha vers elle.

— Que se passe-t-il, Maddie ?

Elle s'empourpra une fois encore. Jamais elle n'avait autant rougi que depuis qu'elle le connaissait.

— Les prix sont ridiculement élevés, chuchota-t-elle.

— Maddie, chérie, je t'en prie. Prends ce dont tu as envie.

— Mais je pourrais vivre deux semaines avec ce que va coûter ce repas !

— As-tu envie qu'on aille ailleurs ? lui demanda-t-il en portant sa main à ses lèvres. Tout ce que je veux, c'est que tu passes une bonne soirée. Je me fiche de l'endroit où on est.

— Excuse-moi. Tu es si gentil, et moi, je gâche tout.

— Tu es pratique et moi frivole.

— Je n'y peux rien. Je n'ai jamais eu la chance d'être frivole.

— Est-ce que ça t'ennuie que je te gâte un peu ? Juste ce soir ? Choisis quelque chose de fabuleux, qui te met l'eau à la bouche rien qu'à lire l'énoncé du plat. Et ne regarde surtout pas le prix.

— Je ne sais pas si je pourrai le faire.

— Alors, je vais le faire pour toi, répliqua-t-il en reprenant son menu. Tu m'as dit que tu adores les crevettes. Que dirais-tu de *scampi* ?

— Trop d'ail, fit-elle en plissant le nez.

— Et si j'en prenais, moi aussi ? Comme ça, on tuera les mouches tous les deux !

Elle pouffa alors même que ces paroles lui faisaient entrevoir une inimaginable fin de soirée.

— Quels autres choix ai-je ?

— Les fruits de mer *fra diavolo*.

— Qu'est-ce que c'est ?

Mac lui lut la description du plat de pâtes épicées garnies de clams, de moules, de coquilles Saint-Jacques et de crevettes.

— Mmm, tout cela m'a l'air appétissant en diable. Est-ce que ça ne dépasse pas les cinquante dollars ?

Avec son sourcil relevé, Mac passa de sexy à canaille.

— On ne regarde pas cela, tu te souviens ?

Il avait une façon bien particulière de pouvoir rire de tout, même de ses paniques monétaires.

— Je ne sais vraiment pas comment tu arrives à faire ça, soupira-t-elle.

— Faire quoi ?

— Arriver l'air de rien à me faire surmonter mes blocages.

— Je veux juste ton bonheur. Et je me contrefiche de ce qu'il faut faire pour y arriver.

— Tu es sincère, n'est-ce pas ?

Il lui déclara alors, sans lâcher ses yeux des siens :

— Tout ce que tu voudras. Quand tu le voudras.

— J'ai encore un mal fou à croire que tu éprouves cela pour moi. J'ai tout autant de mal à m'y habituer.

— Eh bien, il va falloir que tu t'y fasses ; c'est là pour durer.

— Comment peux-tu seulement le savoir au bout de quelques jours à peine ?

— Je te l'ai dit. Je l'ai su au bout de quelques minutes.

Le serveur leur apporta le vin et se mit en devoir de procéder au cérémonial d'ouverture de la bouteille et d'en verser un peu à Mac pour qu'il le goûte. Maddie le regarda faire, hocher la tête en direction du garçon et passer leur commande. Il était manifestement coutumier du rituel.

— La nourriture est sublime ici, lui apprit-il quand on leur apporta leurs amuse-gueules.

— Elle peut ! marmonna-t-elle.

Mac éclata de rire avant de lui tendre un anneau de calamar frit à la becquée.

— Alors, je me disais…

— Quoi donc ? répondit Maddie, méfiante.

— Tom.

— Oui ?

— Tu m'as dit que le père de Thomas était écrivain. Tu n'as pas précisé qu'il s'agissait de Tom Wilkinson, l'auteur de best-sellers.

— Ah, j'aurais oublié ce détail ?

— Tu le sais très bien. Ce que je ne comprends pas, en revanche, c'est la raison pour laquelle tu l'as laissé s'en tirer comme ça, alors qu'il aurait pu vous rendre la vie bien plus facile, à Thomas et à toi.

— Je n'ai jamais voulu prendre le risque qu'il veuille m'enlever Thomas. Et s'il décidait qu'il ne pouvait pas vivre sans son fils ? Comment aurais-je pu m'y opposer alors qu'il disposait de toutes les ressources nécessaires ?

— Je ne sais pas grand-chose des écrivains, mais ça m'étonnerait qu'il tienne à ce que soit rendu public son mensonge sur sa prétendue vasectomie. Plus sa rupture par simple texto alors que tu étais enceinte de lui. Si j'étais un de ses lecteurs et que j'apprenais ça, sûr et certain que je n'achèterais plus un seul de ses bouquins.

Se rendait-il compte combien il devenait adorable quand il prenait sa défense avec tant de feu ?

— Quoi ? bougonna-t-il. Qu'y a-t-il de si drôle ?

— Toi.

— Je suis sérieux, Maddie ! Que tu te préoccupes tant de ton budget alors qu'il pourrait contribuer à l'éducation de son fils en grand style est proprement ridicule !

— Nous n'avons pas besoin de grand style. Nous nous en sortons très bien comme ça.

— C'est faux et tu le sais.

— Peut-être, mais je ne prendrai jamais le risque de perdre Thomas. Et puis, maintenant, il est persuadé que je suis mariée et une heureuse mère. Je n'entendrai plus jamais parler de lui.

— Qu'as-tu ressenti ? s'enquit Mac en tripotant le pied de son verre, avant de relever les yeux vers elle. En le revoyant ?

— Quand je l'ai vu, je n'ai pensé qu'à une seule chose : il allait voir Thomas et comprendre que c'était son fils, commença-t-elle, en tendant une main vers la sienne cette fois-ci, et en se régalant de la surprise qui se peignit sur les traits de Mac. Mais grâce à la façon dont tu as réagi, je n'aurai plus jamais à me préoccuper de ça.

— Tu crois qu'il a gobé mon baratin ?

— J'en suis sûre, répondit-elle en lui pressant la main. Tu ne t'en es pas rendu compte mais, aujourd'hui, tu m'as débarrassée de ma plus grande angoisse. Je vivais en permanence dans la peur qu'il frappe un jour à ma porte et que tout soit fini. Mais parce que je t'ai rencontré, parce que tu m'as fait tomber de vélo et que depuis tu t'incrustes dans ma vie…

— Eh ! Tu aimes que je m'incruste !

— À cause de tout cela, poursuivit-elle en réprimant un rire, et parce que tu as été si réactif aujourd'hui, je n'aurai plus jamais à m'en inquiéter. C'est énorme. Tu ne sais pas à quel point je t'en suis reconnaissante. Si je n'avais pas été avec toi, il serait venu chez moi – il l'a dit – et qui peut savoir ce qui serait arrivé ?

— Désormais, je ne veux plus que tu t'inquiètes ou aies peur de quoi que ce soit, affirma Mac avant de baisser les yeux sur leurs mains jointes, puis de les reporter sur elle : Donc, tu n'as pas… euh… Il ne t'a pas attirée ?

Elle sourit devant sa préoccupation et répondit :

— Pas le moins du monde. En fait, ce serait plutôt quelqu'un d'autre qui m'attire en ce moment.

Oh, cette confusion sur son visage ! Adorable !

— Quel est son nom ? s'efforça-t-il de l'interroger d'un ton sévère, mais en n'y réussissant qu'à moitié.

— Tu ne le connais pas.

— Seigneur ! Elle reprend d'une main ce qu'elle donne de l'autre ! déclama-t-il avec emphase en s'agrippant la poitrine à deux mains comme si elle venait de le poignarder.

À le voir ainsi, joueur, sexy, généreux, solide, Maddie comprit qu'en dépit de toutes ses préventions, elle était tombée aussi raide folle amoureuse de lui que lui d'elle. Il ne lui restait plus qu'à décider si elle tentait le tout pour le tout.

Ce fut main dans la main que Maddie et Mac quittèrent le restaurant, repus d'exquise nourriture, de vin et de conversation. À présent, il n'avait plus qu'une envie, la ramener vite à la maison et être enfin seul avec elle. Il était trop tôt. Il le savait, mais il savait aussi que Maddie nourrissait à son égard un désir équivalent au sien.

Au contraire de toutes les femmes qu'il avait connues, elle le laissait le souffle court, anxieux, nerveux et excité. Il était impatient d'enfourcher de nouveau sa bécane, de sentir ses cuisses collées contre les siennes et ses seins plaqués contre son dos. Heureusement qu'elle n'avait pas vu l'effet que ça lui avait fait à l'aller ! Sinon, elle ne lui ferait plus aucune confiance pour maintenir la moto sur la route sans verser.

— Regarde les étoiles, s'émerveilla-t-elle.

— C'est une des choses qui me manquent à Miami. Il y a trop de lumières dans cette ville.

— Parfois, j'aime vraiment vivre ici, murmura-t-elle, le nez levé vers un ciel constellé d'étoiles.

Incapable d'attendre une seconde de plus, il lui caressa le visage et pressa un baiser chaste sur ses lèvres. Elle lui passa les bras autour du cou et traça le contour de sa bouche du bout de la langue. Il cessa de respirer alors qu'elle continuait à le taquiner de la sorte. Il finit par réprimer un grognement tant était violent son désir de l'embrasser éperdument.

— Tu me tues, murmura-t-il.

— Bien.

— Mort, je ne te servirai plus à rien.

Elle rit contre ses lèvres et le tua davantage en leur donnant de petits coups de langue coquins.

Le corps parcouru de frissons, il lui passa une main dans le dos et l'attira contre son sexe érigé.

— Mac… gémit-elle.

— Oui, mon cœur. Dis-moi.

— Je te veux.

— C'est trop tôt.

Il eut envie de se tirer une balle dans la tête tant il se montrait honorable. Parfois, ça faisait vraiment…

— Tu as besoin de temps…

— J'ai besoin de toi, reprit-elle en lui posant les doigts sur les lèvres.

— Tu es sûre ?

Elle opina, se frotta contre lui et il fut à deux doigts d'exploser.

— Maddie… haleta-t-il.

Elle rejeta la tête en arrière et rit de bon cœur.

Il en profita pour planter en douceur les dents dans son cou.

Elle frissonna.

— Est-ce qu'on peut rentrer, maintenant ?

— Je voulais t'emmener danser.

— Je ne veux pas aller danser.

— Que veux-tu alors ?

— Toi.

Le cœur de Mac manqua un battement.

— Maddie…

Elle recula d'un pas pour le regarder, la mine penaude.

— Seigneur, je deviens vulgaire ! Je ne sais pas ce qui m'est passé par la tête…

— Non, chérie, riposta-t-il en l'attirant de nouveau contre lui. Tu deviens tellement sexy que j'ai failli, moi, en perdre la tête. Je veux que tu me dises ce que tu as envie de me dire, quoi que ce soit. Je ne penserai jamais que tu es autre chose que belle, drôle, futée… et tellement sexy que tu me rends encore plus dingue que quand j'étais un adolescent travaillé par ses hormones.

Elle leva vers lui des yeux pleins de ce qui ressemblait terriblement à de l'amour. Mon Dieu, pourvu que je ne me fasse pas d'illusions ! songea-t-il.

— Ramène-moi à la maison, Mac. S'il te plaît ?

Les mains tremblantes, il l'aida à mettre son casque et à enfourcher la moto, puis il en fit plusieurs fois le tour au petit trot.

— Que fais-tu ?

— J'essaye de me calmer un peu avant de prendre le guidon.

Elle rit et ne le lâcha plus des yeux alors qu'il faisait un dernier tour de piste.

Finalement, il se mit en selle.

— Ça va mieux ?

— Euh, on va dire assez pour conduire. Enfin, j'espère.

Elle lui passa les bras autour de la taille, lui caressa le torse et le ventre avant de descendre plus bas.

Il lui saisit les mains.

— Plus de petits jeux tant que je ne nous ai pas ramenés sains et saufs, grinça-t-il entre ses dents.

— Tu n'es pas drôle.

— Je vais te montrer si je ne suis pas drôle. Pour le moment, on va se contenter de rentrer sans bobo.

Avant le dîner, il avait pris le chemin des écoliers afin de lui offrir l'occasion de profiter de la balade à moto mais, pour le retour, il coupa au plus court. Sentir Maddie plaquée contre lui était une torture à l'état pur. En arrivant, il eut l'infini plaisir de constater que tout était noir chez Tiffany et qu'une seule lampe était allumée chez Maddie. En combien de temps pourrait-il se débarrasser de sa sœur sans être grossier ? Vaste question.

— Essaie d'être discret, lui chuchota Maddie en montant l'escalier.

Il s'arrêta net et l'embrassa passionnément.

— Ça, c'est pour m'aider à affronter la petite sœur, lui souffla-t-il plusieurs minutes plus tard.

Elle réprima un sourire et le précéda dans l'appartement.

— Salut, leur lança Janey depuis le canapé. Vous rentrez de bonne heure.

— Maddie ne se sentait pas bien, ses blessures recommencent à la lancer, expliqua-t-il.

— Oh, ça va, frérot ! riposta Janey en levant les yeux au ciel. Tu as une folle envie de galipettes et de me voir dégager fissa. T'inquiète, j'y vais.

— Ce n'est pas vrai... protestèrent-ils en chœur.

— Vous êtes rigolos tous les deux, s'esclaffa Janey.

— Je te raccompagne.

— Laisse tomber. Je peux rentrer seule, je le fais tout le temps.

— Pas ce soir, je n'y tiens pas.

— Tu es coriace.

Elle ramassa son livre et son sac, puis se haussa sur la pointe des pieds pour planter un bisou sur la joue de Mac.

— Pas d'ordres à me donner, grand frère, lui dit-elle en lui tapotant le visage. Occupe-toi de ta dame, je m'occupe de moi.

— Appelle quand tu arrives chez toi. Une seule sonnerie.

— Oui, *maman*, si tu insistes ! répondit Janey en riant aux éclats.

— J'insiste.

— Merci infiniment, Janey, je te suis vraiment reconnaissante d'avoir veillé sur Thomas, déclara Maddie.

— Je recommence quand tu veux. Je me suis régalée à garder ton bout de chou, il est adorable.

— Merci, gamine, lui dit Mac en lui tenant la porte.

Il la regarda descendre les marches avant de refermer la porte et de faire face à Maddie.

— Tu es fou, tu le sais, au moins ? lui demanda-t-elle.

— Je suis fou de toi, et je me suis débarrassé d'elle en moins de trois minutes, ce qui doit être un record en ce qui la concerne.

— Bravo pour la discrétion... s'esclaffa-t-elle en se levant. Je reviens.

En chemin, elle fit en sorte de se frotter contre lui.

Il n'allait jamais survivre à cette femme.

Une fois qu'elle eut disparu dans la salle de bains, il s'occupa de déplier le canapé.

— On va se trouver une piaule plus grande, avec un vrai grand lit. Immédiatement, marmonna-t-il.

Sur la pile de ses affaires, il alla récupérer le cadeau qu'il lui avait acheté au centre commercial et revint le poser sur le lit. Quand elle arriva quelques instants plus tard, il prit sa place dans la salle de bains et lui laissa le temps de découvrir son présent.

Janey prit son temps pour rentrer. Le temps agréable avait poussé les gens à sortir et la grand-rue bruissait d'activité. Il était encore tôt et elle décida d'aller boire une bière au Beachcomber avant de regagner ses pénates. Nul doute qu'elle allait tomber sur une connaissance dans son bar préféré. Au contraire de ses frères, elle n'avait jamais ressenti l'île comme une prison et n'imaginait pas vivre ailleurs. Cependant, David lui manquait tant qu'elle ne savait pas comment elle allait survivre à une autre année de séparation.

Ils étaient si près d'avoir tout ce dont ils avaient rêvé. Tout était planifié : le mariage l'été prochain puis leur installation à Gansett où David reprendrait le cabinet et la pratique du Dr Robach qui partait à la retraite. Janey avait fait ses études à l'université du Connecticut et avait un diplôme en science animale. Elle avait le niveau pour intégrer l'école vétérinaire mais David l'avait convaincue qu'un seul d'entre eux devait faire des études médicales s'ils ne voulaient pas passer le restant de leurs vies à rembourser des emprunts étudiants. Et il avait eu raison, elle le savait. Un cabinet médical insulaire ne leur procurerait pas assez de revenus pour vivre et rembourser en même temps des traites conséquentes. Il lui arrivait toutefois, à l'occasion, de regretter son rêve abandonné.

Ses parents lui avaient proposé de prendre ses études vétérinaires en charge, mais David et elle avaient décidé qu'ils ne voulaient pas non plus être leurs débiteurs. Linda et Big Mac n'avaient pas hésité à leur exprimer haut et fort leur désaccord, mais c'était sa vie, et celle de David, et ils comptaient la mener comme ils l'entendaient. Depuis, ses parents battaient un peu froid à David et elle espérait que ça leur passerait avant la noce.

Cela faisait si longtemps qu'ils étaient ensemble, depuis leur première année d'études universitaires, qu'elle ne pouvait plus imaginer la vie sans David. Elle rêvait qu'ils se voient plus souvent. Environ une fois par mois, elle passait le week-end avec lui à Boston et lui venait sur l'île chaque fois qu'il pouvait se libérer un minimum de quarante-huit heures. Autrement dit, ça n'arrivait plus fréquemment maintenant qu'il était interne. Il passait son temps libre soit à travailler, soit à dormir. Et quand ils se voyaient, il dormait la plupart du temps. C'était d'ailleurs pour cela qu'elle avait préféré rester ici, avec sa famille et ses amis, plutôt qu'aller s'installer à Boston avec lui. Il travaillait tant qu'elle aurait été encore plus seule qu'elle ne l'était actuellement ici, à Gansett.

L'an prochain à cette époque-ci, tous leurs sacrifices porteraient enfin leurs fruits et elle n'avait qu'à attendre que cela arrive enfin. Mais ce soir, voir Mac et Maddie si soudainement et si bêtement amoureux n'avait fait qu'intensifier sa solitude. Alors qu'elle gravissait deux à deux les marches menant au Beachcomber, elle se félicita d'avoir décidé de traîner un peu. Avant de pénétrer dans le bar, elle fit le numéro de son frère et laissa sonner une fois, comme promis. Ainsi, elle était sûre qu'il n'écumerait pas l'île à sa recherche.

À l'autre extrémité du bar, Joe Cantrell berçait une bière entre ses mains et flirtait avec la barmaid.

Ravie de tomber sur lui, Janey se faufila subrepticement dans son dos et lui plaqua les mains sur les yeux.

— Qui va là ? demanda-t-il.

— Devine !

— Hmm, ça sent la petite frangine de Mac McCarthy.

— Mince, je n'ai jamais réussi à te duper, fit Janey en lui plantant un baiser sur la joue, et en souriant quand il s'empourpra. D'ailleurs, qu'est-ce qu'elle sent, la petite frangine de Mac McCarthy ?

— Le grand soleil et les fleurs des champs, rétorqua-t-il, à son grand ébahissement.

— Ah oui ? fit-elle, estomaquée.

La barmaid comprit tout de suite qu'elle n'intéressait plus Joe et s'en alla servir un autre client. Elle ne prit même pas la peine de demander à Janey ce qu'elle désirait boire.

— Oui, répondit Joe. Que fais-tu à courir les rues si tard ? Le couvre-feu n'est pas passé pour toi ?

— Mais non ! riposta Janey en lui faisant les gros yeux. Je viens de faire du baby-sitting pour Maddie, la copine de Mac, pendant qu'ils s'offraient une soirée de liberté.

— Dis donc, ça a tout l'air de devenir sérieux cette histoire. Je le vois tous les matins avec le bébé dans les bras.

— Il est fou d'elle. De tous les deux, en fait.

— À peine croyable ! s'esclaffa Joe.

— À qui le dis-tu... Mais n'empêche, Mac a vraiment l'air heureux. Ça me plaît bien de le voir comme ça, accaparé par une femme. Il serait temps, commenta Janey en plongeant la main dans le bol de bretzels pour s'en fourrer une bonne poignée dans la bouche. Et toi, que fiches-tu là ? Ce n'est pas un soir où tu restes sur l'île d'habitude, non ?

— Alors comme ça, tu aurais mémorisé mon emploi du temps ? la taquina-t-il.

— Peuh, ça n'a rien de sorcier, répliqua-t-elle en buvant une gorgée de la canette de Joe. Fin mai à mi-octobre : vendredi et samedi soir ici. On est jeudi, ma question se tenait.

— Pour ta gouverne, la pipelette, la femme d'un de mes gars est en salle de travail. Alors, j'assure le premier passage demain matin.

— Ah, je vois.

Janey remarqua qu'il posait un regard fixe sur sa bague de fiançailles et, mine de rien, elle changea de position sur son tabouret pour laisser retomber sa main gauche sur son genou. Joe n'avait jamais rien dit ou fait de déplacé ; il ne l'avait jamais traitée autrement que comme la petite sœur de son meilleur ami. Cependant, elle sentait quelque chose... quelque chose qu'elle ne pouvait se permettre d'examiner de trop près. À vrai dire, elle avait un peu peur de ce qu'elle pourrait découvrir juste sous la surface de sa saine amitié avec le beau capitaine de ferry-boat.

Il fit signe au barman et lui commanda une bière avant de pousser un billet vers lui.

— Merci.

Janey leva sa bière vers lui.

— Je t'en prie.

— Ça fait plaisir de te voir.

— Janey, ça fait *toujours* plaisir de te voir.

11

Au sortir de la salle de bains, Maddie repéra immédiatement le sac sur son lit. Une fois que Mac eut pris sa place et refermé la porte, elle s'approcha avec mille précautions du sac à rayures roses. Elle découvrit à l'intérieur la somptueuse chemise de nuit ivoire qui l'avait tant fait rêver devant la vitrine de Victoria's Secret, et refoula des larmes en faisant couler la soie entre ses doigts. Mac avait dû la surprendre en pleine contemplation et entrer l'acheter dès qu'elle avait tourné le dos. Disposant de quelques minutes pour l'enfiler, elle emporta le sac dans la chambre où dormait Thomas. Là, elle se dévêtit prestement et se glissa avec délices dans le déshabillé. À la seule lumière du couloir, elle constata vite que ses seins trop gros débordaient du décolleté et qu'elle ne pouvait rien y faire. Au bord des larmes, elle tenta de se gendarmer, de se dire que Mac avait voulu lui offrir un joli cadeau afin de faire de leur première nuit un événement spécial et que, si elle se plaignait que le haut était trop serré, elle allait tout gâcher.

Il arriva derrière elle, lui posa un baiser sur l'épaule et passa les bras autour de sa taille.

Elle sursauta. Elle avait été tellement consumée d'inquiétude qu'elle ne l'avait pas entendu sortir de la salle de bains.

— Arrête de t'inquiéter de leur apparence, murmura-t-il en balayant son oreille de son souffle tiède. Le moindre centimètre de toi est parfait à mes yeux.

Il avait enlevé sa chemise mais conservé son short.

— Merci pour la chemise de nuit. Je n'en ai jamais eu une aussi belle, réussit-elle à bafouiller, une fois encore stupéfaite qu'il ait pu si bien la déchiffrer au bout d'à peine quelques jours.

— Moi non plus.

Elle ferma les yeux et se détendit dans son étreinte.

— Vas-tu me montrer de quoi elle a l'air sur toi ? J'ai eu de ces fantasmes...

Elle lui prit la main, l'entraîna hors de la chambre dans le living-room faiblement éclairé. Avant de perdre tous ses moyens, elle se retourna, leva le menton et le regarda dans les yeux. Des yeux dans lesquels elle ne vit que chaleur, désir et amour. Tant d'amour. Ce fut cet amour qui l'empêcha de se dérober quand ces mêmes yeux entamèrent un voyage de son visage à ses seins et plus bas, avant de revenir vers son visage.

— Les fantasmes n'étaient rien, comparés à la réalité, lui confia-t-il à voix basse après un long moment où ni l'un ni l'autre n'avait osé respirer.

Il l'attira plus près de lui et fit courir ses mains de bas en haut sur la soie.

— Je n'ai jamais désiré quelqu'un de la façon dont je te désire, Madeline.

Ses mains sur sa taille réchauffèrent la peau de Maddie à travers la soie.

— J'ai très peur de te décevoir, préféra-t-elle le prévenir. Je n'ai pas fait cela très souvent, tu sais.

— Comment pourrais-tu jamais me décevoir, mon cœur ? répondit-il en parsemant son épaule, son cou et son décolleté de baisers. Tu te souviens, tout à l'heure, quand tu m'as demandé ce que je pensais et que je t'ai répondu que je te le dirais après notre rendez-vous ?

Prise dans une marée de sensations, Maddie se trouva dans l'incapacité de formuler un seul mot cohérent, aussi se contenta-t-elle d'un :

— Mmm ?

— Je veux te le dire, maintenant.

Il releva la tête et la regarda dans les yeux.

Elle tendit les mains et plongea les doigts dans sa chevelure épaisse.

Un tremblement le parcourut.

— Que veux-tu me dire, Mac ?

— Quand tu m'as demandé à quoi je pensais… ce que je venais exactement de penser au moment où tu m'as posé la question était : « Je t'aime tant que j'en ai mal. »

Les larmes jaillirent. Dieu du ciel, elle était une vraie fontaine, ce soir !

— Mac…

— Je n'ai jamais dit cela à personne. Je n'avais aucune idée du sens de l'expression « être amoureux » avant de te faire tomber de bicyclette et de mordre la poussière en même temps que toi.

Une énorme larme dévala la joue de Maddie quand elle l'attira à elle pour lui donner un baiser passionné.

— Mac… je…

— Ne dis rien, l'interrompit-il avant de lui donner un autre baiser. Pas maintenant. Laisse-moi te montrer.

En cet instant, elle l'aurait suivi au bout du monde s'il l'avait voulu. Elle lui appartenait corps et âme.

Il la fit s'asseoir sur le lit, ôta son short et s'assit près d'elle. Face à face, ils se caressèrent, se touchèrent, s'embrassèrent, en riant quand leurs nez se heurtaient.

— Si seulement je n'étais pas aussi amochée…

— Mais moi j'adore que tu sois amochée ! Sans ça, on ne se serait jamais trouvés.

Elle se mit à rire.

— Un peu tordue comme logique.

— Tu sais, je suis si heureux d'être descendu de ce trottoir sans regarder. Bien sûr, je m'en veux terriblement d'être responsable de tes blessures, mais quand je me dis que tu aurais pu passer à côté de moi sans me voir… Je ne t'aurais jamais connue, ni Thomas… Nous nous serions croisés et n'aurions jamais eu cela…

Sa main prolongea sa caresse jusqu'au ventre de Maddie.

Elle se tendit vers lui, folle de désir, mais elle ne voulut pas se montrer trop impatiente. Car, tout au fond de sa tête, il y avait toujours les sous-entendus, les quolibets, les rumeurs. Elle tendit une main timide vers son torse, le caressa, passa la paume sur un mamelon érigé et la posa finalement sur son ventre dur.

Mac tressaillit et se déplaça pour être au-dessus d'elle. Il enfouit une main dans ses cheveux et lui dévora la bouche d'un baiser si intense, si passionné qu'il la laissa sans forces. Il se fit alors un chemin de baisers sur son corps et visita chacune de ses oreilles avant de descendre sur son cou, puis sa poitrine. Elle se contracta. *Et voilà qu'il arrive, le moment où il voudra me toucher juste là.*

Les mains posées sur sa cage thoracique, il se servit uniquement de sa langue pour taquiner ses mamelons au travers de la soie jusqu'à ce que le tissu colle à sa peau enfiévrée. Il aspira son mamelon gauche dans sa bouche tiède, mais pas une seule fois ne posa une main sur ses seins. Et au moment où elle fut certaine qu'il allait y refermer les mains, il descendit plus bas, lui embrassa le ventre, les hanches, puis descendit encore.

— Mac… s'il te plaît…

Elle s'allongea, se cambra et haussa les hanches vers lui en espérant être assez claire. Elle le voulait. Tout de suite.

— J'ai besoin que tu dises les mots. Tu te souviens ?

Comment aurait-elle pu oublier ?

— Fais-moi l'amour, Mac. Fais-moi l'amour, s'il te plaît.

Il descendit sur ses chevilles et, des deux mains, fit remonter la chemise de nuit. À tout instant, désormais, elle allait être nue et exposée devant lui. Il verrait ce qu'elle ne voulait pas qu'on voie. Personne. Seulement, il ne remonta le vêtement que jusqu'à ses hanches avant de s'installer entre ses jambes. En comprenant ce qu'il avait l'intention de faire, elle essaya de se remettre en position assise, mais il l'en empêcha.

— Attends, Mac. Ne fais pas ça.

— Chut. Tout va bien. Laisse-moi t'aimer, chuchota-t-il en insérant ses épaules entre ses cuisses. Détends-toi, chérie. Je te promets que ça va te plaire.

Elle n'en fut pas aussi sûre que lui, mais fit un effort pour relâcher la tension dans ses cuisses. Toutefois, quand les doigts de Mac se faufilèrent entre ses replis humides, elle se contracta de nouveau.

— Tout va bien, répéta-t-il d'une voix douce. Je t'aime. Je veux t'aimer.

Quand sa langue la caressa et qu'un doigt la pénétra, le cœur de Maddie fit un bond et, alors même qu'elle s'efforçait de rester immobile, ses hanches entreprirent de se soulever en réponse aux caresses intimes de Mac.

— Oui, bébé, laisse aller. Je veux tout de toi. Je veux t'embrasser partout.

Un sanglot échappa à Maddie alors qu'elle enfouissait les mains dans les cheveux de Mac et haussait de nouveau les hanches vers lui. Quand il fit rouler son mont d'amour entre ses lèvres et l'aspira, elle se figea, puis poussa un cri et atteignit l'orgasme. Il l'accompagna tant qu'elle fut secouée de jouissance puis il recommença, l'emmenant au ciel et la laissant éperdue de désir.

Elle tendit les mains vers lui en gémissant.

— Une seconde, mon cœur.

Il s'assit au bord du lit et se gaina d'un préservatif. Puis il se rallongea sur elle et la couvrit de baisers comme s'il disposait d'une patience infinie. En revanche, l'érection qui palpitait contre la cuisse de Maddie racontait une tout autre histoire. Elle fit courir ses mains sur son dos et ses reins.

Il sursauta, le visage tendu, et s'efforça visiblement de reprendre son sang-froid.

— Maintenant, Mac. Tout de suite.

— Ça fait un moment, pour toi, chérie. Je ne voudrais pas te faire mal.

Il était plus long et plus large que Tom, mais elle sut d'instinct que ce serait différent de la toute première fois.

— Tu ne me feras pas mal.

Elle le prit dans sa main pour le guider et le caressa avec douceur.

Il lâcha un sifflement entre ses dents et se mordit la lèvre.

— Si tu continues, ça va être terminé avant de commencer.

Elle haussa les hanches vers lui. Maintenant, il allait probablement vouloir que la chemise de nuit disparaisse, mais quand elle voulut l'enlever, il l'en empêcha encore.

— Laisse, dit-il entre ses dents, puis il la pénétra d'une longue poussée qui lui coupa le souffle.

— Oh. Oh, *Seigneur !*

Il se figea.

— Tu as mal ?

— Non. Non. N'arrête pas. Oh, Seigneur, n'arrête pas !

Son enthousiasme le fit rire et il lui donna ce qu'elle voulait.

Elle referma les jambes sur ses hanches et lui agrippa le dos.

Ils bougèrent ensemble, de plus en plus passionnés et, bientôt, la jouissance emporta de nouveau Maddie. Cette fois-ci, Mac l'accompagna et plongea encore et encore en elle avant que ses bras ne lâchent. Le souffle court, il s'écroula sur elle, en prenant garde de ne pas la meurtrir, palpitant toujours en elle.

Elle lui fourra les doigts dans les cheveux et l'apaisa de baisers sur son front trempé de sueur.

— Hou là, stupéfiant, réussit-il à bredouiller au bout d'un moment.

— Plus que stupéfiant.

La chemise de nuit tire-bouchonnée entre eux, elle comprit ce qu'il avait fait : il avait évacué ses seins de l'équation, il lui avait permis de se concentrer exclusivement sur son plaisir, et sur lui seul. Jamais, même dans ses rêves les plus fous, elle n'aurait espéré trouver un homme qui non seulement l'aurait aimée mais l'aurait également comprise comme Mac la comprenait.

— Moi aussi, je t'aime, Mac, murmura-t-elle. Je t'aime tant que j'en ai mal.

— Tu me rends tellement heureux, répondit-il après avoir poussé ce qui lui sembla un immense soupir de soulagement.

Il avait réussi inexplicablement à vaincre chacune de ses peurs, chacune de ses inquiétudes, le moindre de ses doutes. En l'espace de six jours, il avait fait ce que personne n'avait jamais fait avant lui. Il l'avait aimée, protégée, il s'était battu pour elle et il avait pris soin d'elle. Elle resserra l'étreinte de ses bras autour de lui avec l'intention de ne jamais plus le lâcher.

— On va peut-être avoir un petit problème.

— Oh ? Et lequel ?

— Je n'ai que quatre préservatifs. Enfin, non. Trois, maintenant.

— Pourquoi n'en as-tu pas acheté davantage aujourd'hui ?

— Tu n'aurais pas trouvé ça un poil présomptueux ?

Aïe. Pas faux, dut-elle bien admettre.

— Comment va-t-on faire ? Ni toi ni moi ne pouvons aller en acheter dans cette ville. On ne sera pas sortis du drugstore que toute l'île sera au courant.

— Ne t'en fais pas, chérie. Je vais trouver une solution.

— C'est ça, trouve un moyen, répondit-elle en l'attrapant par les cheveux pour pouvoir l'embrasser. Prends-en une grosse boîte, pendant que tu y seras. La plus grosse qu'ils auront en rayon. Et puis non, tiens, prends-en deux.

— Au minimum, s'esclaffa Mac en se dégageant d'elle.

— Et tu vas le faire demain ?

— Dès l'aube, rétorqua-t-il en riant de plus belle.

— Bien. Parce que demain soir, on va vraiment en avoir besoin.

— Je le savais ! déclama-t-il avec emphase. Tu as réellement l'intention de me tuer, n'est-ce pas ?

Elle le stupéfia en le repoussant sur le dos, puis en concluant, ses lèvres à quelques millimètres des siennes :

— Ou je mourrai en essayant.

Mac la tint serrée contre lui alors qu'elle dormait. Après ce qu'ils venaient de partager, il aurait dû lui aussi être épuisé. Mais, non. Euphorique, il dressait des plans sur la comète, impatient de lui en faire part.

Ils allaient se marier aussi vite que possible. Il adopterait Thomas et lui donnerait son nom. Thomas McCarthy, ça sonnait bien, non ? Ensuite, il leur construirait une maison, une grande belle maison, avec une grande chambre, un grand lit tout neuf et vue sur la mer. Il reprendrait l'affaire de son père et ferait sa vie ici, sur l'île, avec sa famille elle aussi toute neuve. Ils trouveraient même un moyen pour que Maddie reprenne ses études. En passant deux jours par semaine sur le continent, elle pourrait avancer pas à pas vers l'obtention d'un diplôme dans les quelques années suivantes. Il voulait qu'elle ait tout ce qui lui avait manqué. Il l'avait attendue une éternité et il ferait tout son possible pour assurer son bonheur à jamais.

Elle s'étira, marmonna quelque chose en dormant et pressa les lèvres contre son torse.

Il lui lissa les cheveux du plat de la main.

— Tu ne dors pas ? marmonna-t-elle.

— Je pense à toi.

— Ah ?

— À la vie que nous allons avoir ensemble.

— Raconte-moi, lui demanda-t-elle en lui caressant la poitrine. Je veux tout savoir.

Il lui exposa donc son projet dans son intégralité, depuis le mariage jusqu'à l'université.

Maddie se redressa un peu pour poser la tête sur son épaule. Elle resta un long moment ainsi, à l'étudier de ces yeux caramel qui le faisaient fondre.

— Quoi ? Il ne te plaît pas, mon plan ?

— Il me plaît infiniment.

— Mais alors, qu'est-ce qui cloche ?

— Oh, j'attends juste de me réveiller vraiment. Personne ne peut être parfait à ce point.

— Peut-être que je suis parfait pour toi. Ça ne t'est pas passé par la tête ?

— Oh si.

Elle roula sur lui et commença à lui piqueter le torse de baisers qui ne tardèrent pas à lui mettre le sang en ébullition. Personne ne l'avait jamais enflammé aussi vite qu'elle le faisait. Quand elle dessina un cercle de la langue autour d'un de ses mamelons, il prit une inspiration saccadée.

— Bébé, n'oublie pas. On est venus à bout du stock de préservatifs.

— Je sais, murmura-t-elle en réservant un traitement identique à l'autre mamelon.

À présent dur comme la pierre, il pulsait contre son ventre.

Maddie le stupéfia quand elle s'assit, attrapa le bas de sa chemise de nuit et la fit passer par-dessus sa tête, lui dévoilant ses seins pour la première fois. Elle n'eût pu mieux lui prouver son amour et sa confiance.

— Tu es si belle, murmura-t-il, un fantasme devenu réalité.

— Touche-moi, Mac.

Il posa les mains sur ses hanches, puis les remonta jusqu'à ses seins.

— Je sais que tu les as en horreur mais, pour moi, ils sont magnifiques.

— Je croyais que tu étais plus sensible aux fesses et aux jambes, rétorqua-t-elle en riant.

— *Tous* les hommes sont sensibles aux seins.

— Comme si je ne le savais pas !

Il happa un mamelon et le caressa de la langue.

— Mmm, c'est bon.

Il se retint de faire tout ce qu'il mourait d'envie de faire de peur qu'elle ne le pense obsédé par la partie d'elle-même qu'elle haïssait le plus. Ce qui fut tout aussi bien car elle lui sembla avoir d'autres projets.

Elle se dégagea de son emprise, frotta ses seins contre son torse et le parsema de baisers avant de descendre sur son ventre. Sous le drap, elle referma sa main douce sur lui, qui était pleinement érigé comme s'il ne venait pas de la prendre quatre fois.

— Maddie, hoqueta-t-il.

— Hmm ? dit-elle contre l'extrémité de son pénis, et la vibration fut presque suffisante pour le faire exploser.

— Seigneur, marmonna-t-il.

Le petit rire de Maddie fut accompagné de quelques coups de langue.

— Chérie, attends…

— Détends-toi, Mac. Je veux t'embrasser partout.

— Eh, n'utilise pas mes propres mots contre moi !

— Ah, non ? Tu vas voir, riposta-t-elle en lui jetant un coup d'œil coquin.

Il adorait la voir comme ça, confiante, l'aimant assez pour s'exposer à lui, le prendre dans sa bouche et lui donner quelque chose de spécial. Elle n'avait probablement jamais fait cela auparavant, mais son enthousiasme pallia sans problème son inexpérience. Il ne lui fallut pas longtemps pour lui faire atteindre le point de non-retour. De ses mains enfouies dans ses cheveux, il s'efforça de la faire s'arrêter.

— Maddie, haleta-t-il. Arrête. Arrête, bébé.

Mais au lieu de cesser ce qu'elle faisait, elle intensifia la caresse de ses mains sur lui et le prit plus profond dans sa bouche. Au moment où elle provoqua en lui un orgasme intense et prolongé, il était couvert de sueur, il avait le souffle court et le cœur qui battait à coups redoublés. Le seul fait d'ouvrir les yeux épuisa ce qu'il restait d'énergie en lui. Et, en le faisant, il découvrit qu'elle le contemplait, une expression extrêmement satisfaite sur le visage.

— Bienvenue dans le monde des vivants. J'ai bien cru que j'avais réussi à te tuer ce coup-ci !

— Ça n'est pas passé loin, répondit-il en l'attirant à lui.

Elle se nicha contre lui.

— C'était bien ? lui demanda-t-elle d'une toute petite voix qui l'émut au plus profond.

— C'était tellement bien, et plus que ça, il n'y a pas de mot pour le décrire.

— Je ne l'avais jamais fait. Je m'étais toujours demandé quel effet ça me ferait.

— Et ?

— Ça m'a plu, beaucoup plu.

— Peut-être bien que je suis mort et monté au paradis, tout compte fait.

Elle rit, mais reprit vite son sérieux.

— Merci, Mac.

— De quoi pourrais-tu bien me remercier ? C'est plutôt moi qui devrais te dire merci mille fois !

Elle pencha la tête pour bien le voir.

— Pour n'en avoir pas fait des tonnes à propos de mes seins comme l'auraient fait la plupart des hommes.

— J'aimerais bien que tu ne les détestes pas tant, riposta-t-il en lui décochant un sourire coquin. Parce que je pense que je pourrais facilement devenir *très* copain avec eux.

Elle sourit et lui caressa le menton.

— Je ne les déteste pas. Je les abhorre.

— Je ne voudrais pas que tu prennes cela mal, car j'étais sincère quand je t'ai dit que, pour moi, tu es parfaite.

— Mais ?

— Si tu veux les faire réduire, je serais ravi de t'offrir l'opération si ça te rendait plus heureuse.

— Je ne peux pas accepter. Tu en as déjà tant fait pour moi.

— Tu n'as pas besoin de décider tout de suite. La proposition est sur la table, maintenant ou plus tard, quand Thomas et toi serez sur mon assurance sociale. N'importe quand. Pour ma part, je ne changerais pas une seule chose te concernant, mais nous ne parlons pas de mes désirs.

— Je t'aime, vraiment, murmura-t-elle.

— Et je t'aime, vraiment, moi aussi. Il n'est rien que je ne ferais pour toi, et Thomas.

Et, comme s'il avait entendu son prénom, le bébé choisit cet instant pour leur faire savoir qu'il était réveillé. Mac embrassa une dernière fois Maddie et remonta les couvertures sur elle, désolé de devoir mettre un terme à ce qui avait été la plus belle soirée de sa vie.

— Je vais le chercher.

— Si tu me l'amènes et que je le nourris, il pourra se rendormir un petit moment… et nous aussi.

— Autant j'aime mes balades du matin avec lui, autant ta proposition semble trop alléchante pour y renoncer.

Il alla chercher Thomas, lui changea sa couche, lui planta des bisous sonores sur le ventre qui le firent rire aux éclats, puis l'amena à sa mère. Pour la première fois, il la vit donner le sein à son fils.

— Seigneur, c'est stupéfiant, commenta-t-il, émerveillé par la façon dont le bébé arrimait la bouche au téton de Maddie et se mettait en devoir de se nourrir.

Il n'avait jamais vu plus émouvant spectacle.

Maddie lui sourit en caressant la tête du nourrisson. Elle lui fit l'effet d'une reine guerrière, forte et fière, et il ne l'en aima que davantage.

— Puis-je te poser une question ?

— Bien sûr.

— Comment se fait-il que, euh, lorsque j'ai fait la même chose tout à l'heure, rien n'a coulé ?

Elle rit de son inconfort manifeste.

— Le lait ne vient, du moins le mien, que si Thomas en veut. Certaines femmes ont des écoulements en permanence, mais ça ne m'est jamais arrivé. Maintenant que je ne le nourris plus qu'une fois par jour, je n'en ai plus autant.

— Je vois.

Il se glissa dans le lit et les câlina tous les deux.

— Thomas a besoin d'une sœur. Et puis aussi d'un frère, peut-être. Deux, éventuellement.

Elle se mit à rire.

— Ne nous précipitons pas.

— Mais tu en veux d'autres, n'est-ce pas ?

— Commençons par un, et ensuite on verra.

— Je crois que ça pourra le faire, dit-il en lui passant une main sur le ventre. J'ai envie de te voir ronde et enceinte de mon enfant.

— Pour Thomas, j'étais une véritable baleine, ronchonna-t-elle.

— J'ai hâte de voir cela.

— Mon dos m'a fait un mal de chien des mois durant.

— Jc te le masserai tous les jours.

Elle fit rouler la tête sur son épaule pour le regarder.

— Tu es sûr que tu veux te coller tout ça sur le dos ? Une femme que tu ne connais que depuis une semaine, un enfant qui n'est pas le tien…

— Je tiens à ce qu'il le devienne. Enfin, regarde-le, répondit-il en faisant courir un doigt sur la joue de Thomas. Il est parfait. J'ai envie de le voir marcher, et courir, et nager, et nous parler. J'en meurs d'impatience.

— Et si ça finissait par être trop pour toi ? Et si, au bout de quelques mois, tu recommençais à te sentir enfermé, ou malheureux…

Il posa délicatement deux doigts sur ses lèvres pour la faire taire.

— Tout ce que je peux te dire, c'est que j'ai presque trente-cinq ans et que je n'ai jamais rien ressenti qui puisse s'apparenter à ce que j'éprouve avec toi. Avec vous deux.

— Je ne sais pas ce que j'ai fait pour avoir une chance pareille, bredouilla Maddie, les yeux brillants de larmes.

— Tu as enfourché ton antiquité à roulettes et tu m'es rentré dedans.

— Ah bon ? Je croyais qu'il avait été établi que cet « accident » était de ta faute.

— Cet « accident » pourrait bien s'avérer la plus belle chose qui me soit arrivée dans la vie, répondit Mac en lui effleurant le front d'un baiser.

— C'est drôle, mais je me suis dit la même chose hier soir.

Trois quarts d'heure plus tard, des coups frappés à la porte réveillèrent Mac. Il poussa un grognement et envoya mentalement l'intrus au diable.

Près de lui, Maddie changea de position. Désireux de lui accorder davantage de sommeil, il se leva en ronchonnant, enfila un short et alla ouvrir.

— Maman ? fit-il, les yeux ronds, choqué de la découvrir sur le paillasson.

— Mac.

— Que viens-tu faire ici ? chuchota-t-il en sortant pour refermer derrière lui.

Il vit sa mère baisser les yeux sur son corps à moitié nu, puis les remonter sur son menton hérissé de barbe.

— Je suis venue te chercher.

— Me chercher ? répéta-t-il en se fourrant la main dans les cheveux. Mais pour quoi faire ?

— Tout ceci est totalement malséant, déclara-t-elle en désignant les lieux d'un geste. Toute la ville raconte que tu couches avec elle. Je ne le tolère pas.

— Ah, oui ? riposta-t-il en riant, ce qui ne fit qu'aggraver l'ire maternelle. Dois-je te rappeler que j'approche des trente-cinq ans ?

— Je me fiche de l'âge que tu as, Malcolm John McCarthy Junior, laisse-moi juste te dire…

La situation était grave si elle sortait l'artillerie Malcolm. Elle était bien la seule à l'avoir jamais appelé par cet ignoble prénom.

— Non, maman, c'est *toi* qui vas m'écouter. Je l'aime, je vais l'épouser et je vais adopter son fils. Par conséquent, soit tu grimpes à bord, soit tu dégages de notre chemin. À toi de voir.

Les yeux de Linda lui jaillirent pratiquement de la tête.

— *L'épouser* ? Tu vas *l'épouser* ? As-tu perdu la tête ?

— Non, c'est mon cœur que j'ai perdu, j'ai enfin trouvé quelqu'un à qui le donner. Tu peux te réjouir pour nous ou rester en dehors. Là encore, le choix t'appartient.

— C'est la chose la plus ridicule que j'aie jamais entendue…

— Cette conversation est terminée, l'interrompit-il sans ménagements. Je vais rentrer et toi tu vas t'en aller. En fait, je te serais reconnaissant de trouver quelqu'un pour remplacer Maddie à l'hôtel ce week-end. Nous avons besoin de passer du temps ensemble. Nous avons une foule de projets à mettre sur pied.

— Je ne sais pas ce qui t'arrive...

— L'amour, maman. C'est ça qui m'arrive et c'est la plus belle chose qui me soit jamais advenue. Nous ferons peut-être un saut ce week-end pour vous dire bonjour à papa et toi. Si c'est le cas, je te conseille d'être agréable avec mes futurs femme et fils. Bonne journée.

Sur ce, laissant sa mère bouche bée, Mac réintégra l'appartement et referma la porte. La poussée d'adrénaline lui avait tant fait battre le cœur qu'il resta un instant immobile, jusqu'au moment où il entendit démarrer sa voiture dans un hurlement de gravier.

— C'était charmant, commenta Maddie.

Il tourna les yeux vers elle et la découvrit assise sur le lit, le drap solidement drapé autour d'elle. La barrière, de nouveau là. Il se remit au lit et tendit les bras vers elle. À côté de Maddie, Thomas s'était rendormi.

Elle résista à son effort pour l'attirer contre lui.

— Ne fais pas ça. S'il te plaît, ne t'éloigne pas de moi à cause d'elle. Je ne pourrai pas le supporter.

— Et moi, je ne peux pas supporter de me mettre entre ta mère et toi.

— Elle s'y fera. Ce n'est pas contre toi...

— Bien sûr que si ! riposta Maddie avec un bref éclat de rire amer.

— Elle s'est fait son idée à elle de la femme qui devrait me convenir...

— Et ce n'est certainement pas la catin de la ville.

— Maddie, chérie, s'il te plaît. Ne te sers pas d'elle contre moi, la supplia-t-il en réussissant à la prendre dans ses bras et à retirer le drap pour pouvoir caresser cette peau tiède et douce dont il était fou. Je t'aime, et c'est tout ce qui compte, murmura-t-il en parsemant son corps de baisers.

Il referma la bouche sur son sein durci et finit par percevoir que la résistance de Maddie laissait place au désir. Le soulagement le submergea.

— M'as-tu entendu lui dire de trouver quelqu'un d'autre pour te remplacer ce week-end ?

— Oui, fit-elle en resserrant sa prise sur sa tête.

— Tu sais ce que cela signifie ? demanda-t-il en encerclant le téton de la langue.

— Non, haleta-t-elle.

— Trois jours entiers ensemble. Sans travail, sans obligations.

— Il y aura toujours la garderie l'après-midi.

— Ce n'est rien. Qu'allons-nous faire le restant de nos journées ?

— Je ne peux penser à rien, lui dit-elle avec un sourire suggestif qui lui rappela une urgence dont il devait s'occuper. Immédiatement.

— Ne bouge pas, je reviens.

Dans l'espoir que Maddie se rendorme encore un peu, Mac sortit pour téléphoner à Joe.

— Eh, mon pote, où es-tu ?

— Je viens d'arriver à Point Judith, pourquoi ?

— J'ai besoin d'un service, répondit Mac après avoir réprimé un juron. Vas-tu revenir sur l'île aujourd'hui ?

— Bien peur que non. Les services d'hygiène viennent pour une inspection la semaine prochaine et je n'ai encore rien préparé. Je vais passer le restant de la journée au bureau, mais je serai là demain. Pourquoi ? De quoi as-tu besoin ?

— C'est un peu gênant, et maintenant ça va l'être encore plus parce que je vais devoir demander à ma sœur de m'en acheter.

— Oh, non, ne me dis pas qu'il s'agit de...

— Je ne veux pas entendre ce mot. S'il te plaît, ne le dis pas.

— Mais tu as quel âge, vieux, quinze ans ? lui demanda Joe entre deux salves de rire.

— C'est un problème pour Maddie, pas pour moi. Elle ne veut pas que ça se sache partout sur l'île et tu sais ce qu'il se passera si je vais au drugstore.

Le commentaire réussit à calmer un peu l'hilarité de Joe.

— Eh bien, tu me raconteras comment Janey aura pris la chose.

— Oh, je suis certain que tu vas trouver ça hilarant.

— Ça, c'est sûr ! s'exclama son ami avant de s'éclaircir la gorge. Euh, à propos… je l'ai vue hier soir.

— Où ?

— Au Beachcomber. Après son baby-sitting pour vous.

— La sale gosse ! Elle était censée rentrer direct.

— Je sais que ça va te faire un choc, Mac, mais c'est une grande fille maintenant.

— C'est ma petite sœur.

— Que tu vas envoyer t'acheter des préservatifs pas plus tard qu'aujourd'hui, rétorqua Joe en repartant dans un autre éclat de rire. Plus si petite que ça, hein ?

— La ferme, grommela Mac. J'espère que tu t'es bien conduit avec elle.

— Ah, je te jure que le mot « condom » n'a pas été prononcé dans la conversation. Même si ça ne m'aurait pas dérangé…

— Tu n'es pas drôle.

— C'est juste que je ne pige… reprit Joe avant de s'interrompre.

— Quoi ?

— Rien. Aucune importance.

— Allez, mec, dis-moi.

— Eh bien, pourquoi penses-tu que ce mec supposé trépigner d'impatience en attendant de lui passer la bague au doigt ne se pointe jamais ici ?

— Il termine ses études de médecine. Tu sais ce que ça implique.

— Oui, bon. Tout ce que je sais, c'est que si j'étais à sa place, absolument rien ni personne ne me tiendrait éloigné d'elle.

Mac tressaillit.

— Tu n'as jamais songé à le lui dire ?

— C'est ça, rétorqua Joe avec un rire amer. Comme si je faisais le poids comparé au Dr David et à toute leur histoire. Autant me flinguer direct.

— Peut-être que si elle savait, ça ferait une différence.

— Des clous mon gars, et elle ne saura jamais, tu m'as bien compris ? Tu ne lui dis pas un mot. C'est bien clair ?

— Moi, je ne lui en parlerai jamais, mais toi, tu devrais. Qu'as-tu à perdre ?

— Son amitié, et ça, ce serait insupportable.

— Je suis navré que ce soit sans espoir, reprit Mac sur un soupir. Mais au moins, j'ai une toute nouvelle appréciation de ce que tu traverses.

— Bah, il n'y a rien à dire ni à faire. Bon, faut que je file. N'oublie pas de me tenir au courant de la chasse au latex.

— Va te faire voir, gronda Mac avant de raccrocher sur le rire de son ami.

L'estomac retourné, il comprit que Janey était sa seule autre option. Son père le ferait pour lui, mais il ne se voyait pas lui demander une telle chose. Même à trente-cinq ans, il ne pouvait pas. À contrecœur, il rouvrit son téléphone et appela sa sœur.

— Salut, gamine, que fais-tu ?

Il envisagea de lui parler de la visite maternelle de ce matin, mais y renonça. Mieux valait oublier.

— Je vais au boulot, pourquoi ?

— J'aurais besoin d'un autre service.

— Vous voulez *encore* sortir ce soir ?

— Pas exactement.

— Alors, quoi ?

— J'ai besoin que tu ailles chez Gold's et que... commença-t-il en faisant référence à l'unique drugstore de l'île.

— *Quoi*, Mac ? Accouche, tu veux ?

— J'ai besoin que tu m'achètes des préservatifs. Plusieurs boîtes.

Silence.

— Janey ?

— Tu te fiches de moi.

— Je ne peux pas le faire ! Toute l'île serait au courant dans les cinq minutes et Maddie ne tiendra pas le coup.

— Demande à Joe.

— Il ne revient pas avant demain.

— Eh bien *abstenez-vous* jusque-là !

— Janey, *s'il te plaît !* Je suis au désespoir, là.

— Tu ne peux pas me demander ça. C'est trop gênant.

— Et que crois-tu que j'éprouve en te demandant de le faire pour moi ? riposta-t-il avant de lâcher ce qu'il savait être un gémissement pitoyable : *Janey... j'ai besoin de toi.*

— Ne fais pas ça. Ne t'avise pas de jouer la carte de la pitié.

— *S'il te plaît-s'il te plaît-s'il te plaît...*

Elle laissa échapper un immonde juron qui le choqua au plus haut point, puis :

— D'accord, gronda-t-elle entre ses dents. Mais tu me seras éternellement redevable, tu m'entends ? Pour ce que tu me devras, il n'y aura aucune date de péremption.

— Je comprends.

— Non, je ne crois pas. Pendant tout le restant de ta misérable existence, chaque fois que je dirai « Saute », tu me répondras « À quelle hauteur veux-tu que je saute pour toi, Janey ? ». Chaque fois que je claquerai des doigts, tu arriveras ventre à terre. *Chaque. Fois.* Suis-je claire ?

— Comme de l'eau de roche.

— Il va me falloir au moins cent dollars.

— Et pour quoi faire ?

— Des courses personnelles, bouffon. Je ne peux pas juste rentrer, acheter une cargaison de condoms et m'en aller en sifflotant.

— Donc, tu vas me soutirer une année de vernis à ongles et autres babioles ?

— C'est le *moins* que tu me doives.

— D'accord. Je te les apporte au cabinet vétérinaire.

— Plus tard. Je ne peux pas te regarder en face pour le moment. Rejoins-moi à midi pile derrière le Beachcomber et baisse la tête. Prends le sac, file-moi le fric et dégage.

— Je t'aime, Janey. Te l'ai-je dit récemment ?

— Va te faire voir.

Il se retint de rire et ajouta :

— Et prends les extra-larges, dac' ?

— Je te hais.

De retour chez Maddie, Mac trouva ses deux trésors endormis. Il consulta sa montre et décida que c'était le moment de s'occuper d'une chose qu'il avait jusque-là différée. Il prit ses clefs sur la table et sortit sur la pointe des pieds. Dans l'allée, il descendit la moto de sa béquille et la fit rouler jusqu'à la rue avant de la démarrer. Alors qu'il longeait la côte méridionale, il distingua un brouillard dense, normal en cette saison, accroché à l'horizon et au travers duquel le soleil avait du mal à percer. Il se gara dans le parking du phare de South Point et coupa le moteur avant de sortir son portable et de presser une touche d'appel rapide. Evan avait la sienne, ainsi qu'Adam, Grant et Janey.

— Salut, mec, répondit Evan.

— Je te réveille ? Tu me parais un peu dans le potage.

— Non, me suis couché tard hier, mais je suis en route pour le studio. Quoi de neuf ?

— Que du vieux. Comment vas-tu ? Les enregistrements ont commencé ?

Après des années de galère, un petit label de Nashville avait récemment pris Evan sous contrat.

— Je ne me suis jamais autant régalé dans ma vie.

— Fantastique. Il était temps.

— Tu l'as dit. Mais dis-moi, Janey m'a écrit que tu étais de retour parmi les îliens. Comment se fait-ce ?

— Es-tu au courant que papa vend la marina ?

— Non, tu rigoles !

— Eh, non, je ne rigole pas. Je procède à quelques réparations pour lui et je fais joujou avec l'idée d'une relocalisation et d'un maintien éventuel de l'affaire dans la famille.

— Sérieux ? Tu ne vas pas virer maboul, coincé sur cette île ?

— Quelques petites choses ont changé ces derniers temps.

— Qu'est-ce qui aurait bien pu changer au point de te faire aimer Gansett Island ?

— J'ai rencontré quelqu'un. Quelqu'un que tu connais, en fait.

— Qui ça ?

— Maddie Chester.

— Oh. Vraiment. Eh bien !

— Je me suis laissé dire que tu avais participé à quelque chose de détestable contre elle.

— Mac, attends ! Tu ne comprends pas...

Il dut se retenir à quatre pour ne pas incendier son frère.

— Tu ne crois pas si bien dire, réussit-il à répondre posément, même s'il bouillait intérieurement.

Toute cette histoire le rendait malade.

— C'était Darren ! C'est lui qui a commencé et qui nous a dit de dire la même chose que lui sinon...

— Sinon quoi ?

— Darren était comme un dieu au lycée. Personne ne voulait le contrarier. Quand il nous disait de faire quelque chose, on le faisait.

— Comment as-tu pu mettre les pieds dans une abomination pareille, Evan ? Après tout ce que papa nous a enfoncé dans la tête sur la façon de traiter les femmes ?

— Crois-moi si je te dis que ça m'a rongé pendant des années. Je me suis toujours senti mal sur ce coup-là.

— Ce que tes copains et toi avez fait se résume en quelques mots : vous avez bousillé sa vie. Est-ce que tu comprends, au moins ? Ça l'a *détruite.*

— Allons, Mac, c'était le lycée. Comment est-ce que ça aurait pu la détruire ?

— Elle n'a jamais pu s'en débarrasser, voilà pourquoi ! L'île entière la considère comme une pute et, jusqu'à hier soir, elle avait eu DEUX relations sexuelles dans toute sa vie !

— Seigneur, murmura Evan. Je n'en avais aucune idée…

— Tu vas arranger ça, et vite fait.

— Que veux-tu dire ?

— Voilà ce que je veux que tu fasses…

Le prochain arrêt de Mac fut pour la carrosserie de Darren Tuttle. L'atelier semblait bien tenu et prospère, s'il devait en juger par les voitures alignées devant. Il entra et demanda Tuttle.

— Qui dois-je annoncer ? lui demanda la femme mal fagotée qui le reçut.

— Un vieil ami.

Elle se leva, passa la porte donnant sur l'atelier et en revint bientôt, suivie d'un Darren couvert de cambouis et pesant bien vingt kilos de trop. Sa chevelure autrefois abondante avait laissé place à une calvitie avancée fort peu attrayante. En l'espace de douze ans, le « dieu » naguère capable d'intimider et de faire marcher au pas une légion de jeunes garçons avait manifestement perdu de sa superbe. À sa façon de tordre les lèvres, Mac sut que Darren l'avait reconnu.

— Kestuveux ?

— Te dire un mot, dehors.

Sans attendre de réponse, il lui tourna le dos et sortit.

— On m'a dit que t'étais de retour en ville, entendit-il Darren dire alors qu'il le suivait à l'extérieur.

Mac ne se retourna pas, prêt à accorder à l'autre le bénéfice du doute.

— Toi et Maddie Matelas, hein ? persifla Darren. Vrai, t'avais déjà vu des *roberts* pareils ?

Au diable le bénéfice du doute ! Mac fit volte-face et projeta son poing dans la figure boursouflée de Tuttle.

Darren s'écroula par terre comme un poisson sorti de l'eau. Du sang jaillit de son nez.

— Mais c'est dingue, bredouilla-t-il, *C'est quoi* ton problème ?

Mac l'attrapa de la main et le hissa sur ses pieds.

— Ce que tu lui as fait, maintenant, c'est mon problème, lui cracha-t-il à la figure.

— Je sais pas de quoi tu parles, se défendit Darren en tentant de se dégager.

— Mais si, tu le sais, rétorqua Mac en resserrant sa prise. Tu sais exactement de quoi je parle.

Darren passa une main sur son visage tuméfié, et tressaillit quand elle entra en contact avec son nez sanguinolent.

— Je vais te faire arrêter.

— Mais non, déclara Mac en le relâchant brutalement, et le grossier personnage repartit derechef en arrière. As-tu idée de ce que tu lui as fait ? De ce que ton mesquin petit jeu du je-vais-te-faire-payer-de-m'avoir-rejeté a eu comme conséquences sur sa vie ?

— *C'est moi* qu'ai pas voulu d'elle !

— Parce que tu réécris l'histoire, maintenant ? ironisa Mac. Elle ne voulait pas de toi, alors tu l'as traînée dans la boue devant toute la ville.

— C'est pas ça qui s'est passé.

— Mon frère Evan a confirmé sa version des faits. En cet instant même, il est en train de contacter toutes les personnes impliquées.

La goutte de sueur qui apparut sur le front de Tuttle lui fit un plaisir fou.

— Tu es marié, Darren ?

— Ouais, marmonna l'autre en jetant un coup d'œil nerveux vers le bureau où la réceptionniste les observait par la fenêtre, manifestement anxieuse.

— C'est ta femme, là ?

— Et si ça l'était ?

— Quelle version de cette histoire as-tu envie qu'elle entende ? La mienne ou la tienne ?

— Tu me menaces ?

— Un peu, que je te menace ! Voilà ce que tu vas faire...

12

Mac retourna chez Maddie avec dans les mains une brassée de fleurs qu'il avait cueillies au bord de la route.

Assise par terre, elle regardait Thomas, qui avait engagé le combat avec le baby gym monté devant lui. En apercevant les fleurs, son regard se para d'émotion.

— Elles sont superbes, dit-elle en se levant pour aller chercher un vase. En quel honneur ?

Mac vint se placer derrière elle et lui picota le cou de baisers.

— Pour te remercier de m'avoir fait passer la plus belle nuit de ma vie.

— Oh.

— Quoi ? Elle n'a pas été bonne, pour toi aussi ?

— Tu sais qu'elle l'a été.

— Mais ?

Elle se retourna vers lui, le visage indéchiffrable.

— Je ne peux pas m'empêcher de penser à ce qu'a dit ta mère.

Il eut envie de hurler de frustration mais n'en laissa rien voir.

— Oublie-la. Elle ne peut nous atteindre que si nous la laissons faire et, pour ma part, je n'en ai aucune intention.

Maddie lui noua les mains derrière le cou et l'attira à elle pour l'embrasser. Il ne lui fallut pas plus de deux secondes pour le mettre en feu.

— Je préfère ça, bougonna-t-il.

— T'es-tu occupé de notre petit problème ?

— Tout est réglé.

— Qui va le faire ? Joe ? demanda-t-elle en se plaquant contre son érection.

Il avait de plus en plus de mal à aligner deux pensées cohérentes, alors parler…

— L'est pas là.

— Alors, qui ?

— Ce serait mieux si tu n'en savais rien.

— Dis-moi que tu *n'as pas* demandé à ta sœur, s'écria Maddie, la mine choquée.

— C'était ça ou attendre que Joe revienne demain, rétorqua-t-il en refermant les mains sur ses fesses pour la plaquer contre lui. Je ne pense pas que ça aurait marché pour nous.

— Je ne pourrai plus jamais la regarder en face !

— Bien sûr que si, répondit-il en se rappelant le rendez-vous avec Janey.

— Mais qu'est-il arrivé à ta main ? s'écria soudain Maddie, horrifiée, avant de passer délicatement les doigts sur ses phalanges enflées et violacées. As-tu *frappé* quelqu'un ?

— Bien sûr que non. Je me suis cogné.

— Où ça ? fit-elle, sceptique.

— C'est bête mais j'ai voulu monter les marches en courant et je me suis cogné contre la rampe. Ne t'en fais pas pour ça, répliqua-t-il en lui posant un baiser sur le bout du nez.

Mais elle se carra les mains sur les hanches et le regarda en face.

— Je veux savoir qui tu as frappé et pourquoi.

Pris de court, il la dévisagea.

— C'est le genre d'épouse que tu vas être ?

— Tout à fait. Qui as-tu frappé ? Pas ta mère, j'espère ?

Il rit, avant de se tortiller, mal à l'aise, sous le feu du regard de Maddie.

— C'était un malentendu.

— À mon propos.

— Rien de tout cela.

— Tu mens, Mac. Je ne suis pas une enfant qui a besoin de ta protection.

— Il faut peut-être quand même que je te protège, répondit-il en lui posant les mains sur les épaules et en les massant pour en éliminer la tension. S'il te plaît, ne me demande rien à ce sujet. C'est terminé une fois pour toutes.

Maddie l'observa un long moment. Puis elle alla sortir un sac de glace du congélateur et le lui posa sur la main. Enfin, elle releva vers lui ces yeux qui avaient un tel effet sur lui.

— Ne me cache rien et ne me mens pas. Jamais.

— D'accord.

— Ces deux points sont rédhibitoires pour moi, Mac. Je suis sérieuse.

— Je comprends, répondit-il en tâchant de contenir sa nervosité. Il faut que je file retrouver Janey, ajouta-t-il en lui caressant la joue. Ensuite, un petit tour à la plage, ça te tente ?

— Je ne vais pas à la plage.

— Tu vis sur une île. Comment peux-tu ne pas aller à la plage ?

Elle lui jeta son regard noir habituel.

— Je ne tiens pas à m'exposer aux regards lubriques.

— Je serai là pour écarter les vilains garçons.

— Ça ne les empêchera pas de se rincer l'œil.

— Eh bien, qu'ils se le rincent. Ils ne peuvent te toucher que si tu les laisses faire. Et tu sais très bien que j'entends cela au sens figuré.

— Et ça ne te dérangera pas s'ils se rincent l'œil ?

— Je les ignorerai.

— Bon, conclut-elle, je suppose qu'avec ta main esquintée, tu ne pourras boxer personne d'autre aujourd'hui.

— Il me reste un redoutable crochet du gauche, riposta-t-il en lui décochant le plus désarmant de ses sourires.

Janey l'attendait quand il arriva à l'entrée de service du Beachcomber.

Elle plissa les yeux à son approche. *Oh, oh.*

Elle fit tournoyer son sac en plastique et le lui flanqua sur le crâne.

— Eh, ça fait mal !

— Mme Gold en personne tenait la caisse et tu sais ce qu'elle m'a dit ? riposta Janey en prenant aussitôt un accent new-yorkais nasillard : Mon Dieu, oh, mon Dieu, Janey, le Dr David doit venir vous rendre une bonne longue visite ce week-end.

Même s'il savait que ce n'était pas la chose à faire, Mac éclata de rire.

Elle lui flanqua derechef un autre coup sur le crâne avec son sac.

— Ce n'est pas drôle ! Il faut que je vive dans cette ville, *moi* !

Il fit ce qu'il put pour effacer le sourire de son visage et sortit une liasse de billets de vingt de sa poche.

Janey saisit l'argent et lui donna le sac.

— Il va me falloir des *années* de thérapie pour surmonter cela.

— Tu es la meilleure, Janey, déclara Mac en lui posant un baiser sonore sur la joue.

— Je te hais plus que tout, fit-elle en le repoussant.

— Même pas vrai, répondit-il en lui donnant un petit coup dans les côtes.

— Je vais devoir m'offrir un lavage de cerveau pour effacer cet incident détestable de ma mémoire.

— Passe chez Maddie ce week-end, ce sera sympa.

— Il est hors de question que j'approche l'un de vous deux à moins de cent mètres tant que vous ne serez pas venus à bout de cette cargaison.

— Nous allons chanter *chaque fois* les louanges de Janey McCarthy.

Mains sur les oreilles, elle poussa un glapissement et s'en fut en courant.

Mac n'eut pas trop du chemin de retour pour apaiser son hilarité.

Même revêtue d'un maillot de bain une pièce particulièrement enveloppant, Maddie attira les regards de tous les hommes de la plage. Mac se mentait à lui-même en se disant que cela n'avait pas d'importance. Il fut même obligé de se rendre à l'évidence : il s'était sans doute comporté aussi stupidement aux côtés d'une femme aux courbes généreuses. Probablement. Non loin d'eux, un groupe de jeunes gens était particulièrement intéressé et il les fusilla des yeux. Il entendit l'un d'entre eux dire :

— Quel veinard !

Il fit appel à toute la force de son self-control pour ne pas aller effacer d'une claque bien sentie la moue narquoise de ce type.

— Je te l'avais dit, lui fit alors remarquer Maddie.

— Quoi donc ?

— Que ça ne te plairait pas.

— Ce sont des abrutis.

— Les hommes seront toujours des hommes. Ils ne peuvent pas s'en empêcher, reprit-elle en tendant la main vers son tee-shirt.

— Non, fit Mac en l'arrêtant d'une main sur son bras. Ne les laisse pas nous empêcher de vivre.

— C'est facile à dire pour toi. Ce n'est pas toi qu'ils reluquent.

La sonnerie de son portable attira l'attention de Mac. Il le sortit de son sac, ne reconnut pas le numéro mais répondit quand même.

— Bonjour Mac, chuchota une voix de femme. J'espère que ça ne vous ennuie pas que votre mère m'ait indiqué votre numéro.

— Je vous demande pardon, à qui ai-je l'honneur ? demanda-t-il tout en devinant l'identité de la femme.

— Doro, répondit-elle avec un petit rire. Nous nous sommes croisés l'autre soir au McCarthy's. Votre mère m'a dit...

— Quoi que ma mère vous ait raconté, cela relève de l'information erronée. Je suis avec quelqu'un.

— J'en ai entendu parler. Maddie, c'est bien cela ? Je ne la connais pas mais, une fois encore, nous n'évoluons pas précisément dans les mêmes sphères.

— Heureusement pour elle.

— Je vous demande pardon ?

— Écoutez, Doro, je ne suis pas intéressé. Désolé si cela vous choque mais, à l'avenir, veuillez ne plus m'appeler, merci.

Il referma son appareil sans même attendre de réponse et le rangea dans son sac. En regrettant d'avoir décroché.

— Elle ne renonce jamais, n'est-ce pas ?

— Qui ? Doro ?

— Ta mère, repartit Maddie en lui faisant les gros yeux.

Il éluda d'un geste, conscient qu'il devait agir, et vite, pour minimiser l'impact de cet appel intempestif sur elle.

— C'est son problème, pas le nôtre, répondit-il d'un ton léger avant de soulever Thomas et de tendre une main à Maddie. Viens, on va nager, lui lança-t-il.

Elle hésita une fraction de seconde, mais prit sa main.

Au bord de l'eau, elle jeta un regard circonspect sur les vaguelettes.

— Il n'a encore jamais vu la mer. J'ignore si ça va lui plaire.

— On va y aller en douceur.

Alors qu'ils avançaient dans l'eau, Mac positionna Thomas pour qu'il ait lui aussi les pieds dans l'eau. Le bébé poussa des cris de joie et entreprit de pédaler dans les vagues, les faisant rire tous deux.

— C'est comme la baignoire, petit pote, mais juste un peu plus grand, lui dit Mac.

Au bout d'une demi-heure de jeux dans les vagues, Mac alla s'étendre sur le sable mouillé et creusa un petit trou pour que Thomas puisse y tenir assis. Les vagues venant mourir sur la plage ne tardèrent pas à en faire un petit bassin dans lequel Thomas riait et battait des mains tandis que Mac lui parsemait les jambes de sable.

— Je pense qu'on peut dire sans se tromper qu'il aime la plage, déclara-t-il en levant les yeux vers Maddie, qui les prenait en photo.

— Il va nous falloir un bon mois pour venir à bout de tout ce sable.

Mac rit et déversa encore plus de sable sur l'enfant. Ils jouèrent jusqu'à ce que le petit bonhomme se mette à bâiller et veuille se frotter les yeux de ses mains pleines de sable.

— Oh, oh, on ne fait pas cela ! lança aussitôt Mac en lui prenant les mains.

Thomas laissa échapper un pleur.

Mac l'emporta dans l'eau et le dessabla autant qu'il le put. Puis il lui ôta son minuscule slip, le nettoya et le ramena à Maddie pour qu'elle lui mette une couche propre.

— Tu deviens un vrai pro, ma parole.

— Facile ! Avec lui, tout devient un plaisir.

— Avec toi aussi, répondit Maddie en lui souriant.

Mac lui passa une main autour du cou et l'embrassa tendrement.

— C'est gentil de me dire ça, lui dit-il en prenant le bébé pour l'installer dans son relax.

— Tu veux que je lui donne à manger ? s'enquit Maddie en sortant un biberon.

— Non.

Une fois le biberon terminé, Mac lui fit faire son rot et le prit contre lui. Le souffle du bébé chatouilla la peau de son cou.

— Il est prêt à dormir ?

— Tout à fait. Tu peux le poser si tu veux.

Ils avaient apporté un parasol et préparé un petit coin douillet à l'ombre pour la sieste de Thomas.

— Non, ça va. J'aime l'avoir contre moi, répondit-il en protégeant le bébé du soleil à l'aide une serviette de bain.

— Que diraient tes amis de Floride s'ils pouvaient te voir, là, tout de suite ?

— Ils n'en croiraient pas leurs yeux.

— Que vas-tu faire de ta société là-bas ?

— Ils me rachèteront mes parts et trouveront quelqu'un pour me remplacer.

— Vont-ils t'en vouloir de ne pas revenir ?

— C'est possible. Tous les trois, on s'est vraiment démenés pour monter notre boîte.

— Ça va leur faire un choc de te perdre.

Il poussa un soupir. Une pensée identique avait pesé sur lui dès l'instant où il avait pris la décision de rester à Gansett.

— Ils m'envoient des textos pour me poser toutes sortes de questions et de problèmes. On a beaucoup de chantiers en cours en ce moment. On en a toujours beaucoup.

— Est-ce que tu as une petite amie là-bas ?

Il lui jeta un regard sans trop savoir où cela allait les mener.

— En quelque sorte.

Maddie partit d'un éclat de rire.

— Explique-moi comment tu peux avoir une petite amie « en quelque sorte ».

— Je suis sorti un temps avec mon assistante. Oui, je sais, c'est le pire des lieux communs. Mais on ne se voyait pas beaucoup en dehors du travail et ça avait le don de l'agacer. Mais l'histoire s'est terminée avant que je revienne ici.

— Comment s'appelle-t-elle ?

— Roseanne.

— Est-elle belle ?

— Tu es belle.

— Bien essayé. À quoi ressemble-t-elle ?

— Courte sur pattes, les dents en avant et une verrue sur le nez. Rien de remarquable en fait.

Maddie partit d'un immense éclat de rire.

— Toi alors ! Elle a probablement l'allure d'un top-modèle.

— À côté de toi, elle ne tient pas la distance une seule seconde, répondit Mac en entrelaçant ses doigts aux siens. Dès le premier instant où je t'ai vue, toutes les autres femmes ont disparu. Tu es la seule qui compte à présent, la seule qui ait jamais compté.

— Mac... tu es si gentil, fit-elle en portant leurs mains jointes à ses lèvres. Maintenant, dis-moi, à quoi ressemble-t-elle vraiment ?

Son insistance le fit rire.

— Eh bien, elle a six orteils au pied gauche.

— *Mac !*

À la fin de leurs deux heures de garderie, Mac informa Maddie qu'il avait une course à faire et qu'il serait bientôt de retour. Il s'assit sur le canapé pour chausser ses baskets.

— Tu vas vraiment courir ? s'étonna Maddie.

— Oui.

— Tu crois que tu pourrais faire vite ? demanda-t-elle en posant les yeux sur le sac du drugstore.

— Je vais faire si vite que tu ne te rendras même pas compte que je suis parti, répliqua Mac en se levant et en la prenant dans ses bras.

— Je vais nourrir Thomas et le préparer pour la nuit en t'attendant, répondit-elle en lui donnant un petit baiser dans le cou.

Il frémit de tout son être.

— Reste dans ces bonnes dispositions.

— Et toi, dépêche !

Jamais il n'avait couru aussi vite que pour aller chercher le 4 × 4 noir à vendre qu'il avait repéré la veille. Une fois la transaction effectuée, il prit un plaisir fou à la conduite et apprécia la maniabilité de sa nouvelle voiture. Il fit un crochet, s'arrêta chez le traiteur, y acheta un poulet rôti et une salade pour le dîner, et fut de retour chez Maddie trois quarts d'heure après en être parti. De la musique douce et des bougies allumées un peu partout l'y accueillirent. Les stores avaient été baissés, le lit déplié.

Elle sortit de la salle de bains vêtue de la chemise de nuit, croisa les bras, s'appuya contre le chambranle et posa sur lui un regard affamé.

— Qu'est-ce qui a pris tant de temps ?

Mac réprima une forte envie de foncer sur elle et alla ranger ses courses dans le réfrigérateur.

— Il faut que je prenne une douche.

— Non, riposta Maddie en l'arrêtant d'une main contre son torse et en le dirigeant vers le lit.

— Mais je suis couvert de sueur…

Les mains dans ses cheveux, elle le fit se pencher vers elle et l'embrassa à lui faire perdre la tête.

L'arrière de ses genoux entra alors en contact avec le bord du lit et il tomba en arrière, l'entraînant avec lui.

— Est-ce que ça t'a paru une très longue journée ? lui demanda-t-elle entre deux baisers torrides.

— Mmm… la plus longue de ma vie.

Il tenta de rouler avec elle sur le lit mais elle l'en empêcha.

— Est-ce qu'on peut le faire comme ça ? l'interrogea-t-elle, les joues enflammées.

— Bébé, on peut le faire de toutes les façons que tu veux, à partir du moment où on le fait très, très vite.

Elle se mordit la lèvre inférieure tout en lui décochant un sourire qui fit manquer un battement à son cœur.

Il leva les mains, les enfouit dans ses cheveux et l'attira à lui pour l'embrasser.

— L'as-tu déjà fait comme ça ?

Elle secoua négativement la tête.

— Ça va te plaire.

— Et à toi ?

— À moi aussi ! répondit-il en riant, avant de faire courir ses mains sur la soie du vêtement de nuit. Est-ce qu'on peut enlever ça, ou préfères-tu le garder ?

— On peut l'enlever.

— Tu es sûre ?

— Oui ! Dépêche !

Vite, très vite, ils se débarrassèrent de ce qui leur restait sur le dos et ouvrirent la première boîte de préservatifs.

— Laisse... lui dit Maddie en lui prenant le petit sachet des mains.

Il exhala un long soupir et compta à l'envers en partant de 100 tandis qu'elle déchirait l'emballage avec les dents, les yeux dans les siens, et déroulait lentement le condom sur lui.

— Tu es si dur, souffla-t-elle en faisant courir les yeux de son visage à son aine. Est-ce que ce n'est pas douloureux ?

— Non, répondit-il dans un grognement. Mais si tu ne fais pas un peu plus vite, on va perdre la meilleure part.

Quand il fut finalement gainé, Maddie l'enfourcha et il pensa qu'il était vraiment mort et monté au paradis alors qu'elle se laissait peu à peu descendre sur lui et entreprenait de le chevaucher avec un enthousiasme extraordinaire. On eût dit qu'elle avait attendu cet instant toute sa vie. Ses seins lourds oscillaient au rythme de ses hanches. Mac referma les bras sur elle et l'emmena avec lui quand il se mit en position assise contre le dossier du canapé, le visage à la hauteur de ses seins. Il en emplit sa main et sa bouche.

Maddie rejeta la tête en arrière sous l'assaut des sensations.

À l'observer d'aussi près, il vit le changement arriver sur elle alors qu'elle atteignait les prémices de l'orgasme, l'atteignait... et redescendait sur terre pour découvrir qu'il n'en avait pas terminé avec elle.

— Recommence, murmura-t-il.

— Peux pas, haleta-t-elle, épuisée.

— Mais si, tu peux, dit-il en lui faisant appuyer le dos contre ses genoux relevés et en se haussant lui-même en elle.

Elle hoqueta quand il la pénétra plus profond encore.

— Mal ? lui demanda-t-il.

Apparemment incapable de parler, elle fit non de la tête.

Il passa les mains sur ses cuisses bronzées et son ventre, lui arrachant un frisson. Alors qu'elle s'accordait au rythme qu'il imprimait désormais à ses propres hanches, il passa les doigts entre eux deux et la caressa en même temps, lui arrachant un long gémissement. Une fois encore, elle resserra les cuisses autour de lui et son corps se contracta de plaisir.

Les mains fermement plantées sur ses hanches, Mac jouit en même temps qu'elle, le visage entre ses seins.

Maddie s'écroula contre lui et le serra fort alors qu'il palpitait encore en elle.

Il la peigna avec les doigts.

— Ça t'a plu ?

— Oh, oui, fit-elle, encore hors d'haleine.

Le rire très doux de Mac fut interrompu quand elle leva la tête pour l'embrasser.

— Combien de temps avant qu'on puisse le refaire ?

— Je t'ai transformée en véritable bête de sexe, ma parole !

— Combien de temps ? répéta-t-elle en lui mordant le cou.

Un éclair de pure lubricité traversa Mac. Il aplatit les mains dans son dos et les referma sur ses fesses.

— Tout de suite, ça t'irait ?

— Parfait ! s'écria-t-elle, ravie.

— Où es-tu allé tout à l'heure ? lui demanda-t-elle alors qu'ils terminaient de pique-niquer sur le lit.

Mac bâilla et se passa une main dans les cheveux.

— Je suis allé acheter une voiture à Thomas.

— *Hein ?* s'écria Maddie en se rasseyant.

Il la repoussa en arrière en riant.

— Nous avions besoin de pouvoir aller et venir tous les trois dans quelque chose, alors j'ai acheté un 4 × 4.

— Tu es sorti, l'air de rien, pour aller acheter un 4 × 4 ? Non, ça ne marche pas. Je ne te crois pas !

— Et pourquoi pas ? C'était indispensable, répondit-il en éteignant la lumière. Ça a été une belle journée.

— Une *superbe* journée.

— Il y en aura plein d'autres comme celle-ci.

— Avec toi, je commence à croire que ça va vraiment arriver.

Il se tourna sur le côté et lui caressa le visage.

— Tu peux le croire. Thomas et toi m'avez tant donné. Des choses dont j'ignorais qu'elles me manquaient.

— Et tu nous as donné des choses qui nous manquaient mais dont je n'aurais jamais osé rêver.

— Je t'aime, murmura-t-il. Je veux tout faire avec toi.

— Si je rêve, ne me le dis pas, d'accord ? Je ne veux pas me réveiller.

Il sourit et la nicha plus confortablement contre lui.

— Dors, et rêve de toutes les belles choses que nous allons vivre.

Il lui murmura ses projets, ses rêves, de maison, d'enfants, jusqu'à être certain qu'elle s'était endormie. Alors, et seulement alors, il ferma les yeux et se laissa emporter lui aussi.

Le lendemain matin, il s'éveilla seul.

— Maddie ?

Elle émergea de la salle de bains, en jupe à fleurs et haut assorti.

— Qu'est-ce que tu fais ? lui demanda-t-il en se haussant sur un coude.

— Je vais à l'église. Thomas et moi y allons chaque dimanche à neuf heures. Je n'ai manqué la messe qu'une fois, dimanche dernier, parce que je ne pouvais pas me déplacer.

— Oh.

— Veux-tu venir ?

— Je ne suis pas très religieux.

— Aucun problème. Nous serons de retour dans une heure. Pourquoi n'en profiterais-tu pas pour dormir encore un peu ?

— Je ne peux pas dormir sans toi.

Elle se pencha pour l'embrasser.

— Ne fais pas la tête. Ça ne te va pas.

Il l'attira à lui pour un baiser bien plus passionné.

— Mac !

— Tu es sexy comme tout dans tes habits de messe.

— Lâche-moi ! Je vais être en retard.

— Tu vas vraiment me laisser une heure entière ? demanda-t-il en la lâchant.

— Tu survivras.

— Pas sûr.

— Alors, viens avec nous.

— Je n'ai pas mis les pieds dans une église depuis vingt ans. Tu risques ta vie en m'y emmenant, la foudre divine et tout et tout.

Les yeux au ciel, elle partit dans la chambre et en revint avec Thomas, qui portait un polo rouge, un short beige et des sandales.

— Ne sois pas ridicule. La foudre ne tombe pas dans une église.

— Toi aussi tu me laisses, petit pote ? demanda Mac à l'enfant. C'est notre moment à nous, pourtant.

Thomas gigota et tendit les bras vers lui.

— Petit traître, marmonna Maddie en le confiant à Mac afin de finir de se préparer.

Quand elle ressortit de la salle de bains, Mac était habillé.

— Accorde-moi cinq minutes.

Elle le fixa, l'œil rond.

— Quoi ? demanda-t-il.

— Tu vas vraiment venir ?

— Puisque c'est soit ça, soit vivre une heure sans toi, alors oui, je viens.

— Toi alors… ! s'exclama-t-elle en secouant la tête.

Sur le chemin de la salle de bains, il lui passa un bras autour de la taille et l'attira à lui.

— Si jamais un jour tu te demandes à quel point je t'aime, souviens-toi de cette journée.

— Il n'est que huit heures trente et je sais déjà que je vais m'en souvenir.

13

En route pour North Harbor le lundi matin, Maddie en selle derrière lui, Mac repensa à ce week-end, le plus beau de sa vie. Après la messe, la veille, il avait exhumé un gilet de sauvetage enfant dans le garage paternel et avait emmené Maddie et Thomas faire le tour du lac salé sur le chris-craft d'époque de son père. Thomas avait manifestement adoré la balade sur l'eau.

Ils avaient ensuite retrouvé ses parents autour d'un verre au Tiki Bar, où sa mère avait semblé faire un effort pour être aimable avec Maddie mais lui avait quand même battu froid. Bah, elle s'y ferait avec le temps et, de toute façon, il n'allait pas s'en faire pour cela, avait-il décrété. Elle avait néanmoins tenu un moment Thomas dans ses bras et son père était vite devenu gaga du petit garçon. Dans l'ensemble, ç'avait été une rencontre plutôt positive, et il était conscient d'avoir fait un pas notable dans la vie maritale.

Marié.

À peine quinze jours plus tôt, ce seul mot lui aurait flanqué la peur de sa vie. Maintenant, il était là, avec la femme qu'il aimait à califourchon sur sa moto derrière lui, et un bébé auquel il voulait tout apporter. Surprenante, la différence que pouvait faire la femme qu'il vous fallait. Une fois à l'hôtel, il coupa le contact et appuya la moto sur sa béquille, puis il aida Maddie à en descendre et lui enleva son casque.

— Vas-y doucement aujourd'hui, lui recommanda-t-il. Ce coude n'est encore pas très beau, surtout ne le cogne pas.

— Je vais faire attention, ne t'en fais pas.

— Je serai juste en bas de la colline ; si tu regardes par la fenêtre, tu pourras me voir sur le toit, ajouta-t-il en désignant la marina d'un geste.

— Et toi, sois prudent là-haut, répondit-elle en lui caressant le visage. Je me suis attachée à ce corps et j'aimerais autant qu'il reste en un seul morceau.

Ce disant, elle fit descendre sa main de son visage à son torse, et plus bas.

Il lui saisit le bras quand elle parvint à son ventre.

— Oh, oh, pas maintenant, déjà que te laisser disparaître pendant six heures me fait horreur… gronda-t-il.

— Voilà que tu fais de nouveau la tête.

— Tu descends déjeuner avec moi ?

— Si je peux m'échapper.

— Fais ton possible, répondit-il en l'embrassant.

— Il faut que j'y aille, murmura-t-elle en s'accrochant à lui.

— D'accord.

À ceci près qu'aucun des deux ne lâcha l'autre.

Il lui posa un baiser sur le front, et un autre sur les lèvres.

— Va. Je passe te prendre à trois heures moins le quart.

— Tu n'auras pas terminé à cette heure-là. Je peux me faire ramener.

— Je viendrai, et ne t'avise pas de me laisser te voir à cheval derrière n'importe quel motard.

— Ne t'en fais pas pour ça, riposta-t-elle en riant tout en passant la bride de son cabas sur l'épaule. Ton moteur est le seul que je veux entre mes jambes.

Le commentaire suggestif arracha un grognement à Mac qui s'adossa à son véhicule pour admirer le joli derrière de Maddie moulé dans un short en jean remonter la colline. Il sifflota.

— Ça suffit ! lui lança-t-elle par-dessus son épaule, mais il eut le temps de la voir sourire.

— Madeline !

Elle avait atteint le haut de la pente mais se retourna avec une exaspération feinte.

— Quoi, encore ?

— Tu oublies quelque chose.

— Oui ?

Il haussa un sourcil.

— Je t'aime, dit-elle en s'empourprant.

— Maintenant, je peux aller travailler, lui déclara-t-il avec un grand sourire.

Il enfourcha sa machine, la démarra et prit la direction de la marina en sentant que son regard le suivait.

Il trouva son père assis devant une table de pique-nique à l'extérieur du restaurant. Big Mac avait un bébé dans les bras et discutait avec Ned et d'autres locaux. Chacun avait devant lui une grande chope de café et tous partageaient un plateau de beignets au sucre.

— Eh, voilà celui qui va empêcher cet endroit de me tomber sur la tête ! déclama Big Mac.

— Redoutable tâche, marmonna Ned.

— Tu l'as dit, repartit Mac. Mes hommes sont-ils là ?

— Pas encore vus, lui répondit son père en donnant une bourrade à son vieil ami Sam pour qu'il fasse une place à Mac.

Sam Pressley, anciennement chef de la police de Gansett, était à présent un heureux retraité.

— Je vais me chercher du café, déclara Mac à la cantonade, avant de revenir quelques instants plus tard s'asseoir à la table.

Ned prit un autre beignet.

— À force de manger ces cochonneries, tu es en route pour un beau diabète, le prévint Big Mac avant d'embrasser le bébé et de le rendre à sa mère.

— Peut-être, mais quelle belle route ! rétorqua Ned en se léchant les doigts avec gourmandise.

Il s'essuya la bouche et se tourna vers Mac.

— Je me suis laissé dire que tu t'es mis à la colle avec cette fille de l'hôtel.

— Bon sang, maugréa Mac, va droit au but, tu veux ?

— Ça rime à quoi ?

Big Mac sourit mais ne lâcha pas un traître mot.

Les autres se penchèrent, dans l'attente du scoop. Un scoop que leur délivra volontiers Mac :

— Voyons voir : je l'aime ; nous allons nous marier ; je reste ici ; je vais probablement reprendre ce dépotoir et voir si je peux lui éviter la banqueroute ; j'ai acheté un 4 × 4 ; je cherche un terrain sur lequel nous construire une maison et, oh oui, je vais adopter son fils. Ça te suffit, comme rime ?

Tous les hommes présents autour de la table, son père y compris, fixèrent sur lui des yeux ahuris.

— Et tout ça en une semaine ? voulut finalement savoir Ned.

— Voui, répondit Mac en buvant son café et en mordant dans un beignet tandis que les autres assimilaient les nouvelles.

— Si tu cherches à acheter, tu te trouves pile au bon endroit, lui apprit Sam.

— Comment ça ?

— Touches-en deux mots à Ned. Il pourra t'arranger ça.

Mac tourna la tête vers Ned qui gigota sur son siège.

— On dirait bien que t'es sur le point d'être découvert, vieux pote ! s'exclama Big Mac avant de partir d'un grand rire.

Mais de quoi parlaient-ils tous ? se demanda Mac.

— Ned possède la moitié de cette île, lui apprit Cliff Sutter. Tu cherches une propriété à moins d'un million, tu vas le voir.

— J'pourrais même te faire un prix, bougonna Ned.

Mac le contempla, sidéré.

— Tu fais le taxi fringué comme un clodo et tu possèdes la moitié de cette île ?

Big Mac et les autres se tordaient de rire.

— Qu'est-ce qu'elles ont, mes fringues ? se rebiffa Ned. Et j'te ferai dire que je fais le taxi parce que *j'aime ça.* Avoir des biens, c'est pas ça qui m'occupe vraiment, et je suis pas du genre à rester assis sur mon cul à me bouffer des feuilletons toute la sainte journée. Pas mon style, ça.

— Eh bien, ça alors ! souffla Mac, encore sous le choc. On croit connaître les gens...

Les travailleurs qu'il avait embauchés arrivèrent les uns après les autres et se joignirent à la tablée. Et Mac se prit à espérer que cela devienne ses nouvelles habitudes quand il commencerait à travailler chez McCarthy's : s'éveiller avec Maddie, faire un tour avec Thomas, puis boire le café avec son père et les garçons avant d'entamer sa journée de travail. Qu'il fût capable de trouver une telle satisfaction et une telle détermination sur une île qui lui avait naguère semblé une prison ne laissait encore pas de l'étonner. À présent, il ne lui restait plus qu'à trouver le moyen d'annoncer à ses partenaires de Miami qu'il n'y retournerait pas.

Maddie fut accueillie avec effusions par ses collègues et bombardée de questions à propos de Mac. Elle leur en apprit autant qu'elle put avant qu'Ethel commence à cracher ses ordres.

— Mac est siiii mignon, lui chuchota Daisy.

— Je ne me lasse pas de le regarder.

— Et qu'il ait pris comme ça ta place ici...

Daisy se plaqua une main sur la poitrine et fit mine de tomber en pâmoison.

— Il veut m'épouser et adopter Thomas, murmura Maddie.

Cela faisait un moment qu'elle avait envie de partager cela avec quelqu'un qui serait heureux pour elle. Tiffany n'entrait pas dans cette catégorie.

— Oh, mon Dieu ! s'écria Daisy.

— M'écoutez-vous, mesdames ? aboya Ethel.

— Oui, madame, répondirent-elles en chœur en ravalant leur joie.

Quand la liste des ordres redémarra, Maddie parla à son amie de l'offre d'emploi au Beachcomber.

— Je prévois de t'emmener avec moi.

— Non, sérieux ?

— Évidemment !

— Oh, Maddie, je suis tellement heureuse pour toi. Personne ne mérite ceci plus que toi.

— Merci, fit Maddie en serrant le bras de Daisy.

Plus tard ce matin-là, alors que son équipe entreprenait d'enlever la toiture du bâtiment principal, Mac rampa sous les rives de toit et fit une découverte intéressante : la plus grande partie de la charpente avait été remplacée récemment.

— Ça, alors ! marmonna-t-il. Pourquoi papa ne m'en a-t-il jamais parlé ?

Ça lui facilitait énormément la tâche mais n'en représentait pas moins un mystère pour le moins déroutant. Qui prendrait le risque, sans parler de l'effort considérable et du coût, de consolider un bâtiment proche de l'effondrement ? Certainement pas Big Mac qui, ces derniers temps, paraissait ne rien faire d'autre que faire accoster des bateaux, jouer avec les enfants et papoter avec ses vieux amis. Mac examina plus attentivement la charpente. Le travail qui avait été fait était indéniablement de qualité et avait probablement empêché la bâtisse de s'effondrer sur ses occupants.

— Très intéressant, commenta-t-il encore à mi-voix.

Il descendit de l'échelle qu'il avait dressée dans le grenier en s'interrogeant sur l'identité du responsable de ces travaux. Poussé par la curiosité, il passa dans le bureau de son père, une petite pièce située au-dessus du restaurant. Sa table était surchargée de piles de papier branlantes, d'un livre comptable ouvert, de gobelets en carton vides et de tout un fourbi.

Il lâcha un grognement.

— C'est le bazar, déclara une voix derrière lui.

Il se retourna.

— Luke. Je ne t'avais pas entendu venir.

— Je ne peux même pas me souvenir de la dernière fois où je l'ai vu assis là, reprit Luke en contemplant la table.

— À ce point ?

— Il adore traîner sur les docks, parler avec les gens, trouver de nouvelles idées pour améliorer les affaires. Ici, c'est la partie qu'il a tendance à oublier.

L'affection était patente dans la voix de Luke.

— Les factures sont réglées ?

— J'en doute.

En cet instant même, tout devint clair à ses yeux. Tout se tenait. Tout le monde aimait Big Mac, et surtout le jeune homme discret qui avait travaillé vingt étés pour lui.

— C'est toi qui as procédé aux réparations, n'est-ce pas ? C'est à ça que te sert l'argent.

— Quel argent ?

— Celui que je t'ai vu empocher.

— Et bien sûr, tu t'es imaginé que je le carottais à ton père ? demanda Luke, amer.

— J'ai vu les poutres neuves et je n'arrivais pas à comprendre qui avait bien pu les changer. Comme il ne m'en a jamais parlé, j'ai pensé qu'il n'était même pas au courant.

— Il ne l'est pas. Cet endroit est une ruine et chaque fois que je lui dis « Mac, il faut qu'on fasse des réparations par ici », il me répond invariablement « Oh, allez, Luke. On peut bien s'en passer une année de plus, pas vrai ? ». Nous avons cette même conversation tous les mois de mai depuis quatre ans.

— Je me le représente très bien, répondit Mac en souriant.

— Comme tout ce qu'il veut c'est traîner avec ses copains, j'ai commencé à travailler la nuit pour consolider le toit avant qu'il ne s'effondre et ne tue quelqu'un. Je t'avoue que j'ai été soulagé en apprenant qu'il allait enfin te laisser remplacer la toiture. Un bon coup de vent de plus, et on était tous dans la panade.

— Tu as fait de l'excellent travail.

— Merci. Surtout, dis-moi si je peux faire quelque chose pour vous aider, les gars et toi.

— Je te remercie.

Après le départ de Luke, Mac contempla le désordre sur le bureau et se demanda comment il allait faire pour procéder aux réparations et simultanément réorganiser l'affaire.

— Il était temps que j'arrive, mine de rien ! s'écria-t-il avant de sortir du bureau.

Mac fit de longues journées cette semaine-là, passant des heures sur la toiture sous le grand soleil et rapportant le soir à la maison des piles de papiers à trier. Il découvrit vite que la marina était en défaut de paiement vis-à-vis de pratiquement tous ses fournisseurs essentiels et parla à son père de la nécessité d'établir des chèques.

— Vas-y, lui répondit Big Mac. Et signe-les, puisque tu as le même nom que moi.

— Y a-t-il de l'argent sur le compte ?

— Plein.

— Est-ce qu'il y aurait un relevé de banque quelque part pouvant m'en apporter la confirmation ?

— Oui, quelque part par là, rétorqua Big Mac en désignant le bureau d'un geste vague.

— Génial.

Tôt chaque matin, il emmenait Thomas se promener et, le jeudi, ils s'attelèrent à un nouveau projet. Alors qu'ils étaient au South Harbor Diner, il assit le bébé sur la table face à lui.

— Bon, petit pote, j'aimerais bien t'entendre dire maman. Ma-man. Tu peux le faire.

— Mmmm, dit Thomas en se mâchouillant les doigts.

— Tu y étais presque, mais pas tout à fait, l'encouragea-t-il en lui retirant les doigts de la bouche. Ma-man. Ma-man.

— Mmmmm, bavota Thomas.

Mac était si concentré sur lui qu'il ne vit pas approcher l'homme.

— Il est terriblement mignon.

Mac releva brusquement les yeux et réprima un sursaut.

— Puis-je ? demanda Tom Wilkinson en désignant la banquette face à la sienne.

Mac souleva le bébé et le cala contre son épaule, dos tourné à Wilkinson, avant d'acquiescer.

Tom se glissa sur la banquette et demanda une tasse de café à la serveuse.

— Je ne pensais pas que vous resteriez dans le coin.

— Ce n'était pas dans mes intentions, mais quelque chose dans cette île me parle. L'écriture me vient plus naturellement ici.

Une fois encore, Mac dut lutter pour garder contenance et ne pas balancer à son vis-à-vis ce qu'il pensait de lui.

— Jai lu quelques-uns de vos livres, commença-t-il afin de rester en terrain sûr.

— Ah oui ?

— Oui.

Il ne lui donnerait pas la satisfaction de lui apprendre que leur lecture lui avait bien plu.

— Puis-je être franc avec vous, Mac ?

— S'il le faut.

— Il ne m'a pas fallu plus de trente minutes sur l'île pour apprendre que Maddie et vous n'êtes pas mariés.

— Nous le serons très bientôt, riposta-t-il alors que son cœur s'emballait.

— Et pour apprendre aussi que vous ne vous connaissez que depuis une semaine, poursuivit Tom comme s'il ne l'avait pas entendu.

— Et alors ? demanda Mac en serrant plus fort Thomas contre lui.

Tom se laissa aller en arrière et passa un bras sur le dossier de la banquette.

— Il est de notoriété publique que les écrivains sont nuls en maths mais, même moi, je suis capable d'additionner neuf et neuf et comprendre que c'est certainement mon fils que vous tenez là.

— C'est le fils de Maddie, se défendit Mac en ravalant un accès de panique.

— Aucun doute sur ce point, Je pense donc que la seule question est : Qui est son père ? Un test ADN devrait apporter une réponse claire, ne pensez-vous pas ?

— Que voulez-vous ? demanda Mac en se refusant à ciller.

Tom se pencha alors vers lui, les coudes sur la table.

— L'assurance qu'elle ne me réclamera pas d'argent.

— L'a-t-elle fait jusqu'à présent ?

— Cela ne signifie pas qu'elle ne le fera pas.

— Elle n'est intéressée ni par vous ni par votre argent, je peux vous le garantir.

— Et lui ? reprit Tom en désignant l'enfant. Quand il sera en âge de savoir qui est son père ?

— Il aura un père et il ne vous réclamera rien.

— Seriez-vous prêt à coucher cela par écrit ?

— Si vous êtes prêt à renoncer officiellement à vos droits sur lui.

— Je vais demander à mon avocat d'établir les documents.

Un bras serré autour de Thomas, Mac sortit son portefeuille et l'aplatit sur la table pour en extraire une carte professionnelle.

— Signez ces papiers et envoyez-les à mon bureau de Miami. Ils me les feront suivre.

— Et je n'entendrai plus jamais parler de l'un ou l'autre d'entre vous ?

— Pour commencer, vous n'auriez jamais rien su si vous n'étiez pas revenu.

Au bout d'un long moment de silence, Tom lui demanda :

— Est-ce un gentil bébé ?

— Le meilleur.

Un autre silence s'établit entre eux qui fut rompu par Mac :

— Puis-je vous demander quelque chose ?

— Bien sûr.

— Quel genre d'homme irait raconter à une femme qu'il a eu une vasectomie alors que ce n'est pas le cas ?

— Le genre qui adore s'envoyer en l'air mais est allergique au latex.

Mac le fixa un instant, sidéré autant qu'incrédule.

Eh bien, Maddie avait une chance folle de n'avoir « attrapé » que Thomas de ce type !

— Nous en avons donc terminé, déclara-t-il, à présent pressé de se débarrasser du personnage.

Tom comprit et se leva.

— Je reste en contact.

Mac se contenta d'acquiescer de la tête et le regarda s'en aller, en faisant une prière pour qu'il quitte l'île avant de tomber sur Maddie. Puis il posa un baiser sur le front de Thomas.

— Espérons que tu tiens plus de ta mère que de ce triste sire, petit pote.

— Mam.

Mac le regarda, les yeux ronds.

— Ma-man ?

— Mammmmmm.

— On y arrive, lança-t-il en souriant au bébé.

— On dirait qu'il va pleuvoir, dit Mac ce jeudi-là. Prenons le 4 × 4. Tu vas conduire.

— Je ne peux pas conduire ta voiture neuve !

— C'est *notre* voiture neuve, et si, tu peux. Tu as le permis, non ?

— Si, mais je n'ai pas conduit depuis une éternité et la voiture est toute neuve, et si parfaite.

Son désarroi fit rire Mac.

— Elle est là pour que tu t'en serves chaque fois que tu en as besoin. En fait… lui répondit-il en fourrageant dans son sac à dos pour en extraire un jeu de clefs. Tiens, ce sont les tiennes. Pardon, j'aurais déjà dû te les donner.

Elle jeta un regard circonspect sur le trousseau, puis le prit.

— Très bien, soupira-t-elle. Mais je t'aurai prévenu.

— Avant d'y aller, on a quelque chose à te montrer, Thomas et moi, reprit Mac en soulevant l'enfant de son tapis de jeux.

— Tu es prêt, petit pote ?

— Ayayayaya.

— Je vais considérer ça comme un oui, décréta Mac avant de montrer Maddie au bébé : Qui est-ce ? Comment s'appelle-t-elle ?

Thomas les regarda l'un après l'autre.

— Maman, murmura Mac à l'oreille de Thomas.

Ils y étaient arrivés le matin même et il espérait que le bébé saurait le refaire.

— Maman, énonça clairement Thomas.

Maddie poussa un petit cri et ses yeux s'emplirent de larmes.

— Oh, mon Dieu ! Est-ce qu'il vient de dire... *Oh, mon Dieu !*

— Maman, répéta Thomas.

Maddie éclata en sanglots, attrapa l'enfant et le serra contre son cœur.

— Incroyable ! D'où cela vient-il ?

— On s'est un peu entraînés, précisa Mac, ému par sa réaction.

— Incroyable... répéta Maddie.

— Maman, dit encore Thomas en passant une main sur les grosses larmes qui dévalaient ses joues.

— Oui, bébé, répondit-elle en l'étreignant. Je suis ta maman. Et qui est ce grand fou ?

Elle pointa le doigt sur Mac.

— Papa.

Là, ce fut Mac qui en resta bouche bée.

— Je ne lui ai pas appris ça. Je le jure !

Elle rit au travers de ses larmes.

— Il semblerait qu'il soit arrivé tout seul à cette conclusion, dit-elle en attirant Mac dans son étreinte. Merci. Ça a été la plus belle surprise de ma vie.

— Elle est venue de Thomas.

— Avec un petit peu d'aide de son papa.

Après avoir déposé Thomas chez Tiffany, Maddie conduisit à une lenteur exaspérante, en immobilisant totalement la voiture à chaque intersection.

— À ce train-là, on devrait arriver à North Harbor jeudi prochain, marmonna Mac.

— Chut. Je me concentre.

Une fois enfin à destination, elle laissa échapper un énorme soupir de soulagement.

— Quelle épreuve !

— Tu vas t'y faire.

— Si tu le dis.

Il l'embrassa et la laissa partir vers l'hôtel.

Tout en s'acquittant de ses tâches quotidiennes, Maddie réfléchissait à la proposition du Beachcomber, et à la façon dont cela leur faciliterait la vie, à Thomas et elle. Elle terminait sa dernière chambre quand Daisy arriva en courant, la *Gansett Gazette* à la main.

— Tu es sur le journal, Maddie ! s'exclama-t-elle.

Un frisson de peur saisit la jeune femme.

— Comment ça ?

— Regarde !

Daisy lui fourra le journal dans les mains.

Maddie parcourut rapidement la une et tressaillit en lisant l'une des lettres adressées au rédacteur en chef.

— Oh, mon Dieu, non. *Non !*

— Tu n'étais pas au courant ? s'étonna Daisy, stupéfaite.

— Il faut que j'y aille.

Elle laissa la chambre non achevée, passa devant son amie et se précipita vers l'escalier. Sur la pelouse parfaitement entretenue de l'hôtel, elle lutta contre les larmes, se laissa choir dans un des grands fauteuils de bois et lut le journal.

Au Rédacteur en chef,

J'écris cette lettre pour dissiper un malentendu remontant à mes années de lycée. Madeline Chester n'a rien fait pour mériter le sobriquet que nous lui avions donné, et nous avons tous eu tort de dire ce que nous avons dit d'elle.

Darren Tuttle

Île de Gansett

— Oh, mon Dieu ! souffla-t-elle alors que les larmes jaillissaient de ses yeux. Comment a-t-il pu me faire ça ? Je lui avais raconté tout cela en confidence !

Au Rédacteur en chef,

C'est à ma grande honte que j'écris une lettre que j'aurais dû écrire il y a des années. Lycéen soucieux de l'approbation de mes pairs, j'ai cautionné une chose dont je savais qu'elle était infâme. Madeline Chester a été affublée d'un sobriquet qu'elle ne méritait pas. Elle n'a jamais été qu'une fille adorable à la personnalité attachante qui n'aurait jamais dû être traitée comme nous l'avons traitée. Le surnom qu'on lui a donné au lycée était injuste et déloyal. Je regrette le rôle que j'ai joué en perpétuant de fausses rumeurs qui lui ont, depuis lors, fait un tort considérable. Je lui en demande sincèrement pardon.

Evan McCarthy

Nashville, Tennessee

Elle lut ensuite les lettres de quatre autres hommes ayant participé à la tromperie élaborée par Darren. Si aucun n'avait le style d'Evan McCarthy, tous disaient la même chose. À la fin de sa lecture, elle avait les mains secouées de tremblements incoercibles et les joues trempées de larmes.

Elle tourna les yeux vers la marina et vit Mac travailler sur le toit. Oh, tout ce qu'elle aurait aimé lui dire là, tout de suite ! Dommage qu'elle ait décidé de ne plus jamais lui adresser la parole.

14

Ned asséna la mauvaise nouvelle à Mac : il lui faudrait une éternité pour faire construire sur l'île, surtout une maison.

— On n'a que trois gars dans le bâtiment et leur carnet de commandes est plein pour deux ans, lui apprit l'ami de son père.

— Zut, autrement dit, j'ai peu de chances de trouver quelqu'un qui puisse m'aider à construire rapidement une maison, réfléchit Mac à voix haute.

Pourtant, il était impensable que Maddie et lui continuent à habiter encore deux ans dans ce minuscule appartement et il lui faudrait au moins ce temps-là pour construire tout seul.

— J'ai un peu pensé à tout ça, reprit Ned. J'ai quelques propriétés sous le coude qui pourraient te convenir, si ça te dit d'y jeter un coup d'œil. Ce sont de belles maisons, avec une vue sympa et beaucoup de terrain. Ça pourrait aller plus vite que te bâtir la tienne, conclut-il nonchalamment.

— Tu aurais le temps de me les faire voir aujourd'hui ?

— Du temps, j'ai que ça, mon gars.

Mac alla avertir ses ouvriers qu'il s'absentait un moment et suivit Ned jusqu'à son taxi. Ils passèrent les deux heures suivantes à visiter différentes propriétés et, alors qu'ils reprenaient la voiture, une idée germa en lui.

— Que je te demande quelque chose, Ned.

— J't'écoute.

— Ce problème de bâtisseurs... tu crois qu'il y aurait de la place pour un quatrième dans le tableau ?

— Bon Dieu, oui. Le problème, ici, c'est pas seulement dans le neuf ; même pour une rénovation, faut compter un an minimum.

— Un des points qui me préoccupaient dans une réinstallation permanente ici, c'était ce que j'allais faire pendant la morte-saison.

— Maintenant, tu sais.

Mac répondit par un éclat de rire et, aussi simplement que cela, *McCarthy Constructions* était né.

La cinquième propriété qu'ils visitèrent tapa dans l'œil de Mac d'emblée. Angulaire et contemporaine, bâtie sur un terrain d'environ trois hectares, elle donnait sur une prairie et l'océan par-delà. Suffisamment éloignée de la côte pour être hors d'atteinte pendant la saison des ouragans, la maison était principalement faite de verre et de bois.

— Elle date de 1990, mais on l'a intégralement rénovée. Nouveaux parquets, plans de travail en granite, fenêtres à triple vitrage, lui apprit Ned. La cuisine et les salles de bains ont aussi été refaites.

Mac leva les yeux vers le plafond-cathédrale de la pièce à vivre, les tourna vers la cheminée en pierre puis vers la vue époustouflante que l'on avait de chaque pièce, et s'imagina sans peine vivre ici avec Maddie et Thomas. Il allait avoir un mal fou à attendre de pouvoir lui montrer.

— Elle est parfaite. C'est exactement ce que je voulais.

— Et t'auras pas à la monter toi-même.

— C'est encore mieux, acquiesça-t-il en passant la main sur le comptoir en granite de la cuisine. Comment une maison telle que celle-ci est-elle encore sur le marché ?

— Saturation de l'immobilier sur l'île depuis la crise. Beaucoup de ces baraques sont les résidences secondaires de gens fortunés du Connecticut ou de New York. Ils ont dû vendre vite fait quand l'économie a plongé. J'ai pu faire quelques belles affaires et je les garde sous le coude le temps que le marché reprenne. Celle-ci, je vais te la vendre la somme qu'elle m'a coûtée, lui dit Ned avant de citer un prix qui stupéfia Mac.

— Elle vaut facilement le double !

— J'ai pas besoin d'argent, et t'es comme la famille pour moi, ronchonna Ned. Tu sais bien qu'j'ai pas d'enfants à moi, alors toi et tes frères et sœur, c'est vous mes gosses. Par conséquent, viens pas m'insulter en chipotant mon prix, tu veux ?

Infiniment reconnaissant, Mac lui serra la main.

— Merci.

— Tout c'que j'espère, c'est que ta p'tite famille et toi, vous serez heureux ici.

— Je sais que nous allons l'être, répondit Mac après avoir refait longuement le tour des lieux du regard.

Ned le laissa en haut de la route menant à la marina. Impatient, Mac la descendit en sifflotant.

Big Mac quitta la partie de ballon qu'il disputait avec des enfants de plaisanciers.

Mac s'arrêta pour l'attendre et lui lança :

— Attends de voir la maison que j'ai trouvée. Elle est fabuleuse !

— Fils, Maddie est passée. Elle était vraiment remontée.

Ce qui stoppa net l'enthousiasme de Mac.

— Que s'est-il passé ?

— Elle a vu le journal d'aujourd'hui.

— *C'était déjà dedans ?*

— Oui.

— *Meeerde !* Je pensais disposer d'encore au moins une semaine pour lui en parler.

Le visage ordinairement avenant de son père se durcit.

— Avais-tu l'intention de me raconter ce dans quoi a été impliqué l'un de mes fils ?

— Je pensais que c'était à Evan de t'en parler.

— L'un d'entre vous aurait au moins pu nous en donner un aperçu à ta mère et moi. Elle est hors d'elle.

— Réhabiliter la réputation de Maddie était tout ce qui comptait à mes yeux.

— Elle m'a demandé de te donner ça parce qu'elle n'en aura plus besoin, ajouta Big Mac en lui tendant les clefs du 4 × 4.

La peur s'empara de Mac alors qu'il prenait le trousseau des mains de son père.

— Où est-elle ?

— Elle est partie il y a une vingtaine de minutes.

— Où allait-elle ?

— L'a pas dit.

Mac partit en trombe vers le véhicule.

Son père lui emboîta le pas.

— Fils, attends ! le héla-t-il en le stoppant d'une main sur son bras. N'y va pas dans cet état. Prends le temps de souffler.

— Il faut que je la trouve, papa. Il faut que j'arrange ça.

— Tu pourrais aussi lui laisser un peu de temps pour comprendre que c'est ton cœur qui a gouverné tes actes.

— Tout va bien se passer. Il faut juste que je la trouve et que je lui explique.

— Tu m'appelles plus tard ? Pour me dire si tout va vraiment bien ? lui demanda son père en lui tapotant le visage.

Il opina, monta dans le 4 × 4 et fila en ville. Pris de sueur froide à l'idée qu'elle pourrait refuser de le voir.

— Il faut qu'elle accepte de me parler ! Il faut qu'on surmonte ce problème.

L'alternative n'était même pas envisageable.

Il pila net dans un nuage de poussière devant la maison de Maddie, escalada les marches quatre à quatre et se pétrifia à la vue de son sac à dos et de ses chaussures de course posés sur le perron. *Elle ne peut pas être sérieuse !*

Il se concentra sur sa respiration en une vaine tentative d'apaiser les battements effrénés de son cœur, et frappa un coup léger à la porte.

— Maddie, chérie, ouvre-moi. Il faut que je te parle.

Il tourna la poignée et eut la stupéfaction de la trouver verrouillée.

— Allez, bébé, laisse-moi t'expliquer.

— Elle ne voudra pas vous parler, ni maintenant ni jamais, alors vous feriez mieux de prendre vos affaires et de vous carapater, lui lança la voix de Tiffany depuis le bas de l'escalier.

Il pivota sur lui-même.

— Ce ne sont pas vos affaires, Tiffany.

— Qui croyez-vous qui éponge les dégâts chaque fois qu'un type lui fait une crasse ?

— Je ne lui ai pas fait de crasse.

Tiffany haussa les épaules, indifférente, ce qui eut le don de le mettre en rage.

— Si vous la connaissiez un peu, vous sauriez que devenir le point de mire de toute la ville est bien la *dernière* chose qu'elle souhaite.

— Même si cela signifie réhabiliter sa réputation ?

— Vous ne connaissez rien à rien. Vous imaginez que vous pouvez venir ici, agiter votre baguette magique McCarthy et tout arranger. Désolée de vous le dire, champion, mais ça ne fonctionne pas comme ça pour nous autres, les manants.

— Ça ne concerne que Maddie et moi. Je vais attendre de pouvoir lui parler.

— Elle n'est pas ici.

— Où est-elle ?

— Parce que vous croyez que je vous le dirais, si je le savais ?

— Eh bien, je vais l'attendre, décréta-t-il en s'asseyant sur la première marche. Elle finira bien par revenir un jour.

— Comme vous voudrez, mais vous n'y gagnerez que dalle. Une fois que Maddie a découvert la véritable personnalité d'un mec, il n'y a jamais de deuxième chance.

— Merci du tuyau.

Tiffany se détourna, traversa la cour et rentra chez elle.

Mac resta longtemps assis où il était avant d'entendre un son caractéristique : Thomas pleurait, quelque part dans l'appartement. Il se releva d'un bond et alla à la porte.

— Maddie, je sais que tu es là. Je veux juste te parler. On peut discuter et régler le problème.

Les cris de Thomas s'intensifièrent et lui brisèrent le cœur. Il appuya la tête contre la porte.

— Maddie...

— Va-t'en, Mac, dit-elle par la fenêtre ouverte. Je n'ai rien à te dire.

Elle avait la voix rauque, comme si elle aussi avait pleuré.

— Je n'irai nulle part tant qu'on ne se sera pas parlé.

Au bout d'un long moment de silence, la porte finit par s'ouvrir. Le visage ravagé de Maddie prit Mac de court, et savoir qu'il en était la cause lui procura une tristesse infinie. Il tendit la main vers la poignée de la porte-moustiquaire.

— Reste où tu es.

Thomas cessa de pleurer, sourit en voyant Mac et tendit la main vers lui.

— Salut, petit pote, fit Mac en pressant sa main contre la sienne à travers la moustiquaire.

— Je t'ai dit l'autre jour que me mentir ou me cacher des choses étaient des causes de rupture. Tu as fait les deux. De quoi peut-on bien avoir à discuter ?

— Je voulais te parler des lettres. Je ne savais pas qu'elles seraient publiées cette semaine, sinon je t'aurais prévenue.

— Tu aurais pu le faire l'autre jour quand je t'ai demandé qui tu avais frappé. C'était Darren, n'est-ce pas ?

Mac baissa les yeux, contrit.

— Toujours pas envie d'être sincère avec moi, Mac ?

— Oui, c'était Darren ! Il m'a balancé une grossièreté à ton propos et je l'ai corrigé. Soit, je n'ai pas voulu t'informer de ce qu'il avait dit de toi. Cela fait-il de moi un salaud ?

— Je ne suis pas une fleur fragile incapable de supporter les dures réalités de la vie. Je suis même devenue experte en la matière à l'heure qu'il est.

— Et c'est précisément pour cela que je ne t'en ai pas parlé. Je refuse que qui que ce soit te fasse du mal désormais.

— Au lieu de cela, c'est toi qui m'en as fait ! Tu t'es servi de choses strictement confidentielles que je t'avais dites pour faire en sorte que je redevienne le sujet de conversation de la ville entière.

— Maddie, il fallait absolument qu'ils sachent que tu n'es pas la fille qu'ils ont toujours pensé que tu étais. Comment aurais-je pu être au courant d'une chose pareille, une chose dans laquelle mon propre frère était impliqué, et ne pas réagir ? Comment aurais-je pu ne pas essayer de redresser la barre, de rétablir la vérité ?

— L'as-tu réellement fait pour moi ? Ou pour toi ? Pour que ça te soit plus facile d'épouser la traînée de la ville ?

Mac fit un pas en arrière sous le coup de cette accusation. Il n'aurait pas eu d'autre réaction si Maddie l'avait giflé.

— Bébé, je n'ai jamais pensé qu'à *te* rendre la vie plus facile ! Jamais je n'ai même songé à la façon dont ça m'affecterait.

— Je te *faisais* confiance, Mac ! reprit-elle alors que de grosses larmes dévalaient sur ses joues. Je t'ai confié des choses que je n'avais jamais dites à personne. Comment as-tu pu faire une chose pareille sans même m'en avertir ?

— Je voulais t'avertir. Je le jure devant Dieu !

— Tu en as eu amplement l'occasion. Je ne peux pas vivre ce genre de relation. Je suis désolée. Je te suis reconnaissante de toute l'aide que tu nous as apportée, mais c'est fini.

— Non, ce n'est pas fini ! répliqua Mac, au comble du désespoir. Je t'aime. Tu m'aimes. On peut surmonter cela.

— Rien n'est possible si je ne peux pas te faire confiance.

— Tu *peux* me faire confiance. Je ferais tout pour toi, il faut que tu le saches. Et nos projets ? Tiens, rien qu'aujourd'hui, je nous ai trouvé la maison idéale. Elle est si belle, Maddie, je te vois si bien dedans. J'y vois si bien Thomas. Veux-tu vraiment jeter tout cela aux orties à cause de ces lettres ? Comment peux-tu me quitter ?

De sa main libre, elle essuya ses larmes.

— Je suis désolée, Mac.

Elle voulut refermer la porte, mais il réagit au quart de tour et ouvrit la porte-moustiquaire.

— Attends. S'il te plaît, l'implora-t-il en lui passant une main sur les cheveux. Que vais-je faire sans toi ? Sans Thomas ?

Un sanglot secoua tout le corps de Maddie.

— Je t'aime tant. Je vous aime tant tous les deux. Je suis désolé que ce que j'ai fait t'ait blessée. C'était involontaire, je te le jure. Je voulais juste que tout le monde connaisse la Maddie que je connais. La Maddie douce et innocente, et si belle que j'en ai mal. Je voulais que les gens qui t'ont fait du mal assument enfin leurs responsabilités.

— Il ne t'est pas venu à l'esprit qu'il y a sur l'île des gens qui ne savaient rien ? l'interrogea-t-elle en reculant d'un pas. Qui n'avaient jamais entendu les rumeurs ? Comme les filles avec qui je travaille, et qui auront maintenant la tête pleine de questions ?

— Je n'y ai pas pensé.

— Tu n'as pas réfléchi un instant, c'est bien là le problème.

— Je ne pouvais pas laisser ces types continuer à mener leur petite vie pépère sans jamais avoir à avouer ce qu'ils t'ont fait. Je n'ai pensé qu'à toi.

— Si seulement tu avais songé à en discuter avec moi au lieu de te lancer dans une mission qui avait plus à voir avec ton ego que ma réputation…

— C'est faux et c'est injuste, Maddie ! Je l'ai fait parce que je t'aime, et je voulais que tu puisses vivre en paix sans que ces rumeurs te collent à la peau. Tu as déjà passé la moitié de ton existence à vivre ainsi, c'est plus que suffisant.

— L'autre jour, quand je t'ai averti que mentir ou me cacher des choses étaient rédhibitoires, tu avais déjà fait tout cela, n'est-ce pas ?

— Oui, avoua-t-il.

— Et tu n'as pas trouvé l'instant idéal pour m'en parler ?

— Nous avions devant nous un grand week-end de liberté et je n'ai pas voulu le gâcher en mettant ça sur la table.

— Et tu as préféré *tout* gâcher. Je veux que tu t'en ailles, maintenant.

— Maddie…

Le visage impénétrable, elle mit la main sur la poignée de porte.

— Je vais m'en aller, mais ce n'est pas fini.

— Prends tes affaires s'il te plaît, et va-t'en.

— Papa, dit Thomas en tendant les bras vers Mac.

Il en eut les yeux pleins de larmes.

— Ne fais pas ça, Maddie, murmura-t-il. Je ne peux pas vivre sans vous.

Elle affermit sa prise sur la poignée de porte et attendit qu'il bouge, alors même qu'un nouveau flot de larmes jaillissait de ses yeux.

Dès l'instant où Mac remit les deux pieds sur le porche, la porte fut refermée derrière lui et le verrou enclenché.

Mac resta longtemps assis sur la première marche à écouter Maddie et Thomas procéder aux rituels du dîner, du bain et du coucher. Elle avait beau parler à voix basse à son enfant, il percevait les larmes dans sa voix. Et Thomas se montra plus difficile que d'habitude, il pleura longtemps, quoi que sa mère fît pour le calmer.

Mac s'enfouit le visage dans les mains, incapable de croire qu'il avait réellement bousillé la seule et unique relation qui ait jamais compté pour lui.

Le soleil descendit dans le ciel, le crépuscule tomba et il resta là.

— Mac.

Il releva la tête et découvrit Janey au bas des marches.

— Que fais-tu ici ?

— Papa m'a appelée. Il s'inquiétait de ne pas avoir de tes nouvelles.

— Ça va.

— Pourquoi es-tu là ? lui demanda-t-elle en gravissant quelques marches.

— Elle est contrariée par les lettres dans le journal, mais on va s'en sortir.

— Tu ne veux pas venir chez moi ce soir ?

— Il faut que je reste ici, répondit-il en secouant négativement la tête.

— Non. Tu devrais lui laisser un peu d'espace, Mac. Peut-être qu'avec le temps, elle comprendra que tu as juste voulu l'aider.

— Je ne comprends pas pourquoi elle ne peut pas le voir maintenant !

— Elle a été prise au dépourvu. On l'a *tous* été.

— Je ne voulais pas que ça se passe comme ça. Je pensais que les lettres seraient publiées la semaine prochaine et que j'aurais le temps de lui en parler, ainsi qu'aux parents.

— Tu ne peux pas rester là toute la nuit. Prends tes affaires et viens avec moi.

Mais Mac eut peur que s'il partait, il ne puisse jamais revenir.

— Allons, frérot, tu te sentiras mieux après une bonne nuit de sommeil, le gourmanda Janey en lui prenant le bras pour l'aider à se relever.

Il ne pouvait imaginer dormir sans Maddie. En l'espace d'une semaine, elle lui était devenue indispensable. La seule pensée de l'avoir peut-être perdue à jamais fut pour lui cause d'une angoisse qu'il avait jusque-là rarement éprouvée dans sa vie.

— Ça va aller. Tout va s'arranger, le rassura Janey.

Il la laissa le guider vers le bas de l'escalier et dans l'allée. Là, il tourna une dernière fois les yeux vers l'appartement, au moment où Maddie éteignait la dernière lumière. L'imaginer se mettant au lit, seule et contrariée, lui fut insupportable.

— Je ne peux pas la perdre, Janey, je ne peux pas.

Sa sœur lui prit fermement la main et ramassa son sac à dos pour l'entraîner chez elle, de l'autre côté de la ville.

— On va trouver un moyen demain dans la matinée, le rassura-t-elle en guise de conclusion.

À travers la porte, Maddie entendit Janey venir chercher Mac. Si elle fut soulagée qu'il soit enfin parti, elle fut aussi submergée d'une effroyable tristesse. Après cette folle passion qu'ils avaient partagée, le perdre allait la détruire davantage qu'aucune des épreuves qu'elle avait déjà traversées.

Elle ravala un autre sanglot en posant la main sur l'oreiller de Mac. Elle le rapprocha, y enfouit son visage et se noya dans son odeur en le trempant de ses larmes.

— Je sais que tu as voulu bien faire, murmura-t-elle. Je le sais. Mais pourquoi ne pas m'en avoir parlé ? Pourquoi me l'avoir caché ? Pourquoi m'as-tu convaincue de prendre cet énorme risque avec toi pour ensuite me décevoir à ce point ?

Ses sanglots incoercibles durent finir par réveiller Thomas qui laissa échapper un cri dans la chambre.

Maddie se leva et y alla en s'essuyant le visage.

— Qu'est-ce qu'il y a, mon amour ?

Percevant sa détresse, il avait plus pleuré ce soir qu'au cours de tous ces derniers mois. Elle se pencha sur le petit lit et le souleva dans ses bras.

Il s'accrocha à elle en pleurant toutes les larmes de son corps.

— Je sais, bébé, je sais. Mais ça va aller. On était bien avant qu'il arrive, et on sera bien après, tu verras.

Alors qu'elle disait cela, ses paroles sonnèrent creux à ses oreilles, et à celles de Thomas aussi, apparemment, car son chagrin redoubla.

— Je suis tellement désolée, Thomas. Je voulais autant que toi que ça marche, mais je ne peux pas vivre avec quelqu'un qui me cache des choses importantes. Je ne peux tout bonnement pas.

Tout comme elle le faisait quand il était nouveau-né, elle promena Thomas d'un bout à l'autre de l'appartement jusqu'à ce que, finalement, il se rendorme, recru de fatigue. Alors, elle dérogea à l'une de ses propres règles et le coucha dans son lit avec elle, afin de ne pas avoir à dormir seule.

Mac passa une nuit blanche sur le canapé de Janey. Quand le jour commença à poindre, il se leva, prit une douche et s'habilla pour le travail. Les tâches les plus simples aspiraient toute son énergie et le vide en lui ne cessait de s'élargir. Alors qu'une pluie fine tombait sur l'île, il parcourut à pied la grand-rue et passa devant divers magasins de location de bicyclettes avant d'en trouver un ouvert.

— Bonjour, puis-je vous être utile ? le salua un jeune homme.

— Je voudrais acheter un vélo, aussi récent que possible.

— Bien sûr.

L'homme en sortit plusieurs avant que Mac en trouve un en parfait état. Le VTT bleu marine disposait de plusieurs vitesses et de freins conséquents. Il aurait préféré lui en offrir un neuf, mais c'était tout ce qu'il pouvait faire dans l'instant, et c'était déjà un énorme progrès comparé à son vieux biclou.

— Je vais aussi prendre un casque, si vous en vendez.

— Pas de problème.

Dix minutes plus tard, il faisait rouler la bicyclette dans la cour où était encore garé le 4 × 4. Il s'assit sur une marche pour attendre la sortie de Maddie et de Thomas, mais la pluie fine se transforma soudain en hallebardes. La porte fut ouverte à l'heure habituelle et Maddie sortit avec son fils dans les bras, tous deux vêtus de cirés jaunes. Le bébé poussa un cri de joie en apercevant Mac.

— Que fais-tu là ? l'interrogea-t-elle, le visage aussi fermé que durant leurs premiers jours ensemble.

Lui qui l'avait vue si gaie en fut grandement peiné.

— J'ai réalisé que je ne t'avais jamais remplacé ton vélo, lui expliqua-t-il en désignant la bicyclette en bas de l'escalier.

— Oh.

Il la connaissait suffisamment maintenant et comprit qu'elle balançait entre l'acceptation et le refus.

— Je t'ai pris aussi un casque, au cas où un autre crétin des Alpes te ferait encore tomber.

Elle finit par le regarder et l'impact de ce regard caramel rencontrant le sien le renversa littéralement.

— Ça a certainement été un accident qui n'arrive qu'une fois dans une vie.

— En tout cas, ça l'a été pour moi, lui répondit-il en la regardant bien en face.

La pluie ruisselait sur ses cheveux et sa figure mais il avait si peur de briser le charme qu'il n'osa même pas faire un geste.

— Merci pour le vélo.

— C'est bien naturel.

Dans le silence gêné qui s'ensuivit, il chercha désespérément quelque chose à dire, n'importe quoi, qui l'incite à continuer à lui parler.

— Tu vas être trempée comme une soupe en arrivant à North Harbor.

— J'ai l'habitude.

— Permets que je t'y dépose. On chargera le vélo à l'arrière pour que tu puisses rentrer.

— Un peu d'eau ne va pas me faire de mal.

— Et moi, ça me fera mal de te savoir sous cette pluie battante. Et si tu te cassais encore une fois la figure ?

— Bon, mais tu me déposes, c'est tout, capitula-t-elle, exaspérée.

— Tout à fait.

Elle descendit les marches.

Thomas tendit les bras vers lui.

— Est-ce que je peux le tenir ? Juste une minute ?

Bien à contrecœur, Maddie lui passa l'enfant.

— Salut mon petit pote, murmura Mac à Thomas en le serrant contre lui. Tu m'as grave manqué ce matin.

Thomas attrapa une pleine poignée de ses cheveux et tira joyeusement dessus en babillant :

— Papapapapapapapa.

Ce ne fut pas la douleur de ses cheveux agrippés par la main de l'enfant qui arracha une grimace à Mac. Les yeux pleins de larmes, il fut soudain reconnaissant à la pluie de lui tomber si dru sur la figure.

— Passe une bonne journée avec tata Tiffany, petit mec, lui dit-il encore avant de lui poser un baiser sur la joue et de le rendre à Maddie.

Thomas cria sa frustration alors que sa mère traversait la cour en direction de chez sa sœur.

Mac chargea la bicyclette à l'arrière et se mit au volant. La vitre baissée, il put entendre Maddie se disputer avec Tiffany, qui n'approuvait certainement pas qu'elle accepte de monter en voiture avec lui.

Quelques instants plus tard, Maddie ouvrit la portière passager, monta et la referma d'un coup sec. Elle avait le visage empourpré et le souffle court.

— Tout va bien ? demanda-t-il.

— Oui.

Elle ne prononça pas un mot de plus sur le trajet vers North Harbor.

À l'hôtel, Mac descendit pour décharger le vélo. Quand Maddie arriva près de lui, il tint fort le guidon.

— Tu sais où je suis si jamais tu changes d'avis.

— Oui, répondit-elle sans le regarder.

— Je t'aime. Je n'aime que toi. Je t'aimerai toujours.

Un bref signe de tête fut la seule indication qu'elle l'avait entendu.

Il continua à tenir la bicyclette, conscient que s'il la lâchait, elle s'en irait sans un regard en arrière.

— Il faut que j'aille travailler.

Bon gré mal gré, il lui confia le guidon et la regarda faire rouler le vélo vers le bâtiment, le cœur brisé.

— Maddie !

Cet appel désespéré lui échappa.

Elle raidit les épaules, mais baissa la tête et continua à avancer.

15

Maddie envisagea de quitter l'île pour de bon, de prendre Thomas et quelques affaires indispensables et de juste s'en aller. Malheureusement, elle n'avait pas assez d'argent de côté pour pouvoir le faire. Donc pas d'autre choix que d'affronter tout ce qui pouvait l'attendre en dehors des murs sécurisants de son foyer.

Déstabilisée par sa rencontre avec Mac, elle réussit toutefois à surmonter une longue journée de travail à l'hôtel. Aucune de ses collègues ne lui posa de questions, même si les lettres dans le journal les avaient manifestement intriguées. Au cours de l'ultime tâche du jour, pour laquelle elles étaient toutes rassemblées dans la buanderie pour plier serviettes et draps propres, elle comprit qu'elle devait dire quelque chose.

— Hum, bon, les filles, euh... je sais que vous avez toutes lu le journal d'hier.

Toutes cessèrent leurs occupations et se tournèrent vers elle.

La gêne empourpra le visage de Maddie, qui s'obligea à poursuivre :

— J'ai eu pas mal d'ennuis avec les garçons du coin quand j'étais au lycée. Surtout avec l'un d'entre eux. Il a été furieux quand je n'ai pas accepté de coucher avec lui, alors il a inventé une histoire tordue et a obligé tous ses copains à marcher dans sa combine. C'est là qu'ils m'ont affublée d'un surnom atroce qui m'a collé à la peau depuis.

— Je suis tellement désolée, Maddie ! s'exclama Daisy.

— Ces machins-là provoquent apparemment des espérances, et si on ne les satisfait pas... poursuivit Maddie en désignant ses seins, avant d'éluder d'un mouvement d'épaules.

— Mais dis-moi, comment est-ce que tout ça a fini dans le journal, ma puce ? voulut savoir Sylvia.

— Je l'ai raconté à Mac et il a pris le mors aux dents, surtout en apprenant qu'un de ses frères était impliqué dans l'histoire.

— Alors, il les a obligés à écrire ces lettres ? s'enquit Patty.

— Qu'est-ce qui se passe, ici ? tempêta Ethel en pénétrant en trombe dans la lingerie.

— Fichez-nous la paix, Ethel, la rembarra Betty.

Les deux femmes se toisèrent sous le regard inquiet des autres.

Ethel comprit qu'elle avait interrompu une discussion dans laquelle elle n'avait pas sa place. Par conséquent elle tourna les talons sans un mot et s'en alla.

Sarah referma la porte derrière elle.

— Mac les a obligés à écrire ces lettres ? répéta Patty.

— Oui, répondit Maddie en opinant du chef. Malheureusement, il a omis de m'en avertir, alors on a rompu.

— Non ! s'exclama Daisy, horrifiée. Tu l'aimes ! Vous allez vous marier !

— Je ne peux pas épouser quelqu'un capable de me cacher des choses pareilles ! Je ne peux tout simplement pas, Daisy, répondit Maddie en luttant contre les larmes.

Les autres s'empressèrent de reprendre draps et serviettes.

— Vous n'êtes pas d'accord avec moi, vous autres ? les interrogea-t-elle.

— Ben, c'est juste qu'il est venu ici te remplacer, lança Patty. C'était tellement gentil.

— Vous vous souvenez comment il a été sympa avec nous ? enchaîna Betty. Il nous apportait du café. Et le jour où il a commandé des pizzas pour tout le monde ?

— Je sais que c'est un type bien, admit Maddie. Mais ce n'est pas de ça que je parle.

— Chérie, il a voulu réparer le tort qu'on t'a fait, lui fit très justement remarquer Betty. D'accord, il s'y est pris comme un manche, mais il n'y peut rien, c'est un homme après tout ! Ses intentions étaient bonnes.

— Alors les filles, vous pensez toutes que je suis folle d'avoir rompu avec lui comme ça ? demanda Maddie à la cantonade.

Elle qui s'était attendue à ce que ses collègues la soutiennent…

Aucune ne répondit, fait significatif.

— Je l'avais prévenu que me cacher des choses était une cause de rupture et pourtant il ne m'a pas parlé des lettres ni même avoué qu'il avait boxé Darren quand je lui ai demandé ce qui était arrivé à sa main, insista-t-elle toutefois.

— Il te faut te battre pour ce qui compte à tes yeux, la conforta Sylvia.

— Absolument, conclut Daisy.

Si c'était vrai, pourquoi Maddie eut-elle soudain très peur d'avoir fait une épouvantable erreur ?

Sur le chemin du retour, elle fit un saut à la poste pour acheter des timbres.

— Bonjour, Maddie, la salua Mme Jergenson avec un sourire amical.

Elle fixa des yeux ronds sur la préposée. C'était bien la première fois en des années que la postière locale l'appelait par son prénom.

— Comment ça va aujourd'hui ?

— Très bien, merci, bafouilla-t-elle.

Elle acheta ses timbres, puis alla au drugstore où elle n'acheta que l'essentiel, puisqu'elle n'avait pas encore fixé de panier au guidon de sa nouvelle bicyclette.

— Bonjour, Maddie, lui dit Mme Gold. C'est agréable de revoir le soleil après l'averse de ce matin.

Une fois de plus, elle en resta sans voix.

En recevant un traitement identique à l'épicerie, elle dut bien admettre que sa vie sur l'île semblait avoir radicalement changé depuis la veille. Les racontars auxquels les gens avaient accordé foi pendant des années avaient été démentis. Sa réputation était restaurée. Et c'était Mac qu'elle devait remercier de cela.

Les deux semaines suivantes, Mac se jeta dans le travail. Il passait entre douze et quatorze heures quotidiennes à la marina, soit à manier le marteau soit à réorganiser l'aspect administratif et financier de l'entreprise. La compagnie disposait de beaucoup d'argent pour les mises à jour nécessaires et son père paraissait plus qu'heureux en lui laissant les rênes.

Dommage que Mac fût malheureux comme les pierres. Il n'était pas certain de pouvoir rester de façon permanente sur l'île après ce qui s'était passé avec Maddie. Vivre sans elle et Thomas en les sachant aussi proches mais hors d'atteinte lui était proprement insupportable. À l'exception de brefs coups d'œil quand elle allait à l'hôtel ou en revenait, il n'avait plus revu Maddie depuis le jour où il l'avait conduite au travail. Il s'accrochait à l'espoir qu'elle finisse un jour par lui revenir mais, en l'absence totale de nouvelles de sa part, il commençait à se faire à l'idée que ce ne serait peut-être jamais le cas. Janey l'avait convaincu de laisser du temps et de l'espace à la jeune femme mais, plus le temps passait, plus il désespérait.

Il correspondait de façon quasi quotidienne avec ses partenaires de Miami, car il fallait bien communiquer sur leurs multiples projets en cours. À présent qu'il n'était plus sûr de rien, il ne leur avait encore pas annoncé son retour définitif dans son île natale, préférant ajourner la chose. Toutefois, plus il atermoyait, plus Roseanne le pressait de fixer une date pour son retour.

Il n'aurait alors pas dû être surpris de la voir débarquer sans crier gare un jour qu'il commençait à travailler sur le toit de la boutique de cadeaux. Il repéra d'abord le taxi de Ned qui arrivait dans la marina, puis il vit en sortir Roseanne, qui regarda partout autour d'elle.

Il réprima un juron et rêva d'un endroit où se cacher, mais elle le situa très vite sur son toit et poussa un glapissement de joie. Elle entreprit aussitôt de courir vers lui en titubant sur ses talons aiguilles, sous le regard de tous les hommes présents qui s'étaient arrêtés de travailler pour la regarder. Désireux de la rejoindre avant qu'elle n'arrive au ponton et se brise la nuque à cause de ces échasses ridicules, il dégringola vite de son échelle.

Il la retrouva sur le parking, où Roseanne se jeta dans ses bras.

Il n'eut d'autre choix que la rattraper.

Elle lui saisit les cheveux à pleines poignées, lui passa les jambes autour de la taille et se mit en devoir de l'embrasser. De l'embrasser *vraiment*.

Mac entendit les sifflets et les quolibets mais la seule chose à laquelle il pensa, alors qu'elle l'embrassait à bouche-que-veux-tu, fut de se débarrasser d'elle aussi vite que possible.

— Mme McCarthy veut te voir dans son bureau, Maddie, l'avertit Daisy à voix basse.

— A-t-elle dit pourquoi ?

Daisy écarquilla les yeux, fit non de la tête et lui souffla :

— Bonne chance !

Maddie se dirigea vers l'escalier et le descendit pour se rendre dans le bureau de Mme McCarthy.

Devant la porte fermée, elle se blinda, frappa un coup bref et l'entrouvrit.

— Vous vouliez me voir, madame ?

— Bonjour Maddie, répondit Linda en levant les yeux des papiers étalés sur sa table et en lui faisant signe d'entrer. Refermez la porte, voulez-vous ?

Maddie prit le siège que Linda lui désignait.

— Puis-je vous servir quelque chose ? Un café, un thé ?

Stupéfiée par l'accueil amical, elle répondit :

— Euh, non merci.

— Il m'est parvenu aux oreilles une rumeur intéressante quand je suis descendue en ville l'autre jour.

Ah, non, plus de rumeurs !

— Oui ?

— Est-il vrai que le Beachcomber essaye de vous débaucher de chez nous ?

— Libby m'a effectivement fait une offre, mais je ne lui ai pas encore fait connaître ma réponse.

Linda croisa les mains sur sa table.

— Ethel va prendre sa retraite à la fin de l'été. J'aimerais que vous la remplaciez. Ce serait une position dirigeante, à plein temps, toute l'année, avec primes et deux semaines de congés payés.

Linda cita ensuite un salaire qui souffla Maddie. Un salaire plus conséquent que ce que lui offrait Libby.

— Pourquoi moi ? Vous avez des gens dans l'équipe qui ont plus d'ancienneté que moi.

— Au point où elles en sont de leur vie, le changement n'intéressera pas Sylvia ou Betty, et les autres ne sont pas qualifiées. De plus, c'est vous que je veux.

— Pourquoi ? répéta-t-elle, encore stupéfiée par ce changement d'attitude de Linda vis-à-vis d'elle.

— D'une part, je vous dois des excuses. Je suis atterrée que mon fils Evan ait joué un rôle dans ce que ces garçons vous ont fait. D'autre part, je ne puis nier que je vous ai traitée injustement, car j'ai cru ce que les gens disaient de vous. Je l'admets à ma grande honte, déclara Linda avant de marquer une pause, puis de la regarder en face : Je ne vous demande pas de me pardonner, mais j'espère que vous voudrez bien réfléchir à ma proposition.

— Je vais y réfléchir.

— Bien, répondit Linda en hochant la tête.

Maddie se leva pour s'en aller.

— Maddie.

Elle se retourna.

— Je n'ai jamais vu Mac si déprimé. Il se tue au travail pour ne pas penser à ce qui est arrivé entre vous.

— Je croyais que notre relation n'avait pas votre approbation.

— Là aussi, j'ai eu tort. Il a le cœur brisé et je ne peux pas supporter de le voir comme ça. J'ai probablement été autant en colère que vous à la parution de ces lettres, donc je comprends votre point de vue.

— Mais ?

— Il vous aime et il aime votre fils. Il vous aime réellement tous les deux. Y aurait-il un moyen pour que vous lui pardonniez ?

— Sait-il que vous me proposez un nouveau poste ?

— Personne ne le sait à part vous et moi, répondit Linda avant de marquer un silence et de reprendre : Mais si vous avez envie de parler avec lui, il est à la marina.

— Vous pensez qu'il serait content de me voir ?

— Il sera emballé.

Pour la première fois depuis sa rupture avec Mac, Maddie sentit renaître l'espoir en elle. Sans plus perdre une seconde, elle sortit en trombe du bureau de sa patronne et de l'hôtel dans la foulée. Elle était à mi-chemin de la marina quand elle vit une femme brune se jeter sur Mac et l'embrasser passionnément.

Pétrifiée, elle regarda assez longtemps pour voir Mac répondre au baiser de la femme.

Elle fit demi-tour, remonta la colline et retourna se mettre au travail.

— Que fais-tu là ? demanda Mac une fois qu'il eut réussi à se dépêtrer de l'étreinte de Roseanne.

— Tu m'as tant manqué. Je n'ai pas pu attendre un jour de plus pour te revoir, lui répondit-elle en se passant les doigts dans les cheveux. Tu as vraiment meilleure mine. Joli bronzage.

— Je travaille en extérieur, pour changer.

— C'est un si... joli... endroit. Très éclectique.

Intérieurement, Mac éclata discrètement de rire en imaginant la réaction de Roseanne si elle apprenait la valeur de cette jolie petite affaire.

— J'aurais préféré être averti de ta venue. Je suis vraiment très occupé.

— Tu n'es pas heureux de me voir, constata-t-elle, la mine défaite.

— Ce n'est pas ça.

— Alors, quoi ?

Mac jeta un coup d'œil vers l'hôtel, puis regarda de nouveau Roseanne en cherchant ses mots.

— Tu as quelqu'un d'autre...

Il poussa un soupir et se fourra la main dans les cheveux.

— C'est compliqué.

— En fait, non, c'est très simple. Tu as quelqu'un, ou pas ?

— J'ai quelqu'un.

Même s'il n'était plus avec Maddie, son cœur lui appartenait toujours et il ne pouvait mentir à Roseanne.

— Eh bien, ça n'a pas été long. Prévois-tu d'informer Connor et Tony que tu ne vas pas revenir ?

— Je n'ai pas encore pris de décision. Ils seront les premiers à le savoir.

— Et moi, tu comptais me le dire ?

— Je t'ai dit avant mon départ...

— Qu'on faisait une pause. Tu n'as jamais dit que c'était fini.

— J'ai cru avoir été assez clair...

— Veux-tu bien demander à ce vieux type qui m'a amenée de me ramener au ferry ?

— Je vais t'y accompagner.

— Je préfère que ce soit lui, décréta-t-elle en croisant les bras et en détournant le regard.

— Roseanne...

— Le feras-tu ou dois-je m'en charger ?

Mais pourquoi sa vie était-elle devenue aussi compliquée ? s'interrogea Mac en partant vers le petit groupe qui, appuyé contre des piliers, assistait à la scène. Son père, Ned et Luke.

— Ned, Roseanne ne peut pas rester. Veux-tu bien la ramener en ville ?

— Mon gars, t'es assez grand pour le faire, gloussa Ned.

— Veux-tu bien l'emmener ? répéta Mac, les dents serrées.

— Avec plaisir.

— Je suis désolé, dit Mac à Roseanne.

Elle sortit un paquet d'enveloppes de son gigantesque sac à main et le lui fourra dans les mains.

— Tiens, ton courrier. Que ta vie soit belle.

Alors que la voiture de Ned quittait la marina, Big Mac posa une main sur l'épaule de son fils :

— Est-ce que ça va, fiston ?

— Oui.

Il était navré que Roseanne ait fait un si long voyage pour être déçue, mais il savait qu'il avait été parfaitement clair sur l'état de leur relation avant de quitter Miami. Et ça le réconforta.

— Pourquoi tu ne viendrais pas dîner à la maison ce soir ?

Comme il n'avait rien de mieux à faire, Mac accepta.

Mac chipota dans son assiette de *scampi fritti* en se souvenant que Maddie avait refusé d'en commander chez Dominic's, car il y avait trop d'ail. Ils avaient eu si peu de temps ensemble, mais les souvenirs qu'il en gardait auraient pu lui suffire pour le restant de son existence. Cette seule pensée eut raison de ce qu'il subsistait de son appétit.

— Pas faim, Mac ?

— Excuse-moi, maman. C'est vraiment très bon, répondit-il en s'essuyant la bouche avant de poser sa fourchette.

Elle le dévisagea, puis but une gorgée de vin.

— Rien d'excitant aujourd'hui ?

— À part Roseanne qui a débarqué sans prévenir et lui a collé le choc de sa vie… s'esclaffa Big Mac.

Linda se figea.

— Elle est venue ? Sur l'île ?

— C'est bien ça, répondit Big Mac.

— Quand ?

— Entre deux et trois, n'est-ce pas, fiston ?

— Dans ces eaux-là, éluda Mac.

— Oh, Seigneur ! marmonna Linda.

— Quoi donc, chérie ? l'interrogea Big Mac, perplexe.

— Maddie.

— Quoi, Maddie ? lui demanda Mac, soudain en alerte rouge.

— Elle est descendue te voir à la marina à peu près à cette heure-là. Tu ne lui as pas parlé ?

— Je ne l'ai même pas vue, grommela Mac en se souvenant de la salutation enthousiaste et déplacée de Roseanne.

Il se leva de table.

— Pourquoi venait-elle ?

— Je crois qu'elle était prête à te parler. De ce qui s'est passé.

— Oh, non ! s'exclama Big Mac. Roseanne était vraiment *ravie* de le revoir.

— Je te demande pardon, maman, mais il faut que j'y aille. Merci pour le dîner.

— Va, chéri. Retrouve-la, répondit sa mère en lui tendant la joue.

Mac cogna du poing contre le volant en maudissant le sort qui s'acharnait manifestement contre lui. Pourquoi avait-il fallu que Maddie décide enfin de venir lui parler au moment même où Roseanne s'enroulait autour de lui ?

Il se gara dans l'allée pour la première fois depuis des semaines, le cœur battant à tout rompre d'espoir et de peur. Qu'allait-il faire si elle refusait d'écouter ses explications ?

Assise en haut de l'escalier extérieur, et surprise par sa soudaine apparition, Maddie se leva pour rentrer.

— Attends ! cria Mac en sautant du 4 × 4 pour courir escalader les marches. Écoute-moi ! Elle n'est rien pour moi ! Elle n'a jamais compté !

— Je sais ce que j'ai vu.

— Tu l'as vue me sauter dessus et m'embrasser ? Je ne savais pas qu'elle allait venir, je ne voulais pas d'elle ici et je ne voulais certainement pas l'embrasser ! poursuivit-il en attrapant le bras de Maddie pour l'empêcher de s'enfermer chez elle. La seule que j'ai envie d'embrasser, c'est *toi*, et tu le sais très bien. Je lui ai dit que j'étais avec quelqu'un et elle est repartie aussi sec par le premier ferry.

Les superbes yeux de Maddie s'arrondirent de surprise.

— Tu lui as dit ça, alors que l'on a rompu ?

— Notre rupture ne change rien à ce que j'éprouve pour toi. Rien ne peut le faire, répondit-il en lui caressant le bras du bout des doigts, avant d'être récompensé quand elle frissonna. Tu me manques. Tout me manque en toi.

Elle ferma les yeux.

Il lui caressa la joue, heureux de retrouver cette texture satinée qui lui avait tant manqué et il posa le front contre le sien.

— Tu es la seule que je veux, Maddie, murmura-t-il. La seule et unique que j'ai jamais voulue. Je suis désolé de t'avoir blessée. Je n'ai jamais eu l'intention de le faire.

— Je le sais maintenant, dit-elle en s'appuyant contre lui.

— Épouse-moi, Maddie. Je ne peux pas vivre sans toi et Thomas.

— Mac…

— Dis oui, juste oui.

Elle le dévisagea un long moment, juste assez longtemps pour qu'il comprenne que sa vie entière l'avait mené à elle, et à cet instant.

— Oui.

Choqué autant qu'abasourdi, il la regarda fixement.

— Vrai ?

— J'ai des conditions.

— Tout ce que tu voudras.

— Tu ne veux pas les entendre ?

— Plus tard.

Même s'il mourait d'envie de l'embrasser et submergé de soulagement, il se contenta de la serrer contre lui, de se perdre dans son parfum et la soie de ses cheveux.

— Il y a une chose qu'il faut que je te montre. Est-ce que Thomas et toi, vous pourriez m'accompagner, là, tout de suite ? Est-ce qu'il dort déjà ?

— Pas encore. Il gazouille dans son lit.

— Alors, vous venez ?

— D'accord.

Une fois que Maddie fût redescendue avec un Thomas ravi dans les bras, il les fit monter dans la voiture et partit vers l'extrémité méridionale de l'île, en passant devant chez Dominic's et le Hydrangea House

Bed & Breakfast, puis en prenant Sweet Meadow Farm Road sur la droite.

Installé entre eux deux dans son siège-auto face à l'arrière, Thomas agrippait si fort le doigt de Mac que ce dernier se demanda si le bébé n'avait pas très peur de ne plus le revoir s'il le lâchait.

— Où allons-nous ? lui demanda Maddie.

— Tu verras bien.

À mi-chemin, la route pavée fit place au gravier. *Avant l'hiver, il va falloir trouver un chasse-neige à adapter au 4 × 4*, songea Mac. Il amorça le dernier virage et la maison apparut.

— Qu'en penses-tu ?

— Oh, que cette maison est belle ! À qui est-elle ?

— À nous.

Maddie en resta sans voix, avant de protester :

— Non, c'est faux ! Ne me fais pas des blagues pareilles, Mac !

— Qui fait des blagues ? s'esclaffa-t-il en arrêtant la voiture. Viens vérifier par toi-même.

Avant de descendre de voiture, il récupéra une enveloppe sous son siège et la fourra dans sa poche revolver.

Maddie libéra Thomas de son siège et rejoignit Mac devant le capot.

Il lui prit la main et la sentit frémir.

— Qu'en penses-tu ?

— Tu ne peux pas être sérieux. Ce n'est pas une maison, c'est un manoir !

— Elle a tout ce que je voulais : des hectares de terrain, une vue imprenable et plein de place pour que notre famille augmente, répondit-il en se régalant du halo doré que projetait le soleil couchant sur la bâtisse. Tout ce qui compte à présent, c'est qu'elle ait tout ce que *toi*, tu veux.

Elle le regarda comme s'il venait de lui pousser une deuxième tête.

— Quoi ? demanda-t-il.

— Tu veux vraiment le savoir ? Y a-t-il deux chambres ?
— Euh, il y en a cinq, en fait.
— En ce cas, adjugé, vendu.
— Tu ne l'as même pas encore visitée !
— On va vraiment habiter là ? lui demanda-t-elle, les joues baignées de larmes.
— Oui, vraiment, l'assura-t-il en lui passant un bras autour des épaules et en lui embrassant le front.
— C'est un palais, un véritable palais. Je n'aurais jamais imaginé... murmura-t-elle avant de le regarder bien en face. Tu as les moyens d'acheter une maison pareille ?
— Ned, l'ami de mon père, m'a fait un joli prix.
— Oui, mais quand même, elle doit coûter une fortune.
— Je peux me le permettre, chérie. Mes affaires vont vraiment bien en Floride. Mes associés vont devoir me racheter mes parts et je vais aussi vendre l'appartement que j'ai en copropriété là-bas.
— Je n'arrive pas à imaginer avoir autant d'argent.
— Eh bien, tu le peux maintenant.
— C'est le tien, protesta-t-elle.
— Tout ce que j'ai est à toi. *Tout.*
Il lui fit relever le menton et l'embrassa tandis que Thomas gigotait entre eux.
— Compris ?
— Il va me falloir du temps pour m'y faire.
— Le temps, on n'a que ça devant nous. Tu veux entrer ?
Elle hocha la tête, le regard brillant d'excitation, et il ne l'en aima que plus.
Il lui fit faire le tour du propriétaire et elle pleura encore, mais de bonheur cette fois.
— Je me suis dit que le jardin serait parfait pour une cérémonie de mariage. Qu'en penses-tu ? déclara-t-il alors qu'ils arrivaient sur la terrasse dominant l'océan.
— Oh, oui ! Tout à fait.

— Je tiens à le faire aussi vite que possible, d'accord ?

— À ce propos… commença-t-elle avant de lever un regard circonspect vers lui. Ma mère doit rentrer chez elle dans une quinzaine de jours. J'aimerais bien attendre son retour. Ça ne te dérange pas ?

— Bien sûr que non.

— Sauras-tu toujours être un mari aussi accommodant ?

— Peut-être pas *constamment*, mais ton bonheur passera toujours en premier à mes yeux.

Elle posa Thomas sur la moquette et lui noua les bras autour du cou.

— J'ai l'impression de vivre un rêve, dit-elle avant de l'embrasser avec passion. Tu m'as tant manqué.

— Et toi donc. J'ai cru devenir fou sans toi, rétorqua Mac avec une envie folle de se perdre dans un autre baiser, mais il se retint. Attends une seconde, tu veux bien ?

Si elle émit un gémissement de protestation, elle le laissa quand même aller.

— Parce que, euh, j'ai un truc à te montrer, et tu vas encore te mettre en rogne et me dire que j'aurais dû t'en parler plus tôt, mais j'avais une vraiment bonne raison pour ne…

— Allons bon. Qu'as-tu encore fait ?

Mac lui tendit l'enveloppe qu'il venait de sortir de sa poche revolver.

— Qu'est-ce que c'est ?

— Ouvre.

Elle lui jeta le regard méfiant qu'il connaissait si bien à présent, sortit une feuille de papier pliée de l'enveloppe et la parcourut des yeux.

Il allait se lancer dans ses explications quand elle lâcha un cri et porta sa main à la bouche.

— Avant de t'affoler, veux-tu bien commencer par m'écouter ?

Apparemment incapable de parler, elle fit oui de la tête.

— Quelques jours après que nous soyons tombés sur lui dans le ferry, il m'a retrouvé alors que je buvais mon café du matin avec Thomas. Il m'a dit qu'il s'était renseigné, qu'il savait qu'on n'était pas mariés et que ça faisait très peu de temps qu'on était ensemble. Et qu'il avait donc compris que Thomas était son fils.

— Oh, Seigneur ! murmura Maddie.

Sa mine défaite brisa le cœur de Mac et le conforta dans l'idée qu'il avait bien fait de ne rien lui dire sur le moment.

— Oh, mon Dieu ! répéta-t-elle.

Il lui posa les mains sur les épaules.

— Tout ce qui l'intéressait, c'était qu'on ne lui réclame pas d'argent.

— Mais je n'en ai jamais voulu, de son argent !

— C'est bien ce que je lui ai dit, mais il voulait des assurances. Je lui ai alors garanti que je signerais un document le libérant de toutes obligations financières si, de son côté, il abandonnait officiellement ses droits sur Thomas afin que je puisse l'adopter.

Elle se libéra de sa poigne et commença à arpenter l'immense pièce vide.

Depuis le sol, Thomas les observait comme à son habitude, le regard solennel.

— Ça s'est passé il y a des semaines ! Quand comptais-tu m'en parler ?

— Dès que j'aurais eu reçu sa renonciation officielle, que Roseanne m'a apportée tout à l'heure en même temps que mon courrier. J'avais prévu de venir te la remettre dans la soirée.

— Mais pourquoi ne m'as-tu rien dit le jour où c'est arrivé ? On en revient au stade où tu me caches des choses !

Mac s'exhorta au calme.

— Si je t'avais dit qu'il savait pour Thomas, tu n'aurais plus été capable de dormir, de manger, ou même de respirer pendant les deux semaines qu'il lui a fallu pour me faire parvenir ces papiers !

— Alors, c'est comme ça que ça va être ? s'emporta-t-elle en gesticulant. Tu comptes t'occuper de tout et me laisser en dehors, tout le temps ?

— Des histoires comme celle-ci ? Absolument.

— Ce n'est pas comme ça que je veux vivre, Mac. Ce n'est pas le genre de mariage que je veux !

— Il s'agit de *moi*, Maddie. Il s'agit de *ce que je suis*. Je vois quelque chose qui te rend malade et je le fais disparaître. Je t'aime trop pour te regarder souffrir à ce point, et tu sais que tu aurais souffert de cela.

Il la rejoignit, lui passa un bras autour de la taille et l'attira à lui.

— Tu n'aurais pas vécu et tu le sais.

Elle poussa un très long, très profond soupir alors que toute sa combativité la quittait.

— Oui, c'est vrai.

— Maintenant, c'est fini. Tu n'as plus à t'en préoccuper. Il a signé son départ définitif de nos vies, répondit-il en pressant les lèvres sur son front. Tu es contrariée ?

— Non, répondit-elle tout bas. Je suis triste.

— À cause de ce que j'ai fait ?

Elle nicha la tête dans son épaule et la secoua de droite à gauche.

— Je suis triste parce que son père n'en a tellement rien à faire de lui qu'il a renoncé à ses droits de paternité sans même le connaître.

Mac la serra fort contre lui, puis il alla prendre Thomas dans ses bras et les étreignit tous les deux contre son cœur.

— Son père l'aime tellement qu'il fera tout pour lui. Son père le chérira, lui donnera son nom et le protégera tous les jours de sa vie.

Maddie releva la tête vers lui, son cœur rayonnant dans ses grands yeux caramel.

Il lui effleura les lèvres d'un baiser.

— Son père les aimera toujours, lui et sa mère, ajouta-t-il avant de l'embrasser. Maintenant, à propos des conditions dont tu as parlé tout à l'heure…

— Est-ce que le père de Thomas essaiera vraiment de ne plus rien cacher à sa mère ?

— Il fera de son mieux, tant qu'il sera autorisé à la surprendre à l'occasion.

— Et ce seront de *belles* surprises ? l'interrogea-t-elle, taquine.

— Les plus belles auxquelles il pourra penser.

— Dans ce cas, mon ami, tu t'es trouvé une famille.

— C'est officiel, alors ?

— Oui.

— Te faire tomber de vélo est la plus belle chose que j'aie jamais faite.

— Je suis tout à fait d'accord, acquiesça-t-elle avec un immense sourire.

10593

Composition
FACOMPO

Achevé d'imprimer en Italie
par GRAFICA VENETA
le 19 février 2014.

Dépôt légal : février 2014.
EAN 9782290068816
L21EPSN001047N001

ÉDITIONS J'AI LU
87, quai Panhard-et-Levassor, 75013 Paris

Diffusion France et étranger : Flammarion